INTERVISTA

Illustration de couverture :
Patrice Garcia

Autres livres pour les jeunes de Bertrand Ferrier :
Rome. Mon histoire, Hachette Jeunesse, 2004
Gling!, Hachette Jeunesse (avec Alexandre Jeannette), 2003
Happy end, Le Rouergue, « DoADo », 2003
Délires de récré, Bayard, « Délires », 2003
Je n'aimerai que toi, Flammarion, « Tribal », 2001

ézoah

Quand le rêve devient réalité,
le cauchemar n'est pas loin...

Les Gardiens de Mallemonde

Le cycle d'Ézoah

1. Ézoah
2. Immemoria
3. Ténébria

ISBN : 2.910753.33.6

Bertrand Ferrier
et
Maxime Fontaine

ézoah

INTERVISTA

Lune grenadine naissante

Prologue

Le Gardien des mondes

Une silhouette voûtée se découpa derrière le vitrail le plus élevé du Donjon.

À ces altitudes vertigineuses, c'est le miroitement de l'eau que l'on remarquait le plus. Des rouleaux dentelés d'écume venaient continuellement s'échouer sur une longue langue de sable. Le ciel gris teintait la mer d'ombres sales, et faisait scintiller les vagues comme des émeraudes tristes.

De la fine plage, en revanche, c'est la Forteresse que l'on remarquait le plus.

Serti dans son écrin de verdure aujourd'hui jauni, juché sur cette montagne escarpée jadis simple colline, le palais avait été autrefois - on le devinait encore - un bijou de prix. En haut des murs d'enceinte ondulaient des crénelures de belle facture ; aux sept coins des remparts, d'impressionnantes tours de pierre, trouées de fines meurtrières, encadraient la pièce maîtresse de l'édifice : un donjon - *Le* Donjon - dont le sommet devait culminer à plus de cent lieues au-dessus du sol ; les fenêtres que l'on apercevait étaient protégées par de solides barreaux verticaux et horizontaux, qui soutenaient des vitraux aux couleurs chatoyantes.

La frêle silhouette s'effaça.

Le vieux Gardien des mondes, incapable de rester debout plus longtemps, avait péniblement regagné son trône tout proche.

C'est alors qu'un grondement puissant s'éleva. Le château sembla s'ébrouer. Les murs frémirent ; les jointures des pierres laissèrent échapper une poussière grisâtre ; les fondations craquèrent... mais la bâtisse tint bon.

Le tremblement de terre secoua le Gardien, qui se tenait la tête entre les mains. Le vieillard regarda la vaste salle qui lui servait et de chambre et de cabinet de travail.

C'était son dernier refuge.

Le Gardien se releva avec peine et, pour garder l'équilibre, s'appuya sur le bras en or sculpté de son trône. À quoi bon s'arc-bouter contre la fatalité, alors qu'il n'avait plus ni la vigueur de rester debout, ni la force de rester assis ? Il était épuisé. Ses mondes lui échappaient. Et il savait que, s'il ne réagissait pas vite, il n'y aurait plus rien à faire. Pour lui, pour les mondes et pour ceux qui y vivaient.

Il aurait tant aimé que son aventure ne finît pas de cette manière ! Si les Autres l'apprenaient... Eux qui lui avaient laissé la charge de cet univers...

« Sans doute sont-ils morts, à l'heure qu'il est », pensa le Gardien. Ce qui ne lui procura aucun réconfort. En choisissant de rester dans Mallemonde, en acceptant sa charge, il avait renoncé à cette solution définitive. Ici, quand un Créateur mourait, il continuait d'exister autrement. Après la vie, la vie continuait. Transformée.

C'était à la fois rassurant et paniquant, car on ne disparaissait jamais. Or, continuer à exister dans ces mondes en perdition... Les voir s'effondrer chaque lune un peu plus... Quelle pensée insupportable pour celui qui les avait connus gais, regorgeant d'inventions toutes plus amusantes les unes que les autres !

Mais le Gardien devait constater son échec. Il avait vieilli. Et les mondes en avaient beaucoup souffert.

Au début, les symptômes du délabrement avaient été discrets. Toutefois, peu à peu, les rumeurs de dégradation avaient enflé ; alerté par plusieurs représentants, le Gardien avait corrigé presque machinalement les dysfonctionnements qu'on lui avait signalés.

Puis les bizarreries s'étaient multipliées. Elles étaient devenues plus dangereuses. Plusieurs habitants avaient trouvé la mort dans des accidents mystérieux.

Le plus récent avait carrément englouti une ville sous une irrésistible coulée de lave brune. Un volcan, d'où, d'ordinaire, ne sourdaient que des ruisseaux de chocolat chaud, était entré en éruption. Les habitants de la ville située sur ses flancs, en contrebas, n'avaient pas eu le temps de s'enfuir. Une trentaine de petits labradors avaient aussi trouvé la mort : la coulée de chocolat les avait emportés alors qu'ils étaient en « randonnée de dégustation » pour découvrir les meilleurs volcans à chocolat des mondes. Le vieillard en avait pleuré plusieurs jours durant.

Depuis, cent accidents similaires avaient pu se produire. Mais le Gardien ne voulait pas le savoir. C'était inutile. *Il* était inutile.

Il s'en était rendu compte dès que le nombre de catastrophes avait augmenté. Il n'avait plus pu s'occuper de chacun des ratés. Pis encore : certains faits gravissimes étaient restés sans solution. Des populations entières avaient disparu. Il ne les avait pas retrouvées. Par exemple, il n'avait pas réussi à imaginer qui avait pu déplacer des troupeaux entiers de petits chevaux, où, et dans quel but. Pour la première fois, sa fantaisie n'était plus à la hauteur des mondes dont il avait la responsabilité.

L'évidence tenait en une phrase : il n'arrivait pas à mobiliser ses facultés d'invention pour réparer ce qu'il avait conçu.

Il en avait éprouvé un effroi d'autant plus grand qu'il sentait aussi que son esprit vieillissait. Tantôt, il oubliait ce qu'il venait de faire l'instant d'avant ; tantôt, il s'apercevait qu'il répétait les mêmes phrases ou les mêmes gestes.

Son humiliation la plus cuisante, il l'avait connue quelques lunes plus tôt. Il avait vu les sept Sages autour de lui. « Les Sages représentants des mondes », ainsi que les désignait le protocole, étaient autant ses conseillers que ses amis. D'ordinaire, ils erraient à travers Mallemonde en bons émissaires spéciaux. Il y en avait toujours au moins deux à la Forteresse, mais ils ne se réunissaient que rarement en séance plénière. Or, ce jour-là, en avisant tous ses compagnons réunis, il avait eu une idée formidable.

Il avait proposé d'en profiter pour organiser avec eux la Fête des Mondes - une cérémonie officielle qui commémorait la légendaire victoire des trafiquants de groseille sur l'Ogre goulu. Pourtant, quand il leur avait fait part de son idée, ils avaient baissé la tête, la mine gênée. Et un Sage avait fini par lui expliquer qu'ils venaient précisément de passer une lune à organiser cette célébration...

Le Gardien l'avait déjà oublié.

Il en avait conçu moins de honte que de chagrin.

Ses conseillers lui avaient assuré que, plus on gagnait en âge, plus on avait des trous de mémoire. Cela n'avait rien d'inquiétant. Mais le Gardien, bouleversé, avait compris qu'il n'en avait plus pour longtemps. Ses amnésies, ses faiblesses, ses impuissances, c'était un peu la fin de son histoire.

Toutefois, avant qu'il se résolût à se transformer, il lui restait une mission à accomplir : trouver du secours. Aucune des créatures dont il était le Gardien ne pouvait s'y atteler. Pour cela, il fallait être un Créateur. Ensemble, avec les Autres, il avait réussi à *imaginer*. Et le Cauchemar s'était dissipé… C'était donc possible !

Dès que les Sages l'avaient quitté, le Gardien s'était reclus en haut du Donjon et avait demandé que chaque monde envoyât un champion pour le protéger des dangers qui le guetteraient pendant qu'il serait en transe.

Le vieillard soupira et avança de quelques pas chancelants. Il voulait voir la mer une dernière fois.

Derrière la lourde porte en bois massif, il entendait, étouffés, les bruits sourds des Envoyés des mondes qui commençaient d'arriver pour monter la garde. Par la meurtrière, montait jusqu'à lui le grondement continu de la mer. Le ciel gris colorait de tristesse les vitraux chamarrés censés illuminer la pièce.

Désormais, autour de son château, il faisait toujours entre gris foncé et noir clair. Il n'avait plus la force d'invoquer le soleil. C'est à peine s'il avait réussi à maintenir les variateurs de lumière qui permettaient aux sept lunes d'être, tour à tour, des astres de nuit luisant faiblement, et des astres de jour aux éclats plus vifs. Piètre victoire !

Le Gardien examina ce qui demeurait de sa gloire.

Une salle surprotégée dans une Forteresse qui, depuis quelque temps, aurait davantage mérité le nom de Faiblesse…

Un trône monumental où personne ne venait plus lui rendre hommage…

Un lit à baldaquin poussé dans un coin pour qu'il pût s'y reposer entre deux audiences, du temps qu'il était encore à même d'accorder des entrevues...

Et des dorures, des fresques, des vases de porcelaine, des cheminées assez grandes pour y brûler des forêts entières en une seule flambée - mais le vieillard ne se servait plus de ces âtres disproportionnés : c'est à l'intérieur de lui-même qu'il avait froid.

Voilà tout ce dont il disposait.

Appuyé au rebord du grand vitrail, il pensa à ce qui l'attendait : entrer dans une transe spéciale qui durerait une journée de Mallemonde, pas davantage. Ce laps de temps comprenait l'apparition et la disparition de sept lunes, et équivalait à environ cinq jours d'Autremonde. Le Gardien ne tiendrait pas davantage ; en fait, il *refusait* de tenir davantage. Il n'en pouvait plus.

Si à son réveil il ne se sentait pas apte à sauver les mondes, il les détruirait. Sans hésitation. Ainsi, il serait au moins sûr de ne pas avoir à vivre pour l'éternité dans l'humiliation perpétuelle - celle qui consisterait à voir les mondes dont il était le Gardien se désintégrer.

Il écarta les pans de son lit, sur lesquels avaient été brodées des silhouettes de prunellias, ses oiseaux chéris. Il se glissa à l'intérieur et rabattit le lourd velours derrière lui.

La nuit, le silence et le froid venaient à peine de l'ensevelir quand, derechef, la terre trembla. Le Donjon craqua avec une espèce de fureur. Lorsque le Gardien écarta les tentures d'une main mal assurée, il s'aperçut que son trône avait disparu au fond d'un cratère fumant.

Pas de doute : l'Apocalypse était proche.

1.

La pluie de couleurs

Un coup de tonnerre retentit.

Puis un autre.

Puis encore un autre.

À trois reprises, Ézoah sentit le sol vibrer sous ses pieds. Au-dessus de sa tête, les nuages menaçants s'accumoncelaient. La fillette les entendait gronder et aboyer tour à tour.

Soudain, un rugissement sembla crever le ciel. Ézoah se jeta au sol, les mains sur les oreilles, tremblant de tous ses membres.

Et le monde devint noir.

Longtemps, le paysage resta plongé dans la nuit. « Pour une fois qu'il se passe quelque chose, se dit la fillette, ç'aurait pu être quelque chose de sympa, pas de PANIQUANT ! » En temps ordinaire, elle s'ennuyait terriblement chez Xabi et Maribel, ses parents adoptifs. Ils étaient tout le temps absents, absorbés par leur travail et leurs amis. Si bien que la fillette se retrouvait seule ; et le moindre événement inattendu, même incompréhensible, était *a priori* une bonne nouvelle. Même si la fillette se demandait ce qu'il valait mieux : s'embêter comme une pile morte... ou mourir foudroyée !

Elle se releva prudemment. Quand ses yeux s'habituèrent à l'obscurité, des éclairs spectaculaires déchirèrent les ténèbres. Ils illuminèrent les environs qui, d'un coup, devinrent aveuglants. Aussitôt après, un voile noir recouvrit l'horizon ; et Ézoah ne distingua plus que des silhouettes sombres perdues dans un brouillard dense.

Impossible de déterminer où elle était. Pas chez elle, évidemment. Mais où ?

Peu à peu, une lueur blafarde perça le voile gris. La fillette put ainsi avoir une idée de ce qui l'entourait.

Le sentier où elle se trouvait sinuait entre champs et bois. La pluie allait tomber à torrents d'une seconde à l'autre, et Ézoah ne voyait nulle part où s'abriter...

Si ! Là-bas, sur le bord du chemin qui montait la colline, juste avant le virage, se dressait une petite maison entourée d'un enclos. Sans hésiter, la fillette s'élança pour s'y réfugier.

Le souffle court, elle arriva devant un portillon et chercha des yeux la sonnette. Il n'y en avait pas. Elle entra donc d'autorité et courut sous l'auvent de la maisonnette.

Il était temps : l'instant d'après, les nuages éclataient. De nouveau, des éclairs déchirèrent le ciel ; mais à présent ils dessinaient des gueules de monstres grimaçants. La pluie ne tarda pas à tomber à grosses gouttes, et le paysage se couvrit de couleurs.

Ézoah mit un moment à saisir ce qui se passait. Elle savait que, après la pluie, quand le soleil venait se refléter sur les plantes et les sentiers encore mouillés, la campagne semblait plus éclatante, comme si on avait repassé une couche de peinture par-dessus. Pourtant, là, c'était autre chose : l'averse parait les arbres, l'herbe et le chemin de teintes extraordinaires : rose fuchsia, jaune vif, rouge à paillettes et bleu fluorescent. Partout, une fine pellicule éclatante se déposait. Les couleurs n'étaient pas unies : elles formaient des carrés, des ronds, des triangles, des spirales, et mille autres figures compliquées mais très belles.

De grandes coulées de peinture avaient transformé un arbre élancé – un if, apparemment, ou alors une fusée qui avait pris racine – en scoubidou végétal. Une cabane à jardin semblait avoir revêtu un manteau d'Harlequin : des losanges polychromes bariolaient sa surface. Un gros buisson rappelait à Ézoah ces cubes composés de carrés qu'il faut mélanger avant d'essayer de les remettre dans l'ordre. Sauf que, pour le coup, le joueur n'avait pas réussi à reconstituer des faces d'une seule couleur. Le résultat était beaucoup plus beau.

– C'est magique ! s'extasia la fillette, partagée entre peur et stupeur.

Mais la pluie de couleurs redoubla ; or, Ézoah avait beau la trouver originale, elle n'avait pas pour autant l'intention d'abîmer ses vêtements. Déjà, elle avait reçu, poussées par le vent, quelques gouttelettes bleuâtres qui, en dégoulinant, avaient dessiné sur son T-shirt jaune une espèce de tête à Toto ; et cela l'avait agacée.

Elle dut alors se rendre à l'évidence : son abri ne la protégeait plus. Non seulement elle risquait de mourir foudroyée, mais surtout, surtout, elle risquait de salir son jean. Et ça, il n'en était pas question. Elle entendait d'ici sa mère lui reprocher d'avoir gâché encore un vêtement presque neuf... D'autant que Maribel l'avait choisi spécialement pour sa fille adoptive, à qui elle ne voulait plus acheter de jolies robes : Ézoah déformait toujours les poches en y glissant les boulons, capsules, marrons, jolis bouts de plastique, feuilles de palmiers et autres plumes de pigeon qu'elle collectionnait pour assouvir sa passion des bricolages.

La fillette frappa donc à la porte de la maisonnette.

Pas de réponse.

Elle insista.

Silence.

Puis hurlement de l'orage.

Les rafales de vent chargé d'eau soufflaient très fort, à présent.

– Wouh-ouh ! cria la fillette en secouant la poignée. Y a quelqu'un ?

Toujours aucune réponse... mais la porte s'ouvrit sous la poussée. Sans plus attendre, Ézoah entra, ferma derrière elle (« fffiouff ! ») et reprit sa respiration.

Devant elle, un programme de concert était encadré, avec un autographe – supposa Ézoah – dont on ne distinguait clairement qu'un « J » et un « N ».

Des piles de partitions étaient répandues par terre ; sur des tréteaux ou des pieds, installés en demi-cercle, des tas d'instruments étaient posés : la fillette reconnut une clarinette de deux mètres de long avec une cinquantaine de clefs et autant de trous, une rangée d'une centaine de kazoos, un hautbois, une harpe, un cor, un basson, une flûte piccolo, des timbales, un xylophone, une petite guitare, une grosse contrebasse, une espèce d'orgue à quatorze claviers et un très vieux piano.

Ézoah en oublia sa panique. Elle avait une idée du son que produisait chacun de ces engins. Pour l'occuper pendant qu'ils travaillaient, ses parents adoptifs l'avaient obligée à suivre des cours d'« initiation musicale ». La fillette avait adoré découvrir les instruments de l'orchestre. Elle avait adoré ceux qu'on appelait les cuivres (elle les avait surnommés « les tuyaux pouët-pouët ») : les trompettes, les trombones, les cors, les tubas, les différents saxophones... Quand on voulait en jouer, il fallait s'y connaître en plomberie; sinon, on était incapable de les réparer, et on pouvait se retrouver coincé en plein milieu d'un morceau !

Et cependant, il y avait là, au milieu des instruments, un authentique bidule qui ne ressemblait à rien ! À quelques mètres de distance, on aurait dit une énorme soupière d'où sortaient des manches et des poignées. Lorsqu'on se plaçait juste au-dessus, on voyait qu'il était rempli d'un liquide transparent et visqueux, au fond duquel clapotaient des cailloux. En avisant, sur le côté, une batterie de boutons, curseurs et molettes, Ézoah pensa que, ici, la plomberie n'était d'aucun secours : c'est un ingénieur en chaudronnerie qui s'imposait.

– J'aimerais quand même bien essayer..., murmura-t-elle.

Mais ce n'était pas le moment.

Elle eut envie d'*emprunter* une baguette qui traînait par-là, résista à la tentation et, enjambant des toms de batterie renversés, elle se risqua plus avant.

– Y a quelqu'un ? demanda-t-elle un chouïa plus fort qu'à son arrivée.

À l'inquiétude qui l'avait poussée à fuir l'orage avait succédé un sentiment que la petite fille connaissait bien : la curiosité. Qui pouvait habiter ici ? Et où se cachait donc son habitant ?

C'est alors qu'Ézoah perçut un couinement modulé. Quelqu'un chantonnait. Faux, d'ailleurs.

Très faux.

Tous ses sens en alerte, la fillette s'approcha à petits pas de la porte entrebâillée donnant sur le salon. Par l'ouverture, elle avisa un fauteuil pas comme les autres : il disposait de six paires d'accoudoirs.

Un bruit la fit sursauter. Elle recula et tomba... dans les douze bras d'un manteau à six paires de manches ! Une ombre apparut derrière la porte vitrée qui, brusquement, s'ouvrit en grand.

– AAAAAAAAAAAH ! hurla Ézoah.

Dans l'embrasure de la porte se dressait un monstre qui tenait un harmonica dans sa bouche. Debout sur deux pattes, une sorte d'énorme araignée toisait la fillette.

L'horreur devait mesurer deux mètres. Elle battait l'air de ses pattes avant pour saluer l'intruse – ou pour la menacer, difficile à déterminer. Un bref instant, le regard d'Ézoah se perdit dans la forêt de poils qui ondulait devant elle. Puis, poussée par la panique, elle bondit vers la porte.

– Ne sors pas ! couina la bête. Ou alors, la pluie va te colorier tout partout !

« Plutôt être jaune à pois bleus que dévorée par une maxiaraignée poilue ! » pensa la fillette.

Elle atteignit la porte avant que le monstre ne l'en empêchât, repéra une poubelle en ferraille, se saisit du couvercle et courut droit devant elle.

2.

Le toboggan sans fin

Depuis le pas de la porte, l'araignée lança son harmonica dans la direction de la fillette et cria :

– Voleuse ! Mon couvercle ! Rends-le-moi immédiatement !

– Viens le chercher, si t'es cap' ! répliqua Ézoah en reprenant le sentier de terre, désormais repeint en jaune vif par la pluie.

Quelques mètres plus loin, la route tournait. La fillette repéra une serre. Elle regarda derrière elle. L'homme-araignée avait renoncé à la poursuivre.

Mais, devant la fillette, une forme bizarre poussait une brouette.

– Non..., murmura-t-elle. Impossible !

Et pourtant, si : celui qui poussait une brouette, dans laquelle se trouvaient une binette, un gros sécateur, un sarcloir, un arrosoir et des espèces de trucs, était... un insecte poilu et géant, une maxiscolopendre !

La fillette cessa de respirer pour ne pas crier de frayeur ; puis elle se dépêcha de passer son chemin. L'insecte-jardinier ne l'avait pas repérée. Ouf !

Pour autant, la fillette n'était pas tirée d'affaire : elle ne comprenait rien à ce qui se passait... et n'avait aucune idée de ce qui l'attendait.

Et ça l'agaçait. En bricoleuse attentive, Ézoah aimait par-dessus tout quand les trucs faisaient chpof – ou gling, à la rigueur. Dès que quelque chose se détraquait autour d'elle, elle avait envie de le réparer. Pour cela, elle devait deviner comment il fonctionnait. Or, ce monde lui échappait. C'était un peu inquiétant... et drôlement vexant !

La fillette essaya de récapituler les derniers événements : « Voyons voir... Quelques instants auparavant, j'étais chez M'ma et P'pa... Je venais de changer les piles de ma console portable... Je l'avais mise dans mon sac à bazar... Tiens, d'ailleurs, est-ce qu'elle y est toujours ? »

Oui ! La console n'avait pas quitté sa place. Enfin quelque chose de normal ! Parce que, pour le reste, Ézoah se sentait complètement perdue. Où était-elle ? Et qu'était-elle censée faire ?

Des sanglots la tirèrent de ses pensées. La fillette pressa le pas et remarqua un petit ours, que la pluie avait habillé de bleu fluo. Ézoah s'avança et se pencha vers l'ourson.

Mais, dès qu'il aperçut Ézoah, il eut un mouvement de recul :

– Non ! N'approche pas !

La fillette secoua la tête. Voilà que, après le langage des araignées, elle comprenait celui des ours !

– Pourquoi ? demanda-t-elle.

– Parce que je suis méchant, expliqua l'ourson d'une voix triste.

– Méchant, toi ? Tu as l'air très gentil.

– Oui, mais depuis qu'une sorte de grosse abeille m'a piqué, je suis... je suis devenu dangereux, insista l'animal.

Ézoah croisa les bras sur la tête à Toto qui ornait son T-shirt.

– Je ne te crois pas, rétorqua-t-elle d'un ton buté.

– Tu as tort. Je suis malade...

– Est-ce que je peux t'aider ?

– Non, personne ne peut m'aider, sauf... RÂÂÂÂÂÂÂÂH !

Un grand frisson secoua l'animal. Aussitôt, ses pattes furent parcourues de soubresauts. Son corps se mit à trembler... et à grandir. Une seconde plus tard, Ézoah avait en face d'elle un grizzli ÉNORME.

Épouvantée, la fillette reprit sa course. Un grognement puissant et le bruit de pas précipités l'avertirent que l'animal se lançait à ses trousses. La fillette accéléra. Mais elle était fatiguée, et elle comprit qu'elle ne pourrait pas aller plus vite. Malgré sa volonté de fuir, elle sentait que dans quelques minutes elle allait finir dans le ventre d'un nounours fou !

En plus, le chemin montait dur. Ézoah avait l'impression d'entendre ses jambes crier : « On ne veut plus avancer ! Ça suffit ! C'est l'heure de la pause ! » « Un peu de patience, les supplia-t-elle. Sinon, vous ne courrez plus jamais ! »

Soudain, alors que la fillette débouchait, haletante, en haut de la colline, elle trébucha sur un caillou, perdit l'équilibre et sentit qu'elle basculait sur le flanc de l'éminence, que la pluie avait repeint en jaune. Elle se recroquevilla, serra son sac contre elle et roula, roula, roula, roula de plus en plus vite sur un toboggan d'herbe qui semblait sans fin.

LUNE MENTHE À L'EAU ASCENDANTE

La tigresse aux yeux de bronze

Malik, l'architecte en chef de la Forteresse, n'était pas peu fier de son œuvre.

Le Gardien l'avait imaginée, mais c'était à lui qu'avait échu la lourde et excitante charge de réaliser le rêve qu'on lui avait raconté.

Hélas, ces jours-ci, la Forteresse n'était plus que le regret d'elle-même - une image flatteuse, certes, mais aux couleurs fanées.

À l'horizon montait une fumée inquiétante qui ne cessait de s'élargir; les champs qui bordaient le château semblaient abandonnés; les douves censées protéger la demeure n'étaient plus entretenues; les mauvaises herbes et les ronces les avaient envahies; et l'œil attentif y voyait courir des ombres furtives - peut-être des rats gigantesques. Deux murs d'enceinte sur six étaient fissurés; un troisième tombait en ruine; tous se craquelaient; quant au pont-levis, nul ne le levait jamais, de peur qu'il ne s'abaissât plus.

Des lézardes commençaient à se dessiner sur les murs du donjon. Signe de temps difficiles, personne ne se souciait de ces prémices de destruction.

Ce matin-là, Malik avait encore essayé d'alerter le Gardien. Il avait revêtu sa tenue d'apparat, poudré sa perruque – insigne des architectes de châteaux, dont il était le Grand Timonier –, et il s'était présenté au Donjon. Le cyclope qui barrait l'entrée l'avait chassé.

Tout Grand Timonier qu'il fût, Malik n'avait guère insisté. Irriter un cyclope pouvait coûter cher. De plus, l'architecte ne s'était pas bercé d'illusions. Il savait qu'il avait environ une chance sur sept milliards d'entrer ; et il était connu pour être « le petit malchanceux ». Une peau de banane ? Un coup du sort ? C'était pour lui ! Le bon côté de cette apparente malédiction, c'est qu'il savourait d'autant plus d'être devenu l'architecte du château et le compagnon de la belle Maryam...

Mais Malik souffrait de voir son bébé de pierre se dégrader.

En tant qu'architecte, il devait déceler les anomalies techniques et proposer les solutions les plus astucieuses ; toutefois, la mise en œuvre des restaurations était l'apanage du Gardien. Or, le Gardien lui-même aurait eu besoin d'une bonne restauration, pensait l'architecte, tout triste.

Car la situation était critique : ou le Gardien se remettait et réparait les mondes ; ou il mourait, et le monde continuait sans lui ; ou il mourait, et les mondes mouraient avec lui. Comment savoir ?

Assis contre le mur d'enceinte, Malik inspira à fond, fouilla dans ses poches et sortit son arme fatale contre la peur, qu'il appelait son « brûle-cafard » : une pipe à cannelle. Fumer ce tabac odorant l'aidait lorsque son angoisse menaçait de le submerger.

Il venait d'allumer la poudre brune qu'il avait versée en abondance, lorsqu'il aperçut une tigresse qui s'approchait oreilles dressées, poil hérissé. Le félin semblait aux abois.

L'animal avait l'air de trouver suspect de n'avoir pas été arrêté aux abords puis aux portes du palais.

- De nos jours, on ne défend que le Donjon, lui expliqua l'architecte spontanément. La milice de cyclopes n'est plus assez nombreuse pour s'occuper de toute la Forteresse...

La tigresse hocha la gueule et s'approcha.

- Je peux m'asseoir à côté de vous ? demanda-t-elle en crachant le quartier de viande qu'elle avait dans la gueule. Je viens de faire un long voyage et j'aimerais finir ce chevreuil tranquillement.

- Je vous en prie...

- Vous voulez un bout du cuissot ?

- N... non merci, bégaya l'architecte en chef.

- Vous avez tort, c'est de la bonne bête, pas du gibier en peluche !

- Merci, mais je... j'ai arrêté le chevreuil.

L'architecte tira une bouffée de cannelle pour combattre la nausée qui lui venait (de la viande crue, quelle horreur !) et se donner une contenance. Puis il reprit :

- Je suppose que vous êtes venue spécialement du monde animal pour défendre le Gardien ?

- Oui, c'est moi que les miens ont choisie. On m'appelle Layla.

- Enchanté, Layla. Moi, c'est Malik. Je suis l'architecte en chef de la Forteresse... même si, depuis quelque temps, cette charge n'a plus aucun sens. Quand tout part à vau-l'eau, qui s'inquiète de l'allure des châteaux ?

- Personne, reconnut la féline. Mais j'espère que ce ne sera que passager.

L'architecte opina et lui jeta un coup d'œil admiratif. Elle était magnifiquement proportionnée. Ses muscles puissants ;

son beau pelage roux, court et lustré ; ses crocs acérés ; ses yeux alertes, couleur de bronze, bordés par un fin liséré noir autour des paupières... Tout donnait à penser qu'il s'agissait là d'une combattante aguerrie, spécialisée dans la protection de hautes personnalités. Malik n'aurait pas aimé se retrouver en face d'elle dans un combat singulier !

- Chez vous aussi, c'est de pire en pire ? s'enquit-il.

- Moui, lâcha-t-elle entre deux bouchées de viande. Dans le monde animal, la situation est encore tenable, mais elle se dégrade très rapidement. Si le Gardien ne fait rien...

- Il va trouver une solution, affirma l'architecte. C'est lui qui a créé nos mondes. C'est lui qui les sauvera.

Layla planta son regard dans celui de son interlocuteur.

- En êtes-vous sûr ? feula-t-elle.

L'homme hésita. Puis il vit la tigresse bondir de côté. Une ombre l'enveloppa... et il n'eut pas le temps d'avoir peur : l'instant d'après, il n'était plus qu'une mare de sang, de chair, de nerfs, de muscles et d'os broyés, dans laquelle flottaient quelques fines écorces de cannelle.

Un bloc de pierre venait de se détacher du rempart et de tomber pile sur la tête de celui qui l'avait élevé au sommet des murailles.

3.

Le perroquet pirate

VLAN !

Quelque chose de dur avait arrêté la chute d'Ézoah. La fillette entendit un murmure qui s'élevait autour d'elle. Elle essaya d'ouvrir les yeux. En vain. La tête lui tournait trop. Elle avait dévalé si vite le toboggan d'herbe...

Quand elle parvint à entrebâiller les paupières, le monde lui sembla flou. Dans ses yeux, des étoiles scintillaient ; des zébrures rouges rayaient l'espace.

Ézoah battit des cils. Cette fois, le décor parut plus net. Elle avait déboulé dans une sorte de bar. Mais pas n'importe quel bar !

Oh, comme dans n'importe quel bar, il y avait des tables, des tabourets et un comptoir, contre lequel Ézoah avait été projetée. Cependant, il y avait aussi une grande, une très grande différence entre ce bar et un bar normal : les serveurs et les consommateurs n'étaient pas des êtres humains. C'étaient des animaux.

La fillette aperçut, penchés au-dessus d'elle, une girafe à lunettes sur laquelle pavoisait un perroquet aux allures de corsaire (il avait un bandeau sur un œil), un écureuil perché sur le comptoir, trois hippocampes qui se balançaient sur leur queue, une étoile de mer qui battait des bras pour garder l'équilibre, deux kangourous... et deux bébés kangourous qui émergèrent de leurs poches !

Bon, pas de doute : elle n'était pas en Espagne. Ni sur Terre. Elle était ailleurs. Et où qu'elle fût, elle ne comptait pas y rester.

– Allons, poussez-vous ! cria quelqu'un. Vous l'empêchez de respirer !

Les kangourous s'écartèrent pour laisser passer une chatte. Celle-ci s'agenouilla devant Ézoah et lui demanda :

– Comment te sens-tu, mon enfant ?

– Drôle, avoua la fillette.

– Tu as mal ?

– Un peu. Pas trop.

– Tiens, bois ça, tu iras mieux après, affirma la chatte en lui tendant le verre qu'elle tenait dans son coussinet.

Ézoah se releva sur un coude et but une gorgée du liquide rouge pétillant. C'était frais, léger, pas mauvais du tout, mais étrange.

– Qu'est-ce que c'est ?

– Du jus de coquelicot aux amandes salées. Un cocktail très funky.

« Très *quoi* ? »

– Je m'appelle Maïenka, annonça la femme-chat.

– Moi, c'est Ézoah.

– Hum, très funky comme prénom. Dis, si tu te sens mieux, on pourrait s'installer à une table, non ?

Soudain, la chatte se tourna vers les autres animaux et gronda :

– Vous allez lui fiche la paix à la fin, oui ou non ? Ah ! C'est incroyable, de tels sans-gêne ! Les gens n'ont plus aucun respect pour la différence, de nos jours... Viens, petite !

Et Maïenka entraîna d'autorité Ézoah vers une table, dégageant les consommateurs déjà installés d'un geste qui ne souffrait pas de contestation.

Derrière elle, cependant, des murmures s'élevèrent.

– Celle-là, souffla la girafe à lunettes, elle se prend vraiment pour la reine du monde !

– Un de ces jours, je lui réglerai son compte, promit le perroquet pirate.

Un bébé kangourou se mit à rire :

– Toi ? Ça m'étonnerait, capitaine ! Tu es trop minuscule !

– Et alors, moussaillon ! J'ai maté des forbans plus coriaces, crois-moi !

– Hep-là ! cria le barman à un couple d'hirondelles qui rentrait à tire-d'ailes dans son estaminet. C'est une zone non-picoreurs, ici ! Les épis de maïs sont interdits ! Faut penser à ceux qui ne picorent pas, hein ! Ils sont pas obligés de subir les nuisances sonores, merci !

Les hirondelles s'entreregardèrent, gênées, et allèrent jeter leur épi de blé en s'excusant.

– C'est moi qui m'excuse, dit le barman, radouci, quand ses clients revinrent. Mais vous savez que depuis quelques lunes, la loi a changé. Si on laisse les consommateurs désobéir et qu'on a un contrôle, on est mal...

Pendant ce temps, Ézoah contemplait son T-shirt avec tristesse. Durant sa dégringolade, l'herbe avait déteint dessus. Même sa tête à Toto ne ressemblait plus qu'à un gros patouillis jaune.

Maribel allait hurler.

4.

La chatte imprésario

Maïenka laissa la fillette siroter deux gorgées de son jus exotique, puis elle passa à l'attaque :

– Que fais-tu parmi nous ? Tu viens assister à la grrrande représentation ?

– « La grande représentation » ? répéta la fillette.

– Ben... oui ! La première des trois représentations du grand Cirque au sol ! Elle a lieu ce soir.

– Il y a un *cirque* ?

Maïenka soupira, ce qui fit frémir ses moustaches.

– Pas *un* cirque : *le* Cirque au sol, avec Superpuce, la puce la plus forte du monde. D'où sors-tu, pour ignorer ça ?

– D'Espagne, répondit Ézoah. En fait, je suis Mexicaine, mais j'ai été adoptée par des Espagnols. Ils sont gentils, même s'ils ne s'occupent pas beaucoup de moi.

La fillette expliqua ce qu'elle traficotait avant d'aboutir ici. La chatte ne parut pas surprise.

– Ici..., commença-t-elle.

– Mais on est où, « ici » ? l'interrompit Ézoah.

– À Mallemonde, évidemment !

– C'est quoi, Mallemonde ?

– Un endroit où les gens passent souvent d'un monde à l'autre.

– Quoi ? Il y a plusieurs mondes ?

– Bien sûr !

– Et on peut circuler entre eux ?

La chatte acquiesça :

– Même si, depuis quelques lunes, cela se fait de moins en moins...

– Je ne comprends rien à ce que vous racontez, avoua la fillette en fronçant ses sourcils noirs. C'est quoi, des lunes ? Il y en a plusieurs ?

– C'est vrai, tu débarques... Ici, il y a sept lunes. Chacune se lève tour à tour : c'est le moment des lunes ascendantes. Puis, quand les sept sont apparues, elles se couchent l'une après l'autre : c'est le moment des lunes descendantes. L'apparition et la disparition des sept lunes s'appelle une lunerée. Selon le moment, chacune des lunes brille plus ou moins.

Ézoah hocha la tête pour laisser croire que tout était clair.

– Et toi, continua Maïenka, tu as parlé du Mexique et de l'Espagne... Dis-m'en plus ! Qu'est-ce qui caractérise ton monde ?

– Euh... Eh bien... Les animaux ne parlent pas... Il y a des routes... Des gens...

– Ça n'a pas l'air très funky.

– Ici non plus, ça n'a pas l'air très, euh... funky ! objecta Ézoah. J'ai été poursuivie par une araignée géante et par un ourson qui s'est transformé en un horrible grizzli !

Le visage de Maïenka devint grave.

– Avant, ces choses-là ne se produisaient pas. Hélas, récemment, des monstres sont apparus, et nous ignorons pourquoi ils sont là... et comment nous en débarrasser. Enfin, tu découvriras ces histoires en détail bientôt. En attendant, ça te dirait de venir au Cirque, ce soir ?

– C'est-à-dire que... d'abord, j'aimerais bien comprendre ce que je fabrique à Mallemonde !

– Il n'y a pas trente-six solutions : il faut que tu viennes à la capitale et que tu rencontres Elder.

– C'est qui, lui ?

– Le Gardien des mondes.

– Vous l'avez déjà rencontré, cet Elder ?

Maïenka se frisa les moustaches d'un geste coquet de la patte droite :

– Non, jamais. Mais tout le monde dit que, pour le voir, il faut aller à la capitale. Je t'y emmènerai demain.

– Pourquoi pas maintenant ?

– Parce que, ce soir, je dois aller au Cirque au sol !

– Pourquoi ? insista Ézoah, têtue.

– À cause de mon job. Du business, si tu préfères.

Avisant les yeux ronds de son interlocutrice, elle traduisit une deuxième fois :

– Du boulot, quoi.

– Vous faites quoi, dans la vie ?

– Je suis imprésario.

– C'est-à-dire ?

– Je repère des artistes très talentueux et je leur trouve des spectacles à faire. En échange, chaque fois qu'ils montent sur scène, ils me donnent une partie de ce qu'ils gagnent.

– Ça a l'air, euh... funky, commenta la fillette.

Maïenka approuva :

– C'est très funky. Limite groovy.

– Et vous vous occupez de gens connus ? demanda Ézoah.

– Je m'occupe de superstars, tu veux dire, uniquement de superstars ! Superpuce, par exemple, c'est moi.

– Ah bon ? Je croyais que vous étiez Maïenka !

– Oui, je suis Maïenka, mais c'est à moi que Superpuce doit son succès. Tu sais, pour avoir du succès, il ne suffit pas d'avoir du talent. Ça aide, mais ce n'est pas l'essentiel. L'essentiel, c'est l'imprésario... et la chance. Or, Superpuce a eu une chance folle ! Je l'ai repérée lorsqu'elle n'avait que quelques jours : elle cassait déjà deux allumettes à la fois en sautant dessus. Elle ne se rendait pas compte de sa force. Maintenant, elle ne se déplace qu'en prunellia privé, elle ne vit que sur des chiens de race, elle a des millions de fans... Et tout ça grâce à qui ?

Ézoah laissa la question en suspens. Elle venait d'apercevoir à ses pieds une sorte de vieille machine toute poussiéreuse et très intéressante. Elle s'en empara tandis que Maïenka répétait :

– Grâce à qui ?

– Grâce à qui *quoi* ?

– Grâce à qui Superpuce est-elle une superstar ?

– Grâce à SuperMaïenka ? proposa la fillette.

La femme-chat sourit de toutes ses canines :

– Hé ! Tu as déjà un agent ? Je te trouve assez funky, pour une petite fille !

– Je ne suis plus une petite fille depuis longtemps : j'ai huit ans !

Soudain, une sonnerie stridente retentit dans le bar. Ézoah sursauta sans cesser de trifouiller sa vieille machine.

– Vite ! Lève-toi ! ordonna Maïenka en bondissant sur ses pattes.

– Pourquoi ?

– Parce que... Trop tard ! Accroche-toi ! Ça va danser !

La fillette sentit que son tabouret vibrait. Et soudain, elle s'aperçut qu'elle avait décollé : elle était à présent à deux mètres au-dessus du sol.

5.

La danse des tabourets

Ézoah ne paniqua pas. Elle pensa que son siège allait redescendre tranquillement.

Mais non.

Les autres tabourets aussi avaient jailli et restaient en lévitation. Ils demeurèrent immobiles jusqu'au moment où un kangourou fit un geste pour s'approcher de la fillette et lui porter secours. À cet instant précis, les tabourets s'ébranlèrent, formant une grande farandole.

Cramponnée à sa monture, Ézoah se retrouva trimballée aux dix coins de la pièce. Elle aurait donné cher pour redescendre. Elle avait le vertige et ne se sentait pas très à l'aise. Si au moins elle avait chevauché une chaise, elle aurait pu s'accrocher au dossier ! Là, elle craignait de verser à chaque seconde.

À chaque secousse, elle écartait les bras, à la manière d'un équilibriste sur son fil ; quand le siège oscillait vers la droite, elle se penchait vers la gauche, et inversement. Si ce n'était que cela, la « danse des tabourets », elle n'avait qu'à attendre que ces drôles d'objets finissent de se promener à la queue leu leu à travers l'estaminet. Ensuite, elle descendrait et donnerait un grand coup dans les pieds de son siège qui l'avait trahie.

Mais, soudain, une musique s'éleva. Avant même de déceler le rythme et le genre du morceau, Ézoah trouva que la chanson avait une odeur lourde de solitude, de bitume et d'essence mélangés.

Les premières notes avaient bouleversé les tabourets. Des frissons avaient parcouru la monture d'Ézoah. Les tabourets danseurs avaient formé deux rangées d'une demi-douzaine de sièges qui se faisaient face ; idéal pour entamer un quadrille endiablé !

Chaque tabouret prit d'abord la place de son voisin de droite, le dernier sur la file venant se replacer à l'extrême gauche. Puis ils permutèrent avec leur voisin d'en face. Ézoah vivait leurs évolutions avec une angoisse grandissante. Car d'une part elle lévitait à deux mètres du sol, ce qui n'est déjà pas très confortable ; et, d'autre part, les tabourets, eux, s'évitaient très mal. Ils n'étaient pas doués pour la danse. La plupart se cognaient au passage.

– HIIIIII ! glapit la girafe à lunettes.

– Attention ! cria le barman. Ça va steaker !

Pas besoin d'explication : deux tabourets venaient de se percuter violemment.

« "Steaker", ça veut dire : "faire boum" en chimpanzé », conclut la fillette.

Mais la danse dégénérait. Les sièges préféraient se rentrer dedans plutôt que de danser. Ézoah s'était trompée : ce n'étaient pas des tabourets danseurs, c'étaient des tabourets tamponneurs !

La fillette en aperçut cinq qui gisaient sur le sol, les quatre pieds en l'air. Il fallait réagir vite. Alors, Ézoah empoigna son tabouret par les deux pieds de devant. Elle cala ses jambes sur les pieds de derrière. Là, elle essaya de commander sa monture par télépathie.

« Avance ! » lui ordonna-t-elle dans sa tête.

Rien. Le tabouret continuait de reculer très rapidement.

« Avance, s'il te plaît, monsieur Tabouret ! » insista-t-elle.

Aucun effet.

« La politesse, c'est fait pour les chiens, pas pour les tabourets », conclut la fillette.

Au moment où son siège allait rentrer dans l'un de ses semblables, la fillette poussa un grand coup avec son tibia droit sur le pied arrière du tabouret, afin de dévier sa trajectoire ; et, simultanément, elle tira sur son bras gauche pour freiner sa course.

Gagné !

Non seulement sa monture cessa de reculer, mais, de surcroît, elle se mit à tourner sur elle-même. Le tabouret qui s'apprêtait à percuter Ézoah poursuivit sa route... pan, dans le mur ! Sonné, il tomba à terre et ne bougea plus.

Une salve d'applaudissements salua l'esquive.

– Olé ! cria l'écureuil depuis le comptoir.

– Allez, petite ! clama le barman. Steake-les-moi tous ! Tu peux le faire !

– Ouais, allez, petite ! mugit l'assistance en chœur.

Ézoah aurait aimé rectifier une bonne fois pour toutes : elle n'était plus petite depuis longtemps. Mais elle n'eut pas le loisir de mettre les choses au point. Un tabouret avait profité de sa position en vol stationnaire pour l'attaquer par derrière.

Déséquilibrée, la fillette recula en zigzag. Puis elle appuya sur le pied arrière droit avec son tibia droit. Le tabouret se cabra. Dans sa tête, le meuble poussa un hennissement vibrant (« HU-U-U-U-UE »), à la manière d'un mustang vexé d'être pris au lasso par un cow-boy.

Ézoah se pencha vers l'avant et saisit le haut des antérieurs. Elle était à présent presque couchée sur sa monture.

Et elle n'était pas contente.

Virant sur le côté gauche, elle repéra le lâche qui lui avait flanqué un coup dans le dos. Il était en train de s'éloigner, l'air de rien.

Son sort était scellé. « Je m'en vais te me le steaker, quelque chose de funky ! » songea la fillette.

Elle poussa sa monture avec force et cingla vers l'ennemi. Lequel tenta de s'échapper à droite. Ffffiou, Ézoah fila lui barrer la route. Il feinta le passage à gauche ; mais de lui-même, le tabouret de la fillette l'en empêcha. Apparemment, il appréciait sa dresseuse improvisée, et il était prêt à collaborer.

Voyant sa fuite coupée, l'adversaire d'Ézoah bondit en avant, légèrement de biais.

C'est ce qu'Ézoah attendait.

Elle se souleva. Sa monture suivit le mouvement, laissant passer son adversaire sous lui. Mais la fillette se rassit avec rage. Son tabouret perdit vingt centimètres de hauteur et percuta son ennemi, qui s'écroula sur le flanc. Ézoah venait d'éliminer un deuxième attaquant !

– Olé ! s'écrièrent les clients.

Les commissures des lèvres de la fillette remontèrent très légèrement. Pour la première fois depuis son arrivée dans cette contrée étrangeoïde, elle avait l'impression de s'amuser.

Mais, quand elle vit ce qui l'attendait, sa joie s'évanouit.

Les derniers tabourets en lice s'étaient regroupés à l'autre bout du bar et se concertaient avant de passer à l'attaque.

6.

Le tabouret sauvage

Ézoah se reprocha aussitôt d'avoir pensé cette absurdité. Un tabouret ne peut pas avoir de stratégie. Un tabouret ne réfléchit pas. Un tabouret n'est qu'un bout de bois, de plastique ou de métal, sur lequel on pose ses fesses, et pas un mustang sauvage !

D'ailleurs, passée la surprise, les consommateurs se contentaient de regarder le spectacle sans intervenir. Il n'y avait sans doute aucun danger !

C'est alors que Maïenka frappa. Griffes en avant, moustaches dressées, canines apparentes, elle fonça droit devant elle et, d'un coup de patte, fit valdinguer le premier tabouret qui lui tomba sous le coussinet.

Instantanément, les sièges infléchirent leur position : sans laisser la moindre ouverture, ils formèrent une flèche évasée, avec l'un des leurs en tête, encadré par deux autres légèrement derrière, puis deux autres, et ainsi de suite. La chatte dut ainsi affronter l'avant-garde, d'abord : elle envoya l'insolent bouler derrière elle sans difficulté. Puis deux sièges frappèrent – l'un attaqua l'imprésario à la tête, l'autre à la queue. Avant qu'elle n'eût pu se débarrasser d'eux, deux autres lui tombèrent dessus. Elle miaula de rage et se débattit. Mais, revenant par derrière, la première victime de la féline frappa l'imprésario enragée sur l'arrière du crâne.

Un « jdong » plus tard, la chatte titubait puis s'écroulait. Deux sièges enfourchèrent le corps inanimé, le ramenèrent près du comptoir et reprirent leur place.

Ézoah frémit. Maintenant que les tabourets en avaient fini avec la seule protectrice de la fillette, ils allaient pouvoir mettre au point leur attaque. Tranquillement.

Elle adopta la seule tactique qui lui vint à l'esprit : elle s'avança avant que ses adversaires n'eussent mis tous les détails au point. Ils l'imitèrent et s'approchèrent en ligne.

« Pas malin de leur part ! » jugea-t-elle.

Elle relâcha mains et jambes, sentit son tabouret s'agiter – elle aurait juré qu'il s'était décontracté les pieds, à la manière d'un sportif se préparant à affronter une dernière difficulté –, lui flatta les flancs pour l'encourager, entendit la musique rugir... et, tadaaaa ! partit au combat.

Elle rejeta son poids en arrière, afin d'obliger sa monture à se présenter les pieds en avant – ainsi, Ézoah serait un peu protégée des mauvais coups. Elle poussa son siège à cingler vers l'extrême droite de la ligne d'adversaires. Et, profitant de l'immobilité de ses ennemis, qui ne voyaient pas où elle voulait en venir, pof-pof-pof ! elle fit tomber chaque tabouret selon la même méthode : le survoler (en se soulevant légèrement pour aider sa monture à s'élever) puis l'enfoncer d'un coup (en s'asseyant brusquement pour profiter de son poids).

Quand ils ne sont pas apprivoisés, les tabourets sont tenaces, vifs et impitoyables ; mais ils ne sont réputés ni pour leur vivacité d'esprit, ni pour leur intelligence. À juste titre : la fillette réussit à renverser tous les sièges... sauf le dernier !

Situé à l'extrême gauche, celui-ci avait eu le temps de saisir ce qui se passait. Il préféra lever ses quatre pieds en l'air pour se rendre.

La fillette l'agrippa et descendit lentement vers le sol avec lui. Une fois par terre, elle le relâcha. Son ennemi ne broncha pas. Alors, Ézoah sauta à bas de sa monture, l'embrassa et, au moment où la musique s'éteignait, se tourna vers les consommateurs pour qu'ils pussent les applaudir, elle et son complice, comme ils le méritaient.

– BRAVO ! crièrent les spectateurs, posant leur verre.

Ils coururent tous vers elle, hormis Maïenka qui se relevait à peine et frisait ses moustaches d'un air de dire : « Même pas mal ! » Les admirateurs réclamaient une bise à la petite humaine. Elle avait l'impression d'être une star en train de signer des autographes !

– Comment t'as fait ça ? s'exclama un bébé kangourou.

– Ça pourrait devenir un nouveau sport pour vous autres rampants ! suggéra une chouette effraie. La danse des tabourets...

Un animal rayé de noir et de blanc, le poil humide, les yeux gonflés comme s'il avait à peine émergé de son lit, lui tendit une patte.

– Au nom des ratons-rêveurs, merci, déclara-t-il, très solennel. Je raconterai votre exploit à mes amis, et vous peuplerez nos rêves d'aventures amusantes. Nous ne trouvons plus guère de gens comme vous de nos jours. Et maintenant, si vous le permettez...

Il bâilla profondément :

– Je vais... aller... faire un somme...

Sur ce, il se lova aux pieds de la fillette et s'endormit.

– Tu ne veux pas recommencer ? proposa un buffle à cornes chromées, essoufflé. Je viens d'arriver et j'ai loupé le spectacle...

– Est-ce que vous connaissez Elder ? lui demanda Ézoah sans prendre le temps de lui répondre. Il faut que je le rencontre, et...

Elle s'arrêta. Le buffle secouait sa grosse bouille cornue.

– Désolée, fistonne, je...

– Mais vous allez la laisser tranquille, à la fin ! lança une voix haut perchée.

Aussitôt, les consommateurs s'écartèrent en grommelant devant Maïenka. L'autorité de la chatte agaçait toujours autant ; et, pourtant, personne n'osait la remettre ouvertement en cause.

– Je n'aime pas trop les scènes de violence, annonça-t-elle à Ézoah d'une voix encore pâteuse. Cela dit, je respecte et je dois reconnaître que, dans le genre, tu es plutôt funky.

La fillette sourit, sensible au compliment, et tapota son tabouret :

– C'est une victoire d'équipe, vous savez ! Sans mon fidèle destrier, je n'aurais jamais pu gagner !

Sous sa main, son tabouret tressauta. Elle en était sûre : sa monture l'avait comprise et la remerciait à son tour.

7.

Les pailles d'éléphant

Le calme revint sur le bar. Une musique aromatisée à la barbe à papa se répandit. Les animaux remirent les tabourets d'aplomb. Plus de peur que de casse : tous les sièges tenaient encore sur leurs pieds.

Deux ratons-rêveurs vinrent chercher leur semblable qui s'était endormi devant la fillette. Ils l'entraînaient vers la sortie quand, avisant un coin tranquille près de la porte, ils s'y roulèrent en boule et s'assoupirent malgré le brouhaha de plus en plus puissant qui emplissait la salle. De temps en temps, on les entendait crier en plein songe :

– Oléééé ! Oléééé !

Puis ils retombaient en silence.

Le chimpanzé-tenancier offrit un jus de coquelicot bien pétillant à Ézoah pour l'aider à se remettre de ses émotions. La fillette constata que le bruit de la nouvelle danse des tabourets s'était répandue comme une bouteille de soda trop secouée : partout et très vite. Le perroquet en rajoutait sans cesse ; à l'entendre, Ézoah s'était battue seule, blessée, presque mourante, contre plusieurs milliers de tabourets sanguinaires qui bavaient de fureur et s'apprêtaient à la piétiner de leurs pieds meurtriers.

Cependant, la fillette avait retrouvé le vieux distributeur de cacahuètes sur sa table. Pendant qu'elle s'acharnait sur lui, elle se tourna vers Maïenka, et lui rappela sa promesse :

– Avant la danse, vous deviez m'expliquer ce qui se passait dans ces mondes..., dit-elle en essayant d'ôter le couvercle du distributeur.

– Eh bien, comme tu sais, les tabourets sont des animaux presque comme les autres.

– Les tabourets ? Vous croyez que ce sont des animaux ?

– Ça t'étonne ?

– Euh... Un peu. En Espagne, ce sont plutôt des objets...

– Quelle horreur ! Ici, ils communiquent, ils expriment leurs sentiments.

– Et ils se steakent ? compléta la fillette.

– Beurk ! Je n'aime pas ce mot, ça fait chimpanzé. Eh non, les tabourets ne se « steakaient » pas sans raison. Sauf que, depuis quelques lunes...

– Quelques *quoi* ?

– Quelques lunes. Tu as déjà oublié ? Souviens-toi : dans Mallemonde, il y a sept lunes qui se lèvent, donc sept lunes qui se couchent. Elles sont plus ou moins lumineuses ; et, *grosso modo*, toutes les trois lunes, tu dors.

– D'accord... han ! Donc, depuis quelques lunes...

– ... le comportement des tabourets a changé. Alors, les tenanciers de bar ont été obligés d'installer une sonnerie qui se déclenche dès que leurs sièges commencent à vibrer.

– Ce n'est pas très... han ! funky ! Dites, vous ne voulez pas m'ouvrir ce truc ?

Maïenka déboucha l'objet sans la moindre difficulté. Ézoah écarquilla les yeux. Cette chatte était drôlement puissante !

– La danse des tabourets n'est pas très funky, reconnut l'imprésario. D'autant que certains consommateurs n'ont pas le temps de sauter à terre !

– Je vois à qui vous pensez...

– Oh, tu n'es pas la seule ! Et toi, tu t'en es bien sortie. D'autres s'en sont tirés avec des bleus. Certains se sont même cassé des pattes.

– C'est partout pareil dans ce pays ?

– Dans ce *monde*, rectifia Maïenka. À ma connaissance, non, cette danse n'arrive qu'ici. Mais on a étendu les mesures de prudence à l'ensemble du monde. D'autant que d'autres animaux sont aussi perturbés que les sièges... Et, euh... est-ce que, à mon tour, je peux te poser une question ?

– Oui, bien sûr !

– Qu'est-ce que tu fabriques depuis tout à l'heure, avec cet engin hors d'usage ?

– Il me faudrait des petits bouts de tuyau.

– Tu ne m'as pas répondu, objecta Maïenka.

– Huit petits bouts seraient suffisants, s'obstina Ézoah.

Elle se tourna vers le barman et l'interpella :

– Hé, vous ! Vous auriez huit petits bouts de tuyau ?

– Des tuyaux comment ?

– Ben... cylindriques avec un trou à l'intérieur.

Le chimpanzé se gratta la tête :

– Non, des comme ça, j'en ai plus. J'ai des bouts de tuyau pleins et rectangulaires avec des piques au bout, et... Attends ! j'ai des pailles pour éléphants, ça ressemble.

– Très bien. Vite. J'en veux huit.

– Huit pailles, ça roule !

Pressé de satisfaire celle qui était à la fois la vedette de la journée et la seule dresseuse de tabourets qu'il connût, le tenancier farfouilla dans un tiroir et lui apporta ce qu'elle exigeait.

Aussitôt, Ézoah ouvrit le sac qu'elle avait gardé avec elle, en sortit un tournevis, une pince, un marteau, des chutes de tissu, des lamelles de verre précieusement enveloppées dans du coton, et un très-gros-tas-de-trucs. Interloqué, le chimpanzé l'observait en silence. Le couple d'hirondelles et la famille kangourou au complet s'approchèrent pour voir ce que fabriquait l'inconnue.

– Passez-moi une demi-bouteille et un pinceau, exigea la fillette. Presto !

– Euh, je..., commença le barman.

– Fin, le pinceau. Mais résistant quand même. Vous voyez le genre ?

– Je vais te scier une bouteille, promit le chimpanzé. Par contre, je n'ai pas de pinceau.

– Quoi ? rugit Ézoah.

Le tenancier recula brusquement, heurtant au passage la tête de la girafe qui s'était penchée pour regarder, elle aussi. Elle perdit ses lunettes sous le choc et dut demander au couple d'hirondelles de les lui remettre.

– Je... je n'ai pas de pinceau, répéta le grand singe, la tête basse.

La fillette le fixa un moment. Puis elle lâcha :

– Vous avez les poils trop longs. Coupez-en quelques-uns et collez-les au bout d'un bâton.

Le chimpanzé passa pudiquement derrière le comptoir pour exécuter les ordres de sa cliente. Le perroquet corsaire tenta de l'intercepter au passage :

– Hep-là, capitaine ! Un jus de coquelicot aux amandes salées, avec beaucoup d'amandes, et que ça saute !

– Chuuut ! protesta un kangourou. Vous ne voyez pas qu'on travaille, ici ?

– Eh bien, quand d'autres travaillent, ça m'donne soif ! Je m'souviens d'une tempête effroyable ! Ah, on était pas peu fier de naviguer dessus les flots et de vivre au gré de notre bateau. Mais quand les flots font des creux immenses et qu'on est perché en haut du hunier, on...

– SILENCE ! gronda le public de la petite fille, qui s'était élargi à tous les consommateurs... moins le perroquet, pas content qu'on lui volât la vedette.

Cette humaine avait déjà accompli un exploit. Elle semblait partie pour en réaliser un deuxième. Mais lequel ?

Le brouhaha était tombé. On n'entendait presque plus la musique aromatisée à la barbe à papa. Les yeux étaient braqués sur la table où la fillette s'échinait. Un frisson parcourut le public lorsqu'elle déclara :

– Ça y est ! J'ai fini ! Alors... qu'est-ce que vous pensez de mon bizardouillage ?

8.

L'araignée bleue

– Euh... Pourquoi c'est bleu ? hasarda le buffle aux cornes chromées, comme si ç'avait été la première question qui se posait.

Ézoah s'était reculée pour admirer son œuvre et paraissait satisfaite. Elle avait greffé les huit grandes pailles pour éléphants au distributeur de cacahuètes. Au-dessus, elle avait disposé quatre lamelles de verre qu'elle avait recouvertes d'un petit chiffon noir. À l'intérieur, elle avait installé un mécanisme compliqué sur lequel elle avait appliqué un coup de peinture antirouille avec le pinceau en poil de chimpanzé. Elle avait peint le tout en bleu avec des pois blancs, comme l'intérieur du bar de l'Hôtel bleu (à pois blancs).

– Parce que nous sommes à l'Hôtel bleu, supposa un flat-coat qui venait de débarquer.

– C'est une sculpture ? demanda la maman kangourou, visiblement perplexe.

La fillette eut l'air stupéfaite :

– Une sculpture ? répéta-t-elle.

– J'aime beaucoup, s'empressa d'affirmer Maïenka. On sent un peu d'immaturité dans la réalisation, mais le propos est assez insolent. Hélas, l'art plastique tridimensionnel, ce n'est pas mon crén...

– Ce n'est pas du tout de l'art sculptique ! la coupa Ézoah. C'est une araignée à faire les lits.

Un fourmilier à poil court s'avança entre les pattes des autres animaux et leva la tête vers la table, intéressé.

– Une araignée à faire les lits, dites-vous ? intervint le chimpanzé. Ça marche comment ? Vous comprenez, je suis le patron du bar *et* de l'hôtel.

– Ça marche à l'énergie solaire, répondit la fillette.

– N'importe quoi ! grogna le perroquet corsaire. Voilà le problème, avec les jeunes : ils ont toujours besoin d'attirer l'attention sur eux. Moi, quand j'étais plus fringant, je savais tenir mon bec. J'étais moussaillon sur le trois-mâts d'Elder, et je...

– Vous avez connu Elder ? s'écria Ézoah.

– Si j'ai envie de raconter des histoires d'Elder, je n'hésiterai pas. Pour le moment, c'est ma vie que j'ai envie de raconter. Alors, fais silence quand je parle !

– Non, *toi*, fais silence quand tu parles ! l'interrompit le chimpanzé. Tu deviens lourd !

– Je rêve ! trompeta le perroquet en gonflant ses plumes. Vous en avez pas marre, d'entendre ces âneries comme les araignées solaires à faire les lits...

Sans lui répondre, Ézoah enleva le chiffon noir qui recouvrait les lamelles de verre. Aussitôt, l'ex-distributeur s'ébroua. Lentement, il étira ses huit pattes l'une après l'autre. Il toussota, cracha une vieille cacahuète et pivota vers sa conceptrice. Ézoah s'en empara et le posa par terre.

Elle-même était étonnée d'avoir abouti si vite à quelque chose... et à quelque chose qui semblait fonctionner ! Pourtant, elle adorait bricoler dans l'appartement de ses parents adoptifs tandis qu'elle passait de longues heures, seule, à attendre leur retour. C'est ainsi qu'elle avait pris l'habitude de ramasser des trucs, des bidules, des machins et des espèces d'objets au hasard de ses promenades. À ses moments perdus, elle les mettait ensemble pour voir ce que ça donnait. Elle ne manquait pas d'imagination. Heureusement, car les résultats de ses trifouillis étaient souvent spectaculaires dans sa tête... et à peu près nuls dans la réalité.

Mais, cette fois, ça avait l'air de marcher, voire de courir ! En effet, à peine posé sur le sol, l'étrange engin avait filé vers l'escalier qui menait aux chambres.

Peut-être ses bizardouillages allaient-ils lui être plus utiles pour trouver Elder que le témoignage d'un perroquet corsaire...

Ézoah, Maïenka, le fourmilier, sa petite copine ornithorynque, le chimpanzé, le flat-coat, un serveur chat, la chouette effraie, la famille kangourou, le couple d'hirondelles, l'étoile de mer géante qui pivotait sur elle-même pour avancer, les deux hippocampes, l'écureuil et le perroquet corsaire lui emboîtèrent le pas.

Le buffle fut prié de rester en bas des marches, pour des questions de sécurité.

– Votre encolure est beaucoup trop impressionnante ! préféra avancer le chimpanzé.

Incapable de manœuvrer dans le couloir, l'animal risquait de rester coincé à l'étage et de déchirer les murs étroits avec ses cornes chromées. Le patron lui promit qu'il lui raconterait tout en redescendant.

La girafe sortit pour assister au spectacle depuis la rue. Elle non plus ne pouvait pas monter l'escalier, mais cela n'avait guère d'importance : si elle se hissait et tendait le cou, sa tête arrivait pile à la hauteur du premier étage. Et, grâce à ses lunettes, elle ne manquerait rien.

L'araignée à faire les lits s'arrêta devant la première chambre venue. Le chimpanzé se dépêcha de lui ouvrir. En un éclair, la bestiole grimpa sur le lit, agita les grandes pailles d'éléphant qui lui tenaient lieu de pattes, rejeta la couverture, défit les draps, les secoua, les remit sommairement, les tira aux quatre coins, tapota la couverture, redescendit, étendit la couverture pour faire disparaître le creux laissé par son passage, puis se dandina sur ses huit pattes et tournoya sur elle-même.

Ézoah remit le chiffon sur les lamelles, et l'engin s'immobilisa tandis que les acclamations des spectateurs s'élevaient.

– Soyez pas chiens, racontez-moi ! beuglait le buffle de sa grosse voix suppliante.

Ézoah était aux anges. Son bizardouillage fonctionnait. En plus, des tas d'animaux plus mimi les uns que les autres la priaient de les serrer contre elle, et elle adorait signer ce genre d'autographes ! Elle n'avait plus que deux choses à déterminer : ce qu'elle fabriquait ici, et comment elle allait se sortir de là.

Rien d'insurmontable, *a priori*. Quand on sait fabriquer une araignée solaire à faire les lits, on doit pouvoir rentrer chez soi sans problème !

Lune pailletée naissante

Le Viking le plus fort des mondes

Layla la tigresse observa froidement le bloc de pierre ensanglanté sous lequel gisait Malik.

La mort n'avait aucune importance. En tout cas ni la sienne, ni celle des inconnus, ni celle de ses ennemis.

Layla était une tueuse.

Quelque temps après qu'elle fut entrée au service de Maïenka, une célèbre chatte du monde animal, elle avait gagné son surnom de « Cruella » en égorgeant un loup qui s'était jeté sur sa maîtresse. Elle n'y avait pris aucun plaisir. Elle n'avait fait que son métier : protéger. Et tuer, s'il le fallait.

Le décès de l'architecte en chef ne la révoltait pas. C'était un indice qui donnait une idée de l'état de dégradation des mondes. Ici, la situation semblait plus critique que dans le monde animal, d'où elle venait. Il était temps qu'elle arrivât. Le Gardien allait avoir besoin d'elle.

Elle s'étira longuement, griffa le sol pour marquer sa présence, avala le reste de viande qu'elle avait réussi à préserver du bloc de pierre, jeta un œil sur le ciel gris puis s'avança sans se presser vers le Donjon. Là, un cyclope en armure osa lui barrer le passage.

- On n'entre pas, ma belle, grogna-t-il derrière son heaume. Sécurité oblige.

- Je viens défendre le Gardien, mon vilain, rétorqua-t-elle. Je suis l'Envoyée du monde animal.

- T'as un papier pour me prouver ça, pucette?

- Pourquoi? Depuis quand tu sais lire, demi-cervelle?

Le colosse éclata d'un rire tonitruant :

- Allez, circule, petite. Sécurité oblige. Si t'as pas de papier, tu passes pas. J'ai pas de temps à perdre avec les minettes de ton acab...

Il ne finit pas sa phrase. Layla lui avait déjà sauté à la gorge. Ses antérieurs plantés dans les jointures de l'armure, elle pointait ses griffes vers l'unique œil du colosse.

- Écoute-moi bien, gros lard, si tu tiens à la vue! cracha-t-elle. Je suis la meilleure garde du corps du monde animal, et c'est pour ça qu'ils m'ont désignée comme leur Envoyée. Je voyage léger, donc je ne me suis pas encombrée avec des laissez-passer. Cela étant, si sécurité oblige, je peux te prouver que je suis digne de protéger le Gardien. Ça te dit?

Le cyclope gardait l'œil fixé sur la griffe spectaculaire et toute proche, derrière laquelle se profilaient les moustaches frémissantes de Layla. Trop dangereux.

- P... pas la peine, tu peux passer, souffla-t-il.

Un moment, la tigresse resta immobile, et le cyclope cessa de respirer. S'il avait le malheur de battre des paupières, il allait s'embrocher l'œil sur la lame affûtée qu'il voyait de très, très près. Puis son assaillante sauta souplement à terre, se faufila entre les jambes du cyclope et disparut à grandes foulées vers les marches de l'escalier monumental qui menait au sommet du Donjon. Malgré le délabrement des mondes, elles étaient en bon état... hormis certaines, qui avaient disparu. Quelques trous avaient été rebouchés à la va-vite avec des planches ; mais, plus le visiteur grimpait, plus il devait sauter par-dessus des gouffres non rebouchés.

Il ne faisait pas chaud dans le Donjon : ses parois épaisses arrêtaient les rares rayons de soleil, dont les plus têtus parvenaient à peine à se faufiler par les meurtrières. Faibles sources de lumière et de chaleur à la fois, des flambeaux qui semblaient manquer de feu crépitaient aux murs.

Tandis qu'elle montait, Layla aperçut des formes floues vêtues de brocarts aux vives teintes prune qui descendaient. « Tiens ! Les Sages », pensa-t-elle. « Ils existent donc... » Ces figures légendaires, nommées à vie, étaient chargées de conseiller le Gardien en faisant le lien entre les mondes et lui... du moins au temps où l'homme était en mesure de les recevoir et de suivre leurs avis.

La salle où reposait le Gardien était située tout en haut du Donjon. Donc très, très haut ! Néanmoins, Layla poursuivait son ascension sans ralentir. Heureuse d'approcher du but de son voyage, elle avait oublié sa fatigue. Elle était d'une nature endurante ; et sa mission l'exaltait.

Bien qu'elle rechignât à se l'avouer, elle était flattée d'être l'une des sept Envoyés chargés de veiller sur le Gardien. Elle aimait son travail d'agente de sécurité, mais il fallait le reconnaître : certaines protections étaient plus intéressantes à assurer que d'autres.

On racontait que, dans le temps jadis, il existait sept Gardiens, un par monde. Layla était née trop tard pour connaître ce moment béni ; et le dernier témoin direct de cette époque merveilleuse, c'était le Gardien lui-même. Vrai ou faux, ce on-dit avait toujours excité l'imagination de la tigresse. Avec sept Gardiens, elle aurait eu plus de chances d'obtenir un poste prestigieux ! Aujourd'hui, comme disait sa mère, « Les places de Protecteur personnel du Gardien se comptent sur le coussinet d'une patte ! »

Aussi, depuis qu'elle avait entamé sa carrière, Layla avait-elle dû se contenter de passer de poste en poste. Elle avait choisi de travailler dans le show-business. Des grands commerçants, qui craignaient d'être enlevés, l'avaient sollicitée. Mais ils n'étaient pas assez sexy à son goût. Layla aimait les paillettes. Bien sûr, dans le star-system, les étoiles sont éphémères ; et tel qui était vedette la veille se retrouve le lendemain inconnu dans la foule. La tigresse avait donc souvent changé de patronne... ou de patron. La plupart du temps parce que ceux-ci étaient passés de mode ; mais parfois simplement parce qu'elle en avait eu assez.

Par chance, elle n'avait pas manqué de travail : toutes les stars du monde animal se devaient d'avoir leur Protecteur personnel pour « faire chic ». La tigresse avait bénéficié d'un retournement de tendance : après la vogue des rhinocéros protecteurs, était venue celle des fauves de sécurité. C'est ainsi que Layla avait décroché son job auprès de Maïenka, une imprésario qui comptait, dans le monde animal. Elle n'avait rien eu à faire jusqu'au soir où sa patronne s'était risquée à flirter avec un loup à tête rasée, dont elle aimait le mauvais genre ; mais, au moment où elle avait voulu mettre le holà, son soupirant avait insisté lourdement. Layla avait dû s'interposer.

Jadis, une telle agression ne se serait jamais produite. Aucun animal n'en aurait attaqué un autre sans se sentir menacé. Mais la situation s'était dégradée. La tension était montée d'un cran. Partout, à tout moment, un événement bizarre, plus ou moins grave, pouvait arriver. On avait fini par comprendre pourquoi grâce aux prunellias, des oiseaux migrateurs de couleur prune.

Ces voyageurs infatigables ne parlaient pas : ils chantaient très fort, avec une voix vibrante, et passaient de monde en monde pour apporter des nouvelles. On leur reprochait juste la stridence de leur voix, qui rappelait le contre-ut criant des hérissonnes vedettes d'opéra. À cette différence près que les hérissonnes s'époumonaient uniquement pour la beauté du cri, alors que les prunellias pouvaient se révéler utiles.

Ils avaient ainsi appris à la ronde que le Gardien ne sortait plus. C'était devenu trop dangereux pour lui. Un assassin risquait de surgir à chaque instant, derrière chaque mur, chaque porte, chaque ombre. Affaibli, il s'était réfugié au dernier étage du Donjon.

Les mondes avaient été appelés à envoyer un champion par monde afin d'assurer la sécurité du Gardien, le temps qu'il recouvrât assez de forces pour rétablir la paix et la tranquillité de tous. Layla savait que la situation était critique ; cependant, le Gardien était capable de trouver une solution en quelques lunes, la tigresse en était persuadée.

Soudain, un cri lui glaça les sangs :

- AAAAAAAH !

Un colosse avait glapi. Il était tapi dans l'ombre, devant une porte dorée. La féline siffla, cracha, arqua le dos, les poils hérissés. Puis sentit l'odeur du monstre. Aucune trace d'agressivité. Pure peur panique.

- Qui es-tu et que fais-tu là ? gronda-t-elle.

- Ne... ne soyez pas méchante... Je suis juste un Viking... On m'appelle Athör... et je... je suis envoyé par le monde des jouets pour... pour défendre le... le Gardien... Je viens d'arriver devant la chambre des Envoyés mais j'o... j'ose pas rentrer...

- Pourquoi ?

- Parce qu'y a des gens dedans, et j'aime pas les gens, ils me font peur...

La tigresse se détendit et toisa l'humain massif au casque impressionnant.

- Toi, tu es l'Envoyé du monde des jouets ? ricana-t-elle. Alors que tu as peur des gens ?

- Oui... ça m'arrive...

- Comment ça, ça t'arrive ?

- B... ben, par moments, j'ai peur, et par moments...

L'humain se redressa et se cogna la tête contre le plafond... qui se gondola. Le Viking, lui, parut n'avoir même pas mal !

- Par moments, reprit-il d'une voix caverneuse, j'ai peur de rien, je suis un vrai Viking ! Et toi, t'es qui ?

- Layla. Je suis l'Envoyée du monde animal.

- Ah ouais ?

Il ricana à son tour :

- T'as une preuve de ce que t'avances, peut-être ?

- Et toi ?

L'homme fit craquer les articulations de son cou, de ses doigts, de son poignet :

- Ouais : je suis le Viking le plus fort des mondes !

Sans prévenir, il frappa le mur qui donnait sur l'extérieur. À la place de la fine meurtrière se creusa un trou de deux mètres de large sur deux de profondeur, offrant à la tigresse une vue imprenable sur la mer. Layla, impressionnée, eut une pensée pour Malik.

- Alors, poupée, reprit le jouet, c'est quoi ta preuve à toi ?

- Je peux t'en trouver une, play-boy de coffre à jouets. Tu

veux que je te crève l'œil droit ou que je t'arrache le bras gauche ?

- C'est une menace ?

- Non, une proposition. Mais attention : dès que tu les exprimeras, tes désirs deviendront des ordres.

- Alors là, toi, tu...

Soudain, la terre trembla. L'énorme soldat blêmit et se ratatina sur lui-même. Il attrapa Layla par le cou et la serra contre lui. Il grelottait. La tigresse n'eut même pas le cœur de le mordre ou de protester. Athör la gratouillait déjà entre les oreilles. Elle eut presque envie de ronronner : il y avait si longtemps que personne n'avait osé la caresser !

9.

Le blaireau guichetier

À la lueur des astres, Ézoah s'aperçut que les couleurs laissées par la pluie avaient séché. Désormais, on pouvait sortir sans craindre de se colorer.

– Et surtout, tu reviens quand tu veux ! lança le chimpanzé à la fillette sur le pas de l'Hôtel bleu.

Ézoah lui adressa un grand geste de la main.

Maïenka montra le ciel à son invitée :

– Il y a déjà deux lunes, signala-t-elle, et la troisième commence à apparaître. Celle que tu aperçois en bas dans le ciel...

– La rose en forme de cœur ?

– Oui ! On l'appelle la lune grenadine. C'est la première à se lever et la dernière à se coucher.

– Elle doit en passer, des nuits, à regarder le ciel..., murmura la fillette. J'espère qu'elle ne s'ennuie pas trop, dans tout ce noir !

La chatte la regarda, interloquée. Parfois, elle ne comprenait rien aux humains. Surtout aux petites humaines.

– Bien sûr que non, elle ne s'ennuie pas, répondit-elle au hasard. Elle fait son métier, tu sais. Son métier de lune. Elle se lève, elle brille plus ou moins fort selon le moment, elle se couche puis elle réapparaît. Crois-moi : il y a des métiers beaucoup plus ennuyeux dans ce monde-ci.

– Et la deuxième lune, là, un peu plus haut... Celle qui ressemble à un croissant...

– On l'appelle la lune couleur menthe à l'eau. Et tu entends ces petites clochettes ? C'est le signe que la troisième lune est en train de se lever. Donc qu'il faut qu'on se dépêche pour ne pas arriver en retard !

L'imprésario accéléra le pas.

– Vite, par ici ! lança-t-elle à Ézoah, qui avait du mal à la suivre.

Bientôt, un immense chapiteau rouge tirant sur le prune apparut. Il était orné d'étranges oiseaux que la fillette n'avait jamais vus.

– Viiite, par-là ! miaula la chatte.

Ézoah constata, amusée, que sa nouvelle amie n'avait pas seulement hâte d'arriver pour des raisons professionnelles : elle était aussi pressée d'assister au spectacle !

– J'ai deux invitations à retirer, annonça l'imprésario au blaireau qui tenait le guichet « INVITATIONS ».

– À quel nom ?

La chatte parut décontenancée par la question.

– Eh bien... Maïenka Funky Productions, évidemment !

– Pourquoi ça, évidemment ? grogna son interlocuteur. Vous croyez que c'est écrit sur votre front, peut-être ?

– Les animaux cultivés ne posent pas ce genre de questions, grossier personnage, siffla la féline.

– Ouais, ben les autres font comme ils peuvent...

– Dites donc, vous avez le droit d'être poli, vous !

– Commencez par être polie vous-même ! Si vous avez une réclamation, revenez demain dans la journée, prenez un numéro et allez faire la queue au bureau des relations avec le public ! Madame a peut-être l'habitude de parler à des larbins ? Eh ben, je suis pas votre blaireau, figurez-vous ! Non mais ! Déjà que vous ne payez pas votre place, et en plus vous avez le toupet de vous plaindre...

Les poils de l'imprésario étaient hérissés, à présent ; et il sembla à Ézoah que le pelage de son amie avait blêmi.

– Je vous préviens, miaula la féline, ça ne va pas se passer comme ça...

– Mais ouais, bien sûr, je tremble... Alors, c'est quoi votre nom ?

– Maïenka Funky Productions ! rugit l'imprésario.

Le blaireau fouilla dans ses papiers, lui tendit ses billets et lui décocha un rictus en guise de sourire :

– Vous voyez ? Vous auriez dit dès le début « Maïenka bidule » au lieu de dire « Maïenka bidule évidemment », vous ne m'auriez pas fait perdre mon temps, les gens n'auraient pas poireauté derrière vous, et tout se serait bien passé.

Il rengaina sa grimace pour conclure d'un ton patelin :

– Maintenant, c'que j'en dis, hein, c'est pour vous... Vous auriez pu tomber sur un préposé moins bien luné que moi !

Maïenka sauta souplement de l'autre côté du guichet et, attrapant l'employé au cou, le menaça d'une griffe :

– Tu vas me parler sur un autre ton, c'est compris ?

– Mais, madame, je...

– C'est compris ?

– Oui, je...

– Oui *qui* ? gronda la chatte en griffant le blaireau sur sa bajoue droite.

– Au… au secours ! souffla l'animal, paniqué. Je saigne… Je me meurs… Je…

Le blaireau ne termina pas sa phrase : peu habitué aux émotions fortes, il s'était évanoui.

D'un bond, Maïenka revint de l'autre côté du guichet et s'éloigna avec les billets, sans que quiconque osât alerter les rhinocéros chargés de la sécurité à l'extérieur du chapiteau (ils n'auraient pas pu circuler dans les gradins, où sévissaient des fauves et des gorilles).

– Normalement, c'est Layla, ma garde du corps, qui s'occupe de ce genre de choses, expliqua l'imprésario à Ézoah, ahurie par cette brusque réaction.

Les deux se dirigèrent vers l'entrée réservée aux invités.

– Et Layla n'est pas là ? s'enquit la fillette.

– Non, j'ai dû m'en séparer pour quelques lunes.

– Vous en séparer ? Vous voulez dire que vous l'avez renvoyée ?

– Oh, non ! C'est une tigresse hors pair.

– Une tigresse ? Vous connaissez une tigresse ?

– Oui, et je compte sur elle ! Lorsqu'elle est à mon côté, tout le monde comprend immédiatement que je suis trrrès importante !

– Et c'est important, d'avoir l'air importante ?

– Évidemment !

La chatte frissonna des moustaches.

– Alors, pourquoi vous n'avez pas pris d'autres gardes du corps pendant l'absence de Layla ? s'étonna Ézoah.

– Layla est la meilleure. Si je prends un garde du corps moins réputé, j'aurai l'air moins importante. Hors de question !

Les amies avancèrent de quelques pas, et la fillette reprit :

– Vous ne m'avez pas expliqué pourquoi Layla n'était pas avec vous ce soir...

– Elle est si réputée que, quand les Sages représentants des mondes sont venus demander notre meilleur représentant pour protéger Elder, elle a été choisie tout de suite.

– Face aux hippopotames ?

– Oui.

– Pourtant, ils doivent faire des dégâts...

– Quand tu verras Layla, tu comprendras, Ézoah...

La fillette se raidit. C'était la première fois qu'un animal prononçait son nom. L'effet n'était pas désagréable. Juste étonnant.

– Pourquoi Elder a-t-il besoin de tigresses plus fortes que des hippopotames pour le protéger ? demanda-t-elle.

– Le pauvre devient si vieux, il a peur...

– Peur de quoi ?

– Peur de tout et de n'importe quoi... comme tous les vieux !

Elle baissa la voix et dit :

– Je pense que son vrai problème, c'est qu'il déraille. Ses mondes déraillent, mais lui déraille au moins autant.

– Et comment Layla a-t-elle fait pour le retrouver ?

– En accompagnant un Sage à la capitale. Rien de plus simple !

– Vous jurez que vous m'emmènerez là-bas demain ?

– À la première heure. J'y ai rendez-vous dans la journée, et je passerai sans doute faire un tour au casino le soir...

La fillette acquiesça. Puis, repensant au blaireau, elle s'enquit :

– Vous n'avez pas peur que l'animal du guichet vous dénonce, quand il reviendra à lui ?

– Aucun risque, voyons ! Il aura trop honte ! S'être évanoui parce qu'une femelle l'a agressé ? Non, non, aucun risque, vraiment !

– Vos billets, s'il vous plaît ! intervint un superbe guépard, au poil lustré et aux muscles saillants, posté à l'entrée des invités.

Maïenka lui décocha un sourire de séductrice.

– Belle soirée, n'est-ce pas ? susurra-t-elle en obtempérant.

– Oui, madame. Vous avez des places au premier rang, sur votre droite. Voici le programme. Je vous souhaite un excellent spectacle.

Il ne se départit pas de son ton protocolaire, malgré l'énorme œillade que lui décocha l'imprésario.

– Il est pas mal, hein ? murmura-t-elle à Ézoah, la mine rêveuse.

La fillette ne lui répondit pas. Elle se demandait déjà comment elle allait réussir à patienter jusqu'au lendemain. Elle avait hâte de rejoindre ce fameux Elder et de tirer au clair la seule question qui lui importait vraiment : bon sang de bonsoir, que fichait-elle là ?

10.

Le Cirque au sol

À l'entrée du chapiteau, un gorille fouilla le sac de la fillette. Il avait saisi un bout de métal qui se rétrécit sous ses doigts avec un cliquetis retentissant.

– Excusez-moi, mademoiselle, grogna le singe-vigile, vous pouvez me dire ce que c'est ce... ce truc qui fait chpof ?

Ézoah examina ce qu'agitait le grand gaillard, fronça les sourcils et s'exclama :

– Wouah ! Comment vous avez vu qu'il s'agissait d'un truc qui fait chpof ? Vous bizardouillez, vous aussi ?

– Ici, c'est moi qui pose les questions, rétorqua l'armoire à glace. À quoi ça sert ?

La fillette grimaça :

– Normalement, j'aime pas trop raconter mes secrets... Mais bon, entre trifouilleurs, je peux vous le dire : c'est le genre de truc qui fait chpof en glinguant dans n'importe quel bitouniou à coulisse !

Le singe fixa l'humaine pour vérifier si elle était sérieuse. Ensuite, il hocha la tête et grogna :

– Ah ouais... Je vois, d'accord... C'est bon, vous pouvez passer.

Il claqua des doigts de pied, et une ravissante hôtesse (un zébu femelle couvert de paillettes) vint chercher Maïenka et son invitée pour les amener à leur place.

Dans les tribunes, l'ambiance était fébrile. La fillette aperçut une brigade de gorilles qui essayait de calmer un yorkshire hystérique. Celui-ci s'acharnait sur un très gros koala, qu'il accusait de prendre deux places à cause de son embonpoint. Quant au koala, l'air gêné, il se confondait en excuses, tout en expliquant que, certes, il prenait une place et demie, mais le yorkshire n'en prenant qu'une demie, il n'y avait pas mort d'animal... Les gorilles durent néanmoins repositionner le vaste koala en début de rangée : ainsi débordait-il sur les marches sans déranger personne. Le yorkshire, lui, triomphait et aboyait le récit de ses exploits à ses nouveaux voisins crapauds (« Faut pas se laisser écraser, de nos jours », répétait-il d'un air faraud). Ézoah le détesta sur-le-champ. Et se dit que la soirée ne serait peut-être pas aussi joyeuse et insouciante qu'elle l'avait imaginé.

Elle entendit les commentaires qui pleuvaient sur son amie.

– C'est Maïenka ! entendait-on.

– Pas *la* Maïenka ?

– Si, si, je t'assure ! C'est elle !

– Alors tu crois que je peux aller lui demander un autographe ?

– Ouiiiiiii, murmura l'imprésario.

– Ça va pas la tête ? rétorqua une voix grave. Elle est là pour assister au spectacle, pas pour qu'on l'embête !

– Pfff..., lâcha la chatte très bas.

– Et la petite qui est avec elle, tu la connais ? demanda quelqu'un.

– Non ! Je ne sais même pas de quel genre d'animal il s'agit !

La fillette se raidit. Elle se sentait un peu étrangère, au milieu de tous ces animaux.

La plupart des spectateurs avaient déjà pris place, mais le bruit monta encore d'un cran lorsqu'une fanfare d'éléphants se mit à jouer depuis la fosse d'orchestre.

– Ils sont lourdauds, tu ne trouves pas ? murmura l'imprésario. Heureusement, ça va bientôt démarrer !

Les gradins étaient combles, à présent. Les centaines de flambeaux, dispersés dans la salle, furent rapportés de façon synchronisée par une troupe gracieuse de guenons acrobates et jongleuses ; et la lumière disparut des gradins pour se concentrer sur la piste. La fanfare d'éléphants entama une marche triomphale, et un paon apparut, roue déployée, sous les hourras.

– Chères femelles, chers mâles, chers petits, ce soir, vous êtes tous venus voir le Cirque au sol, n'est-ce pas ?

– Ouiiiiii ! confirma le public.

Le paon tourna le bec de tout côté, feignant la surprise.

– Tiens, tiens, c'est curieux..., s'exclama-t-il. Je croyais qu'il y avait des animaux dans la salle. Y a-t-il des animaux dans la salle ?

– Ouiiiiii !

– Hum, c'est mieux... Et y a-t-il des animaux venus voir les artistes exceptionnels du Cirque au sol, réunis pour trois représentations seulement ?

– OUIIIIII !

– Alors... que la fête commence !

11.

Les taupes-modèles

« Zim, boum, boum ! » fit la musique des éléphants.

Le paon sortit de piste dans une ambiance électrique. Le public surexcité mugissait de joie à pleins poumons. On crissait des griffes, on barrissait, on vagissait, on claquait des mâchoires, on miaulait à qui mieux mieux.

Maïenka expliqua la raison de cette folie collective : les gens attendaient ce moment depuis tant de lunerées ! Pour cette série de représentations, des prunellias mandatés par le Cirque au sol avaient parcouru les mondes pour vanter les mérites des artistes et distribuer des tracts d'inscription. Une main géante, engagée spécialement pour la circonstance, les tirait au sort. On l'appelait « la main innocente », même si certains, déçus de n'avoir jamais obtenu de billet à cette loterie, la soupçonnaient d'être moins innocente qu'on l'affirmait – chaque billet tiré au sort ne rapportait-il pas une poignée de graines au prunellia qui l'avait rapporté ? Or, les prunellias étaient prêts à tout pour des graines, affirmaient les méchantes langues...

Le Cirque au sol était une histoire de passion. On en rêvait tellement ! Et ces temps troublés n'avaient fait qu'accentuer le phénomène : on avait encore plus besoin de rêver. Qui n'aurait aimé admirer ce qui se faisait de mieux à ras de terre ? Dans la « tribune des langues bien pendues », des raconteurs expérimentés avaient été invités à suivre les numéros. Chacun, par la suite, les restituerait, selon son style propre : réaliste, vieillot, exagéré, compliqué, humoristique, vulgaire, télégraphique, enfantin... Si bien que, quand les trois représentations étaient terminées, le mythe commençait.

Des hurlements interrompirent Maïenka : Maxipoulpousse venait de se propulser au centre de la piste. Il souriait de son énorme bouche. Son corps et ses tentacules gigantesques étaient couverts de paillettes bleutées, sur lesquelles les flammes venaient jouer. On aurait dit de l'or bleu qui ruisselait de joie.

Les éléphants grondèrent. « Ça ressemble vraiment à un roulement de timbales », songea la fillette. Au signal sonore, huit écureuils tombèrent du faîte du chapiteau. Le poulpe les réceptionna et entreprit de jongler avec.

– Facile..., commenta Maïenka.

Les écureuils eux-mêmes semblaient s'amuser. Lorsqu'ils étaient en l'air, ils faisaient des galipettes et saluaient le public. L'un d'eux avait une grosse crinière postiche qui lui donnait une tête de lion miniature ; un autre était affublé d'une boule à facettes, qui tournait sur son nez et projetait des éclats de lumière. Les plus jeunes spectateurs sautaient partout pour essayer d'attraper ces rayons furtifs.

Soudain, huit autres écureuils tombèrent des cintres, et un « OOOOOH ! » admiratif salua l'événement.

– Pfff..., on s'ennuie, gronda la chatte.

À cet instant, le poulpe, qui jonglait sans problème avec ses seize écureuils délicieusement cabotins, dut réceptionner huit taupes. Visiblement, cela ne lui avait posé aucune difficulté. La fillette fronça les sourcils :

– Mais... elles sont toutes pareilles !

– Oui, grommela Maïenka, les taupes sont toujours standard, à Mallemonde. C'est ce qu'on appelle des taupes-modèles.

L'arrivée de huit nouvelles taupes un peu spéciales provoqua une salve d'applaudissements : elles étaient pailletées comme le jongleur, mais dans d'autres couleurs (rose, vert, jaune, violet, orange...). Un arc-en-ciel de lumière inonda la piste.

La valse des animaux dans les airs était à la fois superbe et fascinante. Maxipoulpousse lançait chaque animal avec précision et le réceptionnait avec adresse. Pourtant, Maïenka continuait de bougonner :

– Oui, bon, allez, ça suffit maintenant...

L'imprésario fut bientôt exaucée. Le poulpe renvoya les animaux d'où ils venaient, accompagnés chaque fois par un coup de tuyaux pouët-pouët soufflé par les éléphants. Pour finir, le jongleur se retrouva seul en piste. Il sauta en l'air (ce qui est très difficile pour un poulpe) et gratifia le public d'un sourire toujours aussi gigantesque... et toujours aussi chaleureux. Les spectateurs – y compris Ézoah ! – étaient en délire. Ils déversèrent une pluie de peluches en forme de calamars sur Maxipoulpousse, qui les ramassa et sortit en jonglant avec ses cadeaux sous une ovation triomphale.

– Aucun intérêt, trancha Maïenka, les moustaches en berne. C'est d'une banalité à pleurer ! Le public a besoin de sensations fortes, pas de vieilleries dans ce genre ! Et après, on s'étonne que les gens préfèrent lire un grimoire plutôt que d'aller au cirque...

– Mais les gens ont aimé, protesta la fillette.

– Ils ont aimé parce qu'ils ont l'habitude d'aimer, rétorqua l'imprésario, énigmatique. Ils auraient encore plus aimé le neuf, l'inédit, le sensationnel ! Pas un énième poulpe qu'on a déjà vu cent fois !

Ézoah abandonna la partie. Maïenka avait le droit de ne pas aimer le spectacle ; ça n'empêcherait pas la fillette d'admirer la prestation du jongleur et de ses assistants ! Pendant que Maxipoulpousse était sur scène, elle s'était retrouvée plongée dans un émerveillement sans pareil. Depuis, son euphorie était retombée. Grâce à sa place au premier rang, elle venait d'apercevoir une taupe-modèle qu'on emportait sur un brancard : Maxipoulpousse l'avait mal relancée, et l'animal n'avait plus bougé depuis.

Une inquiétude sourde se mit à couler dans les veines de la fillette. Un sentiment de solitude terrifiant au milieu de cette foule passionnée. Elle n'avait rien en commun avec ces animaux. Au fond, que faisait-elle ici ? À quoi rimait ce monde où les poulpes étaient des jongleurs prodigieux, les scolopendres des jardiniers et les tabourets d'impitoyables steakeurs ?

Ézoah avait hâte de percer ces mystères. Car, outre la curiosité, la fillette avait un vilain défaut qui était aussi l'une de ses plus belles qualités : elle était têtue...

12.

Les zébus voltigeurs

Les éléphants se mirent à jouer une musique de fanfare, et un groupe de cinq grizzlis se positionnèrent à l'entrée de la piste. Ils saluèrent, puis se jetèrent au sol lorsque apparut une superbe jument, moulée dans une ravissante combinaison qui ne cachait rien de son joli pelage alezan.

– C'est Équina ! s'écria la chatte, des trémolos dans la voix.

– Vous êtes son imprésario ? devina Ézoah.

– Oui, elle fait partie de mon écurie. Je la considère comme ma fille... Elle est restée très simple malgré son succès.

– Alors, elle doit être funky !

Maïenka était aux anges.

– Exactement ! s'exclama-t-elle. Elle est simple et funky.

Tous les animaux mâles s'étaient mis debout comme un seul grizzli et ululaient pour saluer Équina. La jument, très digne, agita les naseaux, puis sembla se décider. Elle donna un coup de sabot sur deux ours à la fois. Ceux-ci roulèrent jusqu'à l'autre bout de la piste.

– BRAVO ! hurlèrent les mâles. Encore !

Équina sembla hésiter. Le silence retomba. Les animaux avaient des mines graves. Le suspense paraissait les oppresser. La jument souffla longuement, retroussa les lèvres et donna trois coups de sabot sur les trois ours restants, qui roulèrent à l'opposé de leurs prédécesseurs.

Un silence sidéré accueillit cette deuxième phase du numéro. Puis les mâles retrouvèrent leur voix et crièrent leur enthousiasme en scandant :

– É-qui-na ! É-qui-na ! É-qui-na !

Les grizzlis se relevèrent et entourèrent leur meneuse de revue. Ils la hissèrent sur leurs épaules, saluèrent d'une patte puis s'en allèrent.

– C'est fini ? s'étonna Ézoah.

– Ça t'a plu, hein ? décida Maïenka, les yeux brillants. En général, les mâles adorent, mais, à mon avis, ça dégage une image tellement sensuelle de la femelle que l'ensemble du public finira par craquer !

– Elle n'a pas fait grand-chose, votre Équina, nuança la fillette.

– Excellente remarque ! Le Cirque au sol devrait toujours ressembler à ce numéro : entièrement au sol, sans rien de spectaculaire et pourtant avec une infinie délicatesse dans les gestes !

Ézoah pensa qu'il n'était pas utile d'avouer que, d'après elle, la prestation d'Équina était super nulle. Peut-être le prochain numéro lui permettrait-il d'être d'accord avec la grande chatte et, ainsi, de lui soutirer des informations sur Elder.

Réclamée par des dizaines de spectateurs surexcités, Équina revint saluer, une couverture négligemment jetée sur la croupe : la pauvre choute semblait é-pui-sée par l'effort intense qu'elle venait de faire.

Puis le paon revint et annonça les zébus voltigeurs.

– On m'a beaucoup parlé d'eux, chuchota Maïenka. Il paraît qu'ils sont au-dessus du lot.

Le premier zébu entra en piste, en fit le tour au galop et caracola à grande vitesse avant d'aller se coucher devant l'entrée. Le deuxième zébu, la boule à zéro, déboula tel un boulet, sauta par-dessus le premier, enchaîna sur un roulé-boulé, exécuta une roue impeccable qu'il termina par un saut carpé. Et il s'immobilisa sous les hurlements admiratifs du public et des hôtesses d'accueil au bord de l'apoplexie.

Ézoah était d'autant plus stupéfaite qu'elle s'était attendue à une catastrophe. D'accord, les mouvements du zébu n'étaient pas très gracieux ; cependant, jamais la fillette n'aurait imaginé que ces animaux pussent exécuter de telles acrobaties.

Le troisième zébu arriva à son tour : même rapidité, mêmes figures (plus une vrille) que son prédécesseur, à côté duquel il s'arrêta. Ézoah se demanda ce qu'il apportait de nouveau, quand le premier zébu à être entré en scène sauta sur le dos de ses compagnons. Une patte arrière sur chacun, il leva les pattes avant. Les éléphants musiciens saluèrent la performance par une musique tonitruante et très *moche*.

– Alors ? demanda la fillette pendant que la fratrie saluait.

– Bof, marmonna Maïenka. Sans plus.

– Tu rigoles ? J'ai jamais vu quelque chose de plus beau !

Les moustaches de la chatte frissonnèrent. Le goût de la fillette était entièrement à faire. Mais elle n'avait plus cette mine inquiète qu'elle affichait depuis quelque temps. Maïenka en était toute contente.

Les artistes présentés par Maïenka Funky Productions étaient particuliers. Leurs points communs : la sobriété et l'originalité. Il y avait notamment les lapereaux voltigeurs, qui marchaient sur un fil à vingt centimètres du sol ; les bouledogues clowns, qui se contentaient de montrer leur frimousse ultrafripée – c'était suffisant pour faire rire aux larmes le public ; et bien sûr, Superpuce, la puce la plus forte de Mallemonde.

Ézoah préféra de loin la famille Cloporte, très nombreuse, qui dessinait sur le sol des motifs, des silhouettes, des figures, des monuments et des paysages rien qu'en se rapprochant ou s'éloignant les uns des autres ; le concert des inséparables – dix-huit prunellias, dispersés à travers tout le chapiteau, qui déclamèrent une sorte de cantate avec leur chant puissant (très agréable entre deux « zim boum boum » de pachydermes) ; et, impressionnant, un sprint d'hippopotames qui opposait quelques-uns des hippopotames les plus rapides en vue de la Finale du championnat qui aurait lieu bientôt, au Grand Cirque.

Enfin, le dernier numéro arriva. Il était annoncé comme le clou de la soirée. Pourtant, il n'était pas très alléchant : « Ronpisch, le paresseux dormeur », disait le programme. Le plus suspect, aux yeux d'Ézoah, c'est que Maïenka était très enthousiaste.

– J'ai pris une option sur cet artiste, expliqua-t-elle à la fillette. Ça veut dire que, s'il est bon ce soir, je lui signe un contrat. Je suis sûre que tu vas aimer !

Un paresseux mignon à croquer arriva péniblement sur la piste. Parvenu au centre, il s'effondra... et s'endormit.

Un moment passa.

Lentement.

– Il est mort ? s'inquiéta Ézoah.

– Chuuuuut !

– Mais... il ne se passe rien ! protesta la fillette.

– Justement, c'est génial !

– Ça n'a rien de génial : les ratons-rêveurs dormaient aussi, à l'Hôtel bleu...

– Tu ne vas quand même pas comparer ces bons à rien avec ce paresseux ? N'importe qui peut s'endormir. Seul Ronpisch ne s'endort que sur scène. C'est un travail. Un miroir. Une remise en cause du spectateur qui...

Une tête triangulaire passa entre l'imprésario et la fillette. Deux énormes crochets apparurent.

– CHUUUUUT, à la fin ! cracha un boa en colère. Si vous voulez parler, allez dehors et n'embêtez pas ceux qui viennent regarder le spectacle !

Maïenka s'excusa d'un sourire, puis plaça une patte devant sa bouche, pour inviter Ézoah à plonger dans une admiration silencieuse.

Ce qui n'empêcha pas la fillette de revenir à la charge, un ton plus bas, dès qu'elle se fut calmée : la vision du boa lui avait causé un choc !

Elle se retourna une dizaine de fois. Le serpent avait disparu.

– Ça va durer longtemps ? murmura-t-elle alors. On s'ennuie !

– C'est ça qui est funky ! Quelle audace ! Quel talent ! Oh, que je suis contente d'être venue ce soir !

Ézoah ne tint pas davantage. Elle n'avait pas de temps à perdre avec des paresseux dormeurs. Dès qu'elle s'ennuyait –

et c'était le cas depuis de début de ce numéro –, des questions jaillissaient dans son esprit et se répercutaient, obsédantes : où était-elle ? que faisait-elle ici ? comment allait-elle sortir de là ? Elle n'était pas certaine de grand-chose, sinon que Xabi et Maribel ne se démèneraient pas beaucoup pour la retrouver.

Plus elle grandissait, plus elle avait l'impression qu'ils s'en voulaient de l'avoir adoptée. Ils n'étaient pas méchants, ça, non... mais elle sentait qu'elle les encombrait, comme une table basse qui se serait étendue jusqu'à envahir le salon. Ses parents adoptifs mettraient longtemps avant de constater son absence ; ensuite, ils ne tarderaient pas à l'oublier. Si elle voulait quitter ce monde d'animaux fous pour de bon – et elle le voulait ! –, elle ne pourrait compter que sur elle-même.

– Maïenka..., chuchota-t-elle. Je crois que je vais y aller... On se retrouve à la fin du spectacle, d'accord ?

L'imprésario ne lui répondit pas. Elle paraissait hypnotisée par la performance du paresseux dormeur, qui sommeillait encore.

Alors, la fillette se leva et se dirigea discrètement vers la sortie. Un grondement terrifiant l'accueillit. Puis le silence. Tout aussi terrifiant.

Lune pailletée ascendante

La lézarde éclair

Ils étaient sept.

Sept champions envoyés par les mondes pour protéger le Gardien.

Sept créatures sur lesquelles reposait le destin de Mallemonde.

Sept individus qui se trouvaient tous mutuellement bizarres, étranges et curieux à la fois.

Sept êtres exceptionnels que des circonstances extrêmes avaient réuni dans la salle des gardes.

« Sept drôles de zozos », résuma Layla pour elle-même.

La tigresse commençait à se demander si elle avait eu raison de se proposer pour cette mission. Au premier regard, ses compagnons ne lui paraissaient vraiment pas professionnels. Elle hésita à partir, puis ses yeux se posèrent sur la lourde porte en bois située de l'autre côté de la pièce. Derrière, le Gardien reposait.

En l'imaginant si fragile et si important à la fois, elle eut honte d'avoir envisagé de rentrer chez elle. Le Gardien avait d'autant plus besoin d'elle que les autres Envoyés manquaient de sérieux.

Elle avança donc dans la salle, précédant Athör, le Viking

ultrafort ou sacrément peureux, selon les moments. En ce moment, il était sacrément peureux.

- Salut! lança un grand gaillard aux paupières entrebâillées... Vous êtes deux? Alors, nous sommes au complet!

- Nous pourrions être des ennemis, fit observer Layla.

Un gros bonhomme chauve lui répondit en actionnant ses trois bouches :

- Un ennemi ne prendrait pas la...

- ... pas la peine de prouver qu'il est...

- ... qu'il est un ennemi. Il nous aurait menacés.

La tigresse battit des oreilles en fronçant les moustaches. C'était sa façon de sourire.

- Je m'appelle Layla, annonça-t-elle. Et je suis bien une Envoyée.

- Bienvenue parmi les morts, poupée, lâcha une voix beaucoup plus grave, éraillée et rocailleuse que celle d'Athör.

La tigresse baissa les yeux et découvrit un poussin. Celui-ci était tout petit mais costaud : on devinait que de puissants minimuscles roulaient sous ses plumes.

- Pardon? souffla-t-elle.

- Ben, on est là pour ça, non? Nous faire tuer pour que le Vieux reste en vie! Ça va bientôt s'bousculer au portillon pour lui faire la peau. Je sens ces choses-là... Va y avoir du méchant. Du mastoc. Mais j'vais pas les laisser nous dérouiller, crois-moi : ces apaches vont tâter d'mon bec!

La garde du corps pencha la tête de côté pour fixer le poussin, ébaubie.

- Pardon-excuse, la miss..., reprit celui-ci. J'me suis pas présenté : Tipoussin. Huit centimètres de dur à cuire, c'est moi. Et te bile pas si j'ai la voix un peu grave : les excès, tu les payes un jour, si tu vois d'quoi j'veux causer!

Et il lui fit un clin d'œil en lui tendant la patte droite, que Layla, éberluée, voulut juste toucher. Mais le volatile agrippa le coussinet de la tigresse dans ses serres ; puis il la relâcha, la frappa, serres fermées, et tortilla son postérieur.

– Allez, ma puce, décoince-toi, t'as que des potes, ici. Laisse-moi faire les présentations. C'te zoulou, là, c'lui qui t'a accueilli, c'est Jarmek. Il y voit pas des masses vu qu'il est borgne…

– Je suis *semi-borgne*, rectifia l'intéressé. Je vois à moitié de chaque œil.

– Te fous pas en rogne, l'ami : la vie est belle tant qu'elle continue ! Tu sais, poupée, il fait des trucs que t'y crois pas, avec son corps. Vas-y, bonhomme, montre-lui, à la poupée, là, c'que tu fais !

– Là, maintenant ? Euh… J'sais pas… J'ai un trou… Plus tard…

– Ouh-là ! Il nous la joue grand timide ! Tant pis, tu verras, la puce, ça f'ra du suspense… Lui, c'est Black.

Black était un chevalier blanc deux fois plus large que haut : il culminait à un mètre mais ses épaules s'étalaient sur deux mètres. Il s'avança cérémonieusement et baisa la patte que lui tendit la tigresse.

– D'où il vient, la salive doit être chère vu qu'il s'use pas beaucoup le palais à causer avec nous ! Mais tu vois le mastard que c'est : franchement, chuis pas mécontent qu'il soit *avec* moi plutôt que *contre* moi.

L'imposant chevalier s'inclina. Il parut sur le point de répondre au compliment, puis il se ravisa.

– Tu vois c'que j'te disais ? Il est pas très causeur. Ça compense, vu qu'j'cause pour deux… Allez, zou, on continue : la belle plante, là…

- Je suis la Pensée intrépide, intervint une fleur aussi grande que Layla quand la tigresse se dressait sur ses antérieurs. Excusez-moi si je ne vous serre pas la feuille : je viens de me passer une crème antipucerons. Entre femmes, on se comprend, n'est-ce pas ?

Sa corolle s'inclina délicatement et ses pétales se replièrent. C'était sa façon à elle de sourire.

- Perso, j'ai proposé de l'appeler Zouzinette, ou Pistillette à la rigueur, déclara Tipoussin. Sauf que, chais pas pourquoi, elle aime pas.

- Ça ne me va pas, j'y peux rien...

- Tant pis, on finira par lui trouver un nom, à cette zouzinette.

- Pas Zouzinette, en tout cas, insista la Pensée.

- Lui, au moins, poursuivit le volatile en se tournant vers l'homme à trois bouches, il a un nom officiel, c'est plus pratique.

- Je m'ap..., commença sa première bouche.

- ... m'appelle ZzzennN, et je ne suis pas..., poursuivit sa deuxième bouche.

- ... ne suis pas bègue, c'est l'écho qui..., enchaîna sa troisième bouche.

- ... cho qui donne cette...

- ... donne cette impress...

- ... pression.

- Moi non plus, je ne suis pas bègue, répondit Layla en allant lui serrer la patte.

Elle se tourna vers son compagnon d'escalier.

- Voici Athör, déclara-t-elle. C'est le Viking le plus fort des mondes de temps en temps. Le reste du temps, il aime gratouiller vos oreilles... Pas vrai, Athör ?

Tipoussin éclata d'un rire tonitruant :

- Les femelles adorent qu'on les gratouille ! Y a rien de tel pour devenir leur poussinet préf...

Le volatile ne finit pas sa phrase. Un craquement inquiétant venait de retentir. Sous leurs pieds.

Les Envoyés baissèrent la tête. Aperçurent une lézarde qui se propageait à la vitesse de l'éclair. Elle fila sur le plancher. Fissura les murs en zigzaguant. Grimpa jusqu'au plafond.

- Nom d'un œuf à la coque ! lâcha Tipoussin à voix basse. C'est quoi c't'embrouille ?

Le ciel apparut par l'ouverture. Un énorme craquement retentit de nouveau. Et le lourd plafond de pierre s'effondra d'un bloc sur les Envoyés.

13.

L'aigle commentateur

La nuit tombait. Dans le ciel gris foncé, les trois astres ressortaient plus nettement. La lune pailletée était bien visible lorsque Ézoah émergea du chapiteau. Le grondement terrifiant n'avait pas repris.

La fillette n'avait plus qu'à attendre Maïenka. Pourvu que l'imprésario n'en ait pas pour trop longtemps ! La fillette avait encore un millier de questions à lui poser en vue de sa rencontre avec Elder, le lendemain. Notamment celles-ci : à quoi ressemblait ce vieux type ? Était-il sympa ? Fallait-il lui parler d'une manière spéciale ? Lui disait-on « Majesté », « Son Éminence », ou juste « monsieur » ? Et pouvait-on lui faire confiance ?

Pour patienter (ce qui n'était pas vraiment dans sa nature), Ézoah décida de faire le tour du Cirque au sol. Sur son chemin, elle ne trouva rien d'intéressant à récolter pour nourrir son sac à merveilles. Elle s'éloigna donc vers une sorte de terrain vague qui lui paraissait prometteur. Elle allait forcément y dénicher une montagne de trucs qui font chpof – ou gling, à la rigueur.

Serrant son sac contre elle, la fillette s'arrêta quelques mètres plus loin. La terre tremblait sous ses pieds. Une voix criait assez fort pour couvrir le grondement qui s'élevait de nouveau :

– Place ! Place pour la montagne ! Oh, quelle démonstration de puissance et de force ! Elle a du jus et elle en veut ! Elle est insatiable ! Elle accélère encore ! C'est terrrrrible !

Le tremblement devint plus fort. Donc les cris aussi :

– Attention ! Mais attention, ha, vous êtes sourds ! La montagne a lancé sa spécialité : le sprint de la mort qui désintègre direct ! Prudence ! Ne vous mettez pas sur son chemin ! Laissez-la passer ! Ça va très, très vite ! La voilà qui remonte une dernière fois au taquet, elle passe la démultipliée, elle met un coup de turbo, et... oh là là...

Ézoah sentit qu'on l'enlevait dans les airs. Elle volait ! L'instant d'après, une montagne déboulait et s'arrêtait pile à l'endroit où la fille s'était figée cinq secondes plus tôt.

– Oh là là là là ! continuait de trompeter une voix au-dessus de sa tête. Encore une jeune tête-en-l'air qui l'a échappé belle ! On l'avait pourtant prév...

La voix de l'inconnu se brisa. Ézoah entendit un mot qu'elle connaissait bien. Il commençait par M et se terminait par ERDE. Elle vit le sol se rapprocher. Juste après, elle sentit qu'on la libérait.

La fillette regarda en l'air. Au-dessus d'elle voletait un aigle, affublé d'un casque-micro et d'un mini-sac orné de deux haut-parleurs. À côté d'elle, une montagne. Gigantesque. Immobile. Le massif minéral était si imposant qu'il semblait avoir été là de toute éternité. Et pourtant...

Le rapace secoua la tête pour faire tomber son micro cassé. Ézoah se dépêcha de le ramasser et de le glisser dans son sac.

– Encore un mailleque de fichu ! soupira l'animal.

– Un quoi ? demanda la fillette.

– Ben... un mailleque ! Un quetru pour parler à donf, quoi !

– Vous êtes qui ?

– Moi ? Je suis celui qui vient de te sauver la laillefe. Encore un peu, et la tagnemon t'écrabouillait !

– Merci...

– C'est tout ?

– Merci beaucoup. Ça vous va ?

– Ouais, je préfère... Mais tu sais, c'est pas la peine de me remercier. J'ai fait que mon métier.

– Vous êtes...

– Le roi de la tagnemon. Enfin, ça, c'est mon job d'aujourd'hui. En réalité, je suis un ex-sportif de haut niveau reconverti dans le commentaire de grands événements en direct.

La fillette fronça les sourcils et s'adossa prudemment contre un roc.

– Tu peux y aller, affirma l'aigle. C'était le sprint final, elle va se tenir quilletran maintenant.

– Vous m'avez dit que vous étiez...

– Commentateur.

– Pourquoi ?

– Depuis quelques lunerées, cette tagnemon se déplace. Alors, pour avertir les gens, il faut un zowa qui aille aussi vite qu'elle pour avertir les gens de son arrivée. Parfois, j'ai le temps de les sauver, si tu vois à qui j'pense...

– Excusez-moi, il faut un *quoi* ?

– Ben, un zowa ! Un wazo, si tu kiffes plus... Dis, d'où tu sors, toi ?

– Je... D'Espagne... C'est compliqué...

Ézoah contemplait la montagne avec stupéfaction : dans quel monde était-elle tombée ? Elle ne s'en sortirait jamais ! Désormais, cet énorme amas de pierres la séparait du Cirque au sol, de l'Hôtel bleu et de Maïenka ! Comment rejoindre la capitale, demain ?

– Je ne viens pas d'ici, résuma-t-elle, la voix blanche. Il faut que je voie Elder... Et vite ! Vous le connaissez ?

– Elder ?

L'aigle battit des ailes et explosa d'un rire à fendre les pierres – d'ailleurs, une avalanche de gravillons se déclencha sur une paroi rocheuse. Le rapace se tortillait tant en se gondolant que certaines de ses plumes voletèrent dans la nuit que pailletait la lune aux étoiles.

– Celle-là, c'est la meilleure que j'ai entendue depuis des lunerées ! gloussa-t-il. Elder ! Mais c'est une story pour les oisillons qui sortent de leur quilleco ! Ma pauvre, il n'existe pas, ton Elder...

La fillette croisa les bras sur son T-shirt :

– Pourtant, tout le monde m'a parlé de lui !

– Écoute, ma caille – tu permets que je t'appelle ma caille, hein ? –, chais pas si t'as remarqué, mais la situation est un peu tendue, dans le secteur... Alors, parfois, les gens se mettent à délirer. Ils s'inventent des croyances. Ils se font des rêves.

– Donc, d'après vous, Elder n'existe pas ?

L'aigle agita le bec d'un air méprisant :

– C'est un mythe, ton Elder... On raconte des tas de queutrus sur lui aux petits, pour qu'ils se tiennent quilletran. Genre : « Si vous allez pas vous chécou illico, on va demander à Elder de vous plumer ! » Heureusement que le Vieux leur fait peur : on serait salement embêtés si on devait l'appeler !

– Vous l'avez appelé « le Vieux », insista Ézoah. Donc il existe !

– Pourquoi ? s'étonna le rapace.

– Si quelqu'un n'existe pas, il ne peut pas être vieux. Il faut exister, pour être vieux !

– Tu vas trop speed pour moi, ma caille. Ce que je sais, c'est que les gens qui croient en Elder le surnomment le Vieux... alors qu'il n'existe pas et que cette satanée tagnemon, si !

Ézoah sentit que ce n'était pas la peine d'insister. Elle changea de sujet :

– Il y a des gens qui se sont fait écraser ?

– Non. Pas encore. Mais y en a qui se sont retrouvés d'un coup à deux mille mètres d'altitude. Et après, pour redescendre, c'est pas du teaugâ.

– Du...

– Du teaugâ. Du cake, si tu kiffes plus. Hé, ma caille, puisque t'as des pattes, tu pourrais fouiller dans mon sac et me mettre un nouveau mailleque sur la tête ?

La fillette s'exécuta volontiers. Elle évita de proposer de réparer celui qu'elle avait ramassé. Elle n'était pas encore sûre de ses bizardouillages. D'accord, elle avait réussi à créer une araignée à faire les lits ; ce n'était pas suffisant pour être certaine de pouvoir relever tous les défis. Et puisque l'aigle avait une autre solution à lui proposer...

– Depuis quand vous êtes commutateur ? demanda-t-elle.

– Comm*ent*ateur, ma caille, commentateur ! Pas depuis très longtemps. Quelques lunerées. Avant, ce znessbi n'existait pas. Les montagnes ne bougeaient pas. Mais depuis que les bizarreries ont commencé...

– Vous savez ce qui a déclenché ces... ces « bizarreries », comme vous dites ?

– Non, pas la moindre idée. C'est comme aç, point à la ligne. Pourquoi il pleut, pourquoi il fait soleil... On n'en a aucune idée non plus, n'est-ce pas ? Inutile d'inventer un vieillard nommé Elder pour faire si comme...

– Bon, moi, je m'en fiche, qu'il existe ou pas, Elder, mais je veux rentrer chez moi, alors soyez sympa, quoi... déhéwam !

– Pardon ?

« Téra », clucon la yettefi.

– Aidez-moi ! Une montagne qui se déplace, ça donne pas très envie de rester ici !

– Ah bon ? Pourquoi ? Ouais, non, sûr bien, au début, moi aussi, je trouvais ça zarbos...

« Sûr bien, bien sûr, nota Ézoah. Par contre, zarbos, boszar, je vois pas... »

– Depuis, vous vous êtes habitué ? devina-t-elle.

– Exact, répondit l'aigle. Et pas besoin d'Elder pour aç !

– Tant mieux pour vous. Moi, j'ai besoin de le rencontrer. Je dois comprendre pourquoi je me trouve ici. Et il paraît qu'il pourra m'aider. Vous avez une autre solution à me proposer ?

– Tu pourrais devenir mon assistante, ma caille.

– Votre assistante ?

– Ben ouais... On pourrait commenter à deux. Tu décrirais l'action, je m'occuperais des éclaircissements techniques.

La fillette était perplexe :

– Ça m'aiderait à comprendre ce que je fiche ici ?

– Euh… non, mais ça s'rait kyfun.

Ézoah sourit : « Kyfun, funky, aç, c'est cilefa ! » Mais elle secoua la tête. Elle devait trouver Elder.

– Bon, je vois que t'es pas super chaude, observa le rapace. Te sens pas obligée. C'était une proposition, pas une obligation. Tu veux qu'j'te raccompagne prendre un dernier verre ?

– J'habite à l'Hôtel bleu, annonça la fillette.

– Le… L'Hôtel bleu ? Mais c'est super loin ! Faut passer de l'autre côté de cette énorme montagne !

Cette fois, Ézoah grimaça. Elle n'allait quand même pas expliquer à son interlocuteur que, quelques instants plus tôt, *il n'y avait pas de montagne* !

– Attends, te stresse pas, ma caille, intervint le grand oiseau en la voyant se crisper. Je crois que Roâh est dans le coin. Il devrait pouvoir t'héberger pour la nuit.

– Roâh ?

– Tu verras, il est quiltran. Monte sur mon dos, et en avant !

14.

Le lion berger

Ézoah devenait une spécialiste du voyage en aigle : une fois au-dessous, accrochée par les serres, pour échapper en urgence à la montagne... Une fois au-dessus, agrippée au dos du rapace pour rejoindre Roâh...

Ce voyage-ci dura un peu plus longtemps que le premier. Tout en longeant la paroi rocheuse, le rapace en profita pour procéder à des essais de son :

– Ssss... Un, deux... Ouais, yeah, yeah... Dis, tu veux bien tendre la patte droite... Là, tu sens une lettemo ?

– Une...

– Une molette, c'est ça, à côté de mon bec. Tourne un coup... Stop, top, op... Non, t'as trop tourné, né, é... Voilà, c'est mieux. Ssss... Faipar !

Soudain, l'oiseau plongea en piqué. Sa passagère crut qu'elle allait lâcher prise, quand elle sentit le sol sous ses pieds. Elle se laissa glisser au sol, derrière la clôture où le rapace s'était posé.

– Roâh n'est pas loin, affirma-t-il. Tu le salueras de ma part.

– Mais… C'est qui, Roâh ? Comment je le reconnaîtrai ? Je dois déjà trouver Elder ! Si, en plus, il faut que je devine qui est Roâh, je ne vais jamais avancer !

– Oh, te stresse pas, ma caille, tu le…

Un grondement se fit entendre. L'aigle étendit les ailes et s'apprêta à redécoller.

– Désolé, il faut que j'aille surveiller la tagnemon. Ravi de t'avoir rencontrée. À tout bientôt, j'espère… Et n'oublie pas : Roâh est gentil !

– Mais je… je…

Trop tard. Le rapace avait déjà pris son vol et criait dans son casque-micro :

– Oh là là là là ! C'est chaud bouillant, ce soir ! Pas un moment de répit pour les amateurs de montagne…

Sa voix puissante se perdit peu à peu dans les cimes. Ézoah se retrouva seule, au milieu de nulle part. Dans le ciel brillaient faiblement un cœur grenadine, un croissant menthe à l'eau, et une espèce de cône translucide où dansaient des étoiles. Celles-ci diffusaient une lueur douce qui tournoyait sur le champ où se trouvait la fillette.

Ézoah fit le point : elle était perdue dans un monde devenu fou. Si elle voulait comprendre ce qu'elle fabriquait dans les parages, elle devait rejoindre Elder. Pour cela, il lui fallait rejoindre Maïenka au Cirque au sol. Ce qui était devenu strictement impossible, puisqu'une énorme montagne la séparait de la chatte imprésario.

Elle avait une possibilité de se sortir de cette impasse grâce à Roâh. Sauf que, de lui, elle ignorait tout, hormis son prénom et le fait qu'il était gentil. Bilan : elle n'était pas tirée d'affaire.

Découragée, elle avança de quelques pas et aperçut, stupéfaite… mais oui ! c'étaient bien deux lits, un immense piano rose, une armoire, des chaises et quelques tabourets regroupés plus loin. Intriguée, elle s'approcha. Peut-être ces meubles allaient-ils l'aider ! Maïenka n'avait-elle pas affirmé que les tabourets étaient des animaux comme les autres ?

La fillette sentit la curiosité s'emparer d'elle. Elle avait envie d'en savoir plus. Et elle n'avait pas le choix. Partant, elle s'approcha, intriguée.

– Je ne te dérange pas ? gronda soudain une voix derrière elle.

Ézoah se retourna en sursaut. Elle manqua de hurler de peur. Elle n'était pas spécialement trouillarde. En plus, depuis qu'elle avait débarqué ici, elle avait eu le temps de s'habituer aux sensations fortes : l'homme-araignée, l'insecte jardinier, le nounours-grizzli, le combat en tabouret tamponneur, la montagne mouvante, le vol à dos d'aigle… N'empêche, devant elle, elle avait quand même un LION !

– Je… je suis désolée de… de vous déranger…, bégaya-t-elle. Je m'appelle Ézoah, et c'est… c'est le roi de la tagnemon qui m'a amenée ici…

– Tu es une amie du roi de la montagne ?

– En… en quelque sorte… Il m'a sauvé la vie… et il m'a suggéré d'aller v… d'aller voir Roâh…

– Je *suis* Roâh.

L'animal secoua sa crinière, montra les crocs ; et, rejetant la gueule en arrière, il poussa un rugissement terrible. Un rugissement qui ressemblait en effet à un énorme « ROOOOOOOÂÂÂÂÂÂÂÂÂHHHH ! » Ézoah crut que ses membres allaient se détacher de son corps tant elle tremblait. Si seulement elle avait inventé un bizardouillage permettant de se cacher sous terre en cas de situation dramatique !

Cependant, le lion ne paraissait pas de mauvaise humeur.

– Voilà pourquoi on m'appelle Roâh, expliqua-t-il d'une voix calme. Mon vrai prénom, c'est Francisco. Je le trouve plus... plus... comment dire ?

– Plus funky ? suggéra la fillette qui, d'un coup, s'était sentie délicieusement soulagée.

Un sourire illumina la gueule mordorée du fauve :

– Exact ! Plus funky. Mais tu ne m'as pas dit pourquoi le roi de la montagne t'avait déposée ici ?

– Je devais dormir à l'Hôtel bleu, expliqua Ézoah. Comme la montagne s'est déplacée, je ne pouvais plus y aller : c'était trop loin ! Alors l'aigle-commentateur m'a proposé de m'amener ici.

– Il a bien fait ! J'ai un bon lit à te proposer.

Roâh se dirigea vers les meubles que la fillette avait avisés en arrivant.

– Regarde, lui dit-il. Y en a-t-il un qui te plaise plus que l'autre ?

Ézoah constata avec surprise que les deux lits bougeaient. Ils se bousculaient. Chacun voulait être celui qu'elle choisirait. Maïenka n'avait pas menti : ici, les meubles étaient des animaux presque comme les autres.

Derechef, le lion secoua sa crinière, montra les crocs ; et, rejetant la gueule en arrière, il rugit :

– Roooooooâââââââh ! Tenez-vous tranquilles, vous deux, ou je vous esssssssscrabouille !

Puis il se tourna vers la nouvelle venue et lui demanda :

– Alors ? Lequel te tente ?

– Euh... Vous avez un conseil ?

– À mon avis, celui de droite devrait te convenir. Il est un peu plus âgé, donc plus relax.

– Très bien, je le prends. Mais j'ai du mal à comprendre : ce sont des lits vivants ?

– Bien sûr ! Tu débarques ou quoi ?

– Je débarque, en effet, confirma la fillette. J'ai appris que les tabourets étaient des animaux. Mais je ne savais pas que tous les meubles étaient comme eux...

– Eh si ! Pour qu'ils se comportent correctement, il faut les adopter, les apprivoiser, puis les traiter avec douceur. En attendant qu'ils trouvent preneur, il y a des gens comme moi qui les gardent.

– Vous êtes garde-meuble ?

– Je préfère dire : berger.

Ézoah acquiesça. S'approcha du lit que lui avait conseillé Roâh. Le caressa timidement. Sous sa main, le meuble s'agita et ronronna. L'autre lit s'éloigna en traînant des quatre pieds. La fillette s'assit sur celui qui restait.

– J'ai du mal à croire ce que je vois..., murmura-t-elle.

Elle se frotta les yeux. Mais elle savait qu'elle ne rêvait pas. Elle eut beau battre des paupières, elle était bien au milieu d'un champ de sciure où paissaient tranquillement quelques meubles gardés par un lion-berger. Elle devait sortir d'ici. Et, pour cela, comprendre.

– Est-ce que... est-ce que des phénomènes bizarres se sont aussi produits par ici ? s'enquit-elle.

– Des phénomènes bizarres ? répéta le lion. De quel genre ?

– Ben, par exemple, à l'Hôtel bleu, les tabourets se mettent à se tamponner alors qu'on est assis dessus ; devant le chapiteau du Cirque au sol, la montagne se déplace à toute vitesse...

– Oui, ici aussi, il se passe des choses étranges. Certains meubles sont agressifs. Je suis obligé de surveiller particulièrement les plus violents. Avant, c'était un kangourou qui faisait ce métier. Hélas, les meubles sont désormais trop dangereux pour ces petits marsupiaux. Il faut un animal redoutable pour s'en occuper, soit dit sans me vanter. Voilà comment je suis devenu berger spécialisé dans les meubles dits « difficiles » ! Mais dis-moi, tu veux peut-être manger quelque chose ?

– Non, merci, répondit la fillette. J'ai grignoté avant d'aller au cirque.

– Au Cirque au sol ?

– Oui.

– Tu étais dedans ?

– Ouiii !

– La chance ! Je suis dégoûté ! Comment tu t'es débrouillée ?

– J'ai rencontré Maïenka, expliqua Ézoah.

– Ma... Maïenka ? Pas *la* Maïenka, quand même !

– Si, *la* Maïenka !

– Attends, qu'on soit clair : tu parles bien de la Maïenka de Maïenka...

– ... Funky Productions, compléta la fillette.

Elle posa son sac sur le lit, en sortit le casque-micro de l'aigle – son fameux « mailleque » – et commença de le trifouiller.

– Tu la connais ? demanda-t-elle.

– Forcément ! s'exclama le lion. Tout le monde la connaît, ici. Elle est riche, intelligente, drôle, fine, élégante, sensuelle, pas mal du tout, ultrafunky et...

– ... tu rêves d'elle toutes les nuits ?

Le lion gronda :

– Non, même pas vrai ! Enfin, pas toutes les nuits ! Mais tu me fais dire des âneries : je voulais seulement t'apprendre qu'elle était presque aussi célèbre qu'Elder.

– Tu connais Elder ! On n'arrête pas de me parler de lui... même le roi de la tagnemon, qui m'a dit qu'il n'existait pas.

– Oh, lui ! Si tu te mets à croire ce qu'il raconte, tu n'es pas sortie de l'auberge ! Quand il était petit, on lui a affirmé qu'Elder n'existait pas, alors, depuis... il en est resté là.

– Et toi, on t'a affirmé qu'Elder existait, et tu en resté là aussi...

Le fauve rugit :

– Ça n'a rien à voir ! Elder existe forcément ! Tu vois le monde qui t'entoure ? Quelqu'un l'a imaginé un jour, non ? On raconte que, s'il se détraque, c'est parce qu'Elder est devenu vieux et se détraque lui aussi. Je trouve que ça se tient, comme idée !

– Et ça ne t'inquiète pas ?

– La situation est sous contrôle, rétorqua le lion. Des émissaires sont venus chercher les meilleurs représentants de chaque monde pour protéger Elder. Comme ça, il va pouvoir se concentrer sur ce qui nous intéresse : remettre les mondes en état de marche.

Ézoah s'acharnait sur son casque-micro, dubitative :

– Pourquoi il ne passe pas le pouvoir, Elder, puisqu'il est trop vieux pour s'en occuper correctement ?

– Si, comme on l'affirme, c'est lui qui a créé ce monde, tu ne crois pas qu'il est le mieux placé pour le remettre en état ?

– Peut-être... Mais j'ai quand même l'impression que je vais devoir me dépêcher de le rencontrer pour comprendre pourquoi j'ai débarqué dans ce monde et comment en sortir. Il faut que j'aille à la capitale. Tu pourrais m'aider ?

– Pas de problème ! Je te montrerai comment y aller demain. Un conseil : ne te couche pas trop tard. Ici, on se réveille à l'aube. Et l'aube, c'est dans pas très, très longtemps.

– Merci pour tout. Bonne nuit, Francisco !

– Bonne nuit, Ézoah !

La fillette rangea son casque-micro semi-bizardouillé et s'allongea sur le lit avec sommier et matelas intégrés ; et elle ne tarda pas à somnoler.

Elle sentit que le grand piano rose s'approchait d'elle. Une voix très douce – un peu trop au goût d'Ézoah – annonça : « Le piano de vos rêves va vous interpréter le premier mouvement de la *Sonate au clair des sept lunes.* » Presque aussitôt, les premières notes tombèrent, liquides, pures, apaisantes. Elles avaient un goût de sorbet au citron.

Là-haut, la lune pailletée tintinnabulait doucement, à côté de ses sœurs grenadine et menthe à l'eau. Au loin, la fillette crut percevoir un grognement rageur. Peut-être était-ce la montagne qui repartait. Elle sourit en imaginant l'aigle en train de hurler ses commentaires dans son « mailleque ». Puis, serrant son sac à merveilles contre elle, elle sombra dans le grand sommeil noir, sous le regard attendri du lion berger.

15.

Le rhinocéros à deux têtes

– ROOOOOOOOÂÂÂÂÂÂÂÂÂH !

Un rugissement épouvantable réveilla Ézoah. La fillette se leva d'un coup. Et, à son tour, elle hurla :

– HIIIIIIIIIIIIIIIIIIIIIIIIIIIIIIIIIIIIIII !

À dix pas d'elle à peine, une tête de rhinocéros la fixait.

Une tête de rhinocéros à deux têtes.

Déjà, un rhinocéros, c'est paniquant. Mais un rhinocéros à deux têtes, ça l'est deux fois plus. Voire plus que deux fois plus.

Sauf que, en entendant crier la fillette, l'animal tourna sa deuxième tête vers elle. Et cette tête-là était multicolore, joufflue, et pourvue d'une corne souple qui drelin-drelinait comme un hochet de bébé. Ézoah en sourit.

C'est alors que le rhinocéros tourna son autre tête vers elle. Et la fillette cria de nouveau. Car cette tête-ci était vraiment monstrueuse.

Gris poussière.

Pourvue d'une corne centrale effilée, avec, tout autour, des minicornes.

Une tête creusée de deux fentes profondes laissant apparaître deux pupilles injectées de sang, et fendue par une mâchoire pourvue de quatre rangées de crocs épouvantables, couverts d'écume. D'ailleurs, à ce stade, le mot « mâchoire » ne convenait plus. Celui de « broyeur » s'imposait.

– ROOOOOOOOÂÂÂÂÂÂÂÂÂH ! répéta Roâh, qui avait bondi pour s'interposer entre son invitée et l'intrus.

Subtilement, il s'était positionné du côté de la tête gentille. Ézoah vit toutes les belles couleurs du rhinocéros blêmir. Et la bête redoutable (mais apeurée) recula son corps musculeux. Elle tenta de regarder Roâh avec sa tête méchante. Mais, chaque fois qu'elle y parvenait, le lion sautait de côté avec souplesse, et se retrouvait ainsi devant la tête gentille. Quand le berger eut fait reculer le monstre vers une partie arrachée de l'enclos, il poussa un troisième rugissement, beaucoup plus puissant que les précédents. Le rhinocéros prit ses grosses jambes à son cou, et détala sans demander son reste.

La fillette vit les poils de la crinière de Roâh s'aplatir progressivement.

– Un rhinocéros à deux têtes, c'est une nouvelle bizarrerie du monde ? demanda-t-elle d'une voix hésitante.

– Ah, non... Il a toujours eu deux têtes. Ça, c'est normal. Seulement, il y a quelques lunerées, l'une de ses têtes a mal tourné. Elle est devenue bizarre. Toute grise. Pas sympa.

– Oui, enfin, une tête toute grise, c'est normal, pour un rhinocéros...

La fillette sauta à terre, accorda une caresse de reconnaissance à son lit qui s'était tenu tranquille toute la nuit ; puis elle suivit Roâh.

– Quand même ! Ce rhinocéros n'a pas l'air commode ! reprit-elle.

– Au contraire, à l'époque, c'était sa spécialité.

– Euh... de quoi tu parles ?

– Des commodes. Il était berger-chef et responsable en titre des commodes. Et puis, il y a quelques lunerées de ça, il a changé de tête. On ne le reconnaissait plus. Il ouvrait les clôtures sans prévenir. Il libérait les meubles dangereux. On a dû le démettre de ses fonctions. Depuis, il erre dans les champs de meubles.

– Vous ne l'avez pas mis en prison ?

– Oh, non, c'est seulement dans le monde des jouets qu'on va en prison, quand on se comporte comme il ne faut pas.

– Y a un monde des jouets ?

– Oui, mais nous, c'est pas pareil : on appelle Elder pour remédier au problème. Quand il est en état de répondre, bien sûr...

– Alors, c'est quoi la solution, pour le rhinocéros à deux têtes ? insista Ézoah.

Le lion eut un geste d'impuissance.

– Il faut s'en méfier, évidemment, admit-il. Mais, en même temps, j'ai pitié de lui. Ça doit être terrible à vivre ! J'ai entendu des animaux qui suggéraient de lui scier la tête grise. J'ai promis de dévorer celui qui s'y risquerait.

– P... pourquoi ?

– Imagine : tu as deux yeux ; supposons que l'un d'eux me déplaise. Est-ce que tu m'en voudrais si je te le crevais ?

– Oh, oui !

– Ben, c'est pareil. Toutefois, ton œil n'arrache pas mes clôtures, lui...

La fillette observa le berger qui replantait son piquet et retendait le barbelé à l'aide de ses pattes puissantes.

– C'est sûrement le rhinocéros que j'ai entendu gronder hier soir, avant que le piano ne se mette à jouer...

– Tu as aimé ?

– Le rhinocéros ?

– Meuh non ! Ce que t'a joué le piano.

– Oui, beaucoup.

– Tu dis pas ça pour me faire plaisir ?

– Ah, non, j'ai trouvé ça super !

Roâh tourna la tête vers son invitée :

– C'est moi qui l'ai dressé.

– Tu dresses les meubles ?

Le lion acquiesça et ajouta :

– J'aimerais bien monter un numéro pour le montrer à Maïenka, peut-être avec les tabourets danseurs. Ça pourrait être sympa d'avoir un orchestre avec un piano pour la mélodie, des portes ou des tiroirs qui claquent pour la percussion, et des tabourets qui chorégraphient... Je vois ça d'ici. Enfin, en attendant, faut gagner sa croûte...

Il se remit au travail.

– Est-ce que tu aurais un bout de verre ? demanda Ézoah.

– Excuse-moi, petite, mais il faut que je bosse, là. Va jouer ! Je viendrai te chercher quand j'aurai fini. Six tabourets ont profité de la brèche ouverte par le rhinocéros pour s'échapper, et...

– Pourquoi tu les as laissés s'échapper ?

– Parce qu'une grosse bête a surgi comme une folle, au petit matin. Elle a défoncé ma clôture et s'apprêtait à régler son compte à mon invitée.

– Bon, et à part ça, tu as un bout de verre ?

– Je t'ai expliqué que six tabourets avaient prof...

– Justement, tu as un bout de verre ?

Le lion soupira :

– Je vais te trouver ça, et après, tu me laisses tranquille, promis ?

– Il me faudrait aussi un bâton solide, ajouta la fillette. Et je risque de manquer d'un peu de ficelle. Mon araignée à faire les lits a consommé presque tout mon stock. Tu dois avoir ça quelque part, non ? Sinon, un bout de corde fera l'affaire.

– Ézoah...

– Ah, et si tu peux aussi m'apporter un chiffon, ce sera super.

Sans attendre la réaction de Roâh, la fillette vida en partie le contenu de son sac à merveilles sur une chaise.

– Ne bouge pas ! ordonna-t-elle au meuble.

Elle fixa du regard le berger, secoua sa chevelure, montra les dents et rugit :

– Bon, alors, ce bout de verre, ce bâton, cette ficelle, ce chiffon... C'est pour aujourd'hui ou pour demain ?

16.

Le projecteur holographique de table

Roâh regardait Ézoah avec de grands yeux stupéfaits. Qu'était-il arrivé au dernier imprudent qui lui avait parlé sur ce ton ? L'avait-il déchiqueté ou l'avait-il mangé petit bout par petit bout ? Hum, il ne s'en souvenait plus. Cela remontait à trop loin !

– Je suis occupé, figure-toi, gronda-t-il en tâchant de se maîtriser. Oc-cu-pé, petite, oc-cu-pé !

– Moi aussi, je suis occupée, figure-toi toi-même ! Je dois aller à la capitale. Je dois rencontrer Elder. Je dois partir d'ici. Alors, crois-moi, gros velu : plus vite tu me fourniras ce que je t'ai demandé, mieux ça vaudra pour tout le monde.

Le fauve hésita un instant entre gober la petite humaine, qui le toisait d'un regard furieux, et s'exécuter. Il opta pour la deuxième solution. Il ne raffolait pas de la chair humaine. Elle n'avait pas vraiment bon goût. C'était un plat pour snobs.

En plus, il avait hâte de partir à la recherche de ses tabourets perdus. Trois d'entre eux étaient de jeunes meubles mignons – c'est forcément mignon tout plein, un tabouret, à cet âge – mais inexpérimentés. Ils ne devaient pas être très loin. Roâh n'était pas inquiet pour eux. Ils avaient sans doute hâte qu'il leur mît la main dessus.

Pour les trois autres, en revanche, c'était perdu d'avance. Il s'agissait de tabourets dangereux, de la race récemment apparue des *Mordicus Fessi*, qu'on appelait le plus souvent des « tabourets mordeurs de fesse ». Ils étaient en tout point semblables aux autres, à un détail près – celui qu'on découvrait au moment où l'on posait son derrière sur l'un de ces spécimens.

Ces trois-là avaient pris la poudre d'escampette. Ils risquaient de faire des dégâts avant que quelqu'un leur mît la main dessus... ou plutôt autour : pour ramener au bercail un tabouret mordeur de fesse, il ne faut surtout pas l'attraper par dessus. En réalité, il suffit de le saisir par les pieds. « Le jour où l'on aura des tabourets mordeurs de fesse *et* de main, on sera très mal ! » songea-t-il. Bref, mieux valait céder aux exigences de la fillette... qui se permit même de gourmander son assistant débutant, en lui lançant :

– Alors, ce bout de ficelle, tu le fabriques ou quoi ?

Ou :

– Mais c'est pas possible ! Tu fais exprès de lambiner ?

Ou :

– Hé, si tu veux pas m'aider, dis-le tout de suite ! Je perdrai moins de temps !

Roâh essaya de la raisonner. Il était un fauve redoutable. Il ne ferait qu'une (petite) bouchée d'elle si elle continuait à le traiter comme s'il avait été son esclave. Il en avait croqué pour moins que ça.

Ézoah se contenta de lever d'un geste auguste une étrange machine.

Malgré son agacement, Roâh tint à s'informer :

– Qu'est-ce que c'est ?

La fillette grimaça :

– Comment ça, qu'est-ce que c'est ? Ça se voit, non ? C'est un projecteur holographique de table !

– Ouh ? ulula Roâh, perdu.

– Un projecteur holographique de table ! répéta Ézoah. Regarde : j'ai imaginé que le casque-micro destructurabilisé reconstituerait l'antimatière du miroir antiréfléchi par l'effet rétroinversé du bâton brandi à angle semiparallèle selon la propriété de Quetzalcoatl, veut que... veut que quoi, Francisco, s'il te plaît ?

– Euh... je sais plus...

– Tu sais *plus* ou tu sais *pas* ?

– Je sais pas, avoua le berger.

– Veut que, toutes conditions étant égales par ailleurs, la malléabilité de l'image d'un point soit proportionnelle à sa plasticité théorique dès lors que celle-ci n'est pas opposée à l'espace-plan de référence. Il faut suivre, mon vieux, il faut suivre !

– Oui, oui, pardon... J'voulais l'dire, mais ça semblait tellement évident que...

Ézoah adopta un ton plus doux pour conclure :

– Enfin, ça, c'est ce que j'avais imaginé. Alors, normalement, si tu brandis ce bâton vers le soleil, le gling fait chpof et tu donnes l'impression aux tabourets de voir une table qui leur ressemble...

Et, à la stupeur de Roâh, trois tabourets mignons tout plein, arrivant des trois coins de l'horizon, se précipitèrent autour de la fillette, qui avait joint le geste à la parole. Le lion-berger se dépêcha d'ouvrir puis de refermer l'enclos derrière les tabourets retrouvés.

– C'est... c'est extraordinaire ! s'extasia-t-il. Tu es... tu es une fée, Ézoah !

La fillette rougit sous le compliment :

– Pas tout à *fée*. Juste une magibricoleuse. J'adore bizardouiller. Et, depuis que je suis arrivée dans ton monde, je ne sais pas pourquoi, mais ça marche pas mal !

Le lion lui passa une patte autour des épaules.

– Excuse-moi d'avoir douté de toi. Tu es vraiment *fresh*.

– *Fresh* ?

– Oui, c'est un mot à la mode. Je ne sais pas trop ce que ça veut dire. Enfin, je crois que c'est un peu comme « funky ». Et ça te va super bien : tu es trop *fresh* !

– Merci, Francisco... Et excuse-moi toi aussi : quand je me mets à bricoler, je n'entends plus rien ni personne. Ça doit être agaçant, j'imagine...

– En tout cas, tu m'as retiré une belle épine du coussinet, affirma Roâh.

– Tu as récupéré tous tes meubles ?

– Non. Il en manque trois.

– Oh ! Le gling n'a pas fait chpof !

Le fauve réconforta la fillette :

– Si, il a fait chpof ! Les derniers fugitifs étaient sans doute déjà trop loin pour être touchés par tes projections holo, euh, hogrola... machin. Où t'es allée pêcher cette idée ?

– J'ai remarqué en arrivant que les tabourets avaient tendance à se presser autour de la table. Alors, je me suis dit qu'il suffisait de leur faire voir la table de leurs rêves pour qu'ils reviennent. Et ça a marché !

– Bravo ! Je ne suis pas sûr d'avoir parfaitement compris ta technique, mais le résultat est super efficace.

– Maintenant, c'est à ton tour d'être super efficace. Tu n'as pas oublié que tu devais m'emmener à la capitale ?

Le lion eut l'air gêné.

– NON ! cria Ézoah.

– Je t'assure que...

– Non, écoute, Roâh, toi et moi, ça va pas être possible.

– Mais puisque je...

– Déjà Maïenka voulait me prendre sous contrat parce qu'elle me trouvait funky. Après, le roi de la tagnemon voulait que je devienne commutatrice avec lui. Alors, je préfère être claire : bergère, c'est non.

– Hein ? Voyons, il n'en...

– Ne le prends pas mal, hein, Francisco ? Je suis sûre que c'est un métier très *fresh*. Hélas, je dois partir, rencontrer Elder... J'aimerais qu'on reste amis. Ça te va ?

– Bien sûr ! Mais... je ne vais pas pouvoir t'emmener à la capitale. Le rhinocéros à deux têtes doit encore errer dans les parages. Il faut que je surveille mon enclos.

La fillette était sous le choc :

– Tu vas m'abandonner ? Toi aussi ?

– Pas du tout ! Je vais t'amener à la station la plus proche du limaçon géant. Tu verras, c'est direct pour la capitale, y a pas plus simple... En plus, je suis certain que ça va t'amuser !

Lune brune naissante

Les prunellias disparus

Derrière le baldaquin reposait le Gardien des mondes. Il était une plume sur les ailes d'un prunellia qui ne reviendrait planer dans le Donjon qu'à la disparition de la septième lune. Tant que le prunellia volerait au loin dans ses rêves, le vieillard ne s'éveillerait pas. C'était la magie de la transe.

Celle-ci exigeait qu'on eût beaucoup d'imagination. Et un bon sens de la méthode !

Dans un premier temps, il fallait se projeter dans la peau d'un objet. N'importe quel objet, à condition qu'on le connût à fond, ou que, à tout le moins, on en eût une vision très claire.

Dans un deuxième temps, il fallait se *voir* changé en cet objet, se plonger dans ses plis et replis, deviner ce qu'il pouvait ressentir - ou ne pas ressentir - face aux différents événements.

Dans un troisième temps, il fallait devenir cet objet, l'investir comme une maison, fermer la porte derrière soi et décider de ne l'ouvrir qu'à un moment fixé au préalable. Le moment où l'on souhaitait reprendre son identité d'origine... si on le souhaitait. Faute de quoi, on n'accédait jamais au quatrième temps : le réveil.

Or, le Gardien voulait absolument se réveiller. Car

L'homme en transe ne meurt pas, ne s'abstrait pas du monde. Simplement, il est ailleurs. Il n'a qu'une vague conscience de ce qui l'entoure. Sauf si cela le touche au plus intime, au plus profond.

Et c'est ainsi que le vieillard sentait danser autour de lui les prunellias que son imagination avait jadis brodés sur le dais. Un courant d'air permanent faisait frémir les lourds pans de velours.

Sans doute, nul n'avait jamais compris pourquoi il s'était amouraché de ces volatiles au point d'en faire ses animaux fétiches.

Les créatures n'avaient pu constater que cette évidence : il en avait mis partout. Il les avait déclarés « messagers officiels des mondes » et « porte-parole du Gardien ». C'étaient eux qui annonçaient la Fête des mondes ; eux qui faisaient pleuvoir des nuées de groseilles sur les écoles, à cette occasion, pour la plus grande joie des petits ; eux qui accompagnaient les animaux morts jusqu'à leur dernière demeure, en interprétant mille chants de consolation tous plus beaux les uns que les autres, et en accompagnant le deuil de la famille par des gestes doux et discrets : ils détendaient le linge suspendu devant les tanières ; ils apportaient des provisions à ceux qui étaient tentés de se laisser dépérir ; ils venaient siffler des chants apaisants lorsque les amis venaient se recueillir sur la tombe nouvelle, où ils avaient disposé un bouquet de fleurs des champs...

Depuis quelques lunerées, cependant, certains entrepreneurs peu scrupuleux avaient profité de la faiblesse du vieillard pour embaucher quelques spécimens de cette race afin d'assurer la publicité de leurs produits. Le Gardien n'avait plus la force de contrôler ses volatiles tant aimés. Il les avait laissés filer. Depuis des lunerées, les seuls volatiles à qui il pouvait encore parler étaient ces silhouettes brodées, fixées sur les tentures du baldaquin de son lit.

Ses derniers confidents.

C'est encore à eux qu'il pensait dans sa transe. À eux qu'il demandait où en étaient les mondes. Il ne percevait aucune amélioration. Les Envoyés étaient là ; quant aux Appelés, ils avaient dû arriver, mais il leur faudrait du temps pour s'adapter. Comprendre ce qu'ils fabriquaient ici. Venir jusqu'à lui. Or, du temps, ils n'en auraient guère. Juste une lunerée. Après, le Gardien détruirait Mallemonde. Il vaudrait mieux.

Brusquement, le vieillard sentit que sa chambre vibrait. Bougeait. Se déformait.

Il sentit que les murs tentaient de résister aux terribles forces qui s'obstinaient à les déchirer.

Il sentit que les parois de son ultime refuge s'allongeaient.

Il sentit que les vitraux se distordaient, que les dorures s'étiraient, que les miroirs se tendaient à l'extrême.

Il sentit que son lit grinçait et s'agrandissait pour ne pas se fendre en deux.

Il sentit que sa chambre s'était étalée et que, désormais, elle était en partie suspendue dans le vide.

Il sentit que l'atmosphère était saturée de colère. Deux puissances s'affrontaient : la rage destructrice qui guidait ses mondes depuis quelques lunerées, et l'instinct de survie qui animait les choses.

Il sentit que ces choses le suppliaient de les aider, comme les autres êtres l'avaient supplié avant de se résigner.

Il sentit leurs suppliques, et il les comprit : c'était lui qui les avait créées. Mais comment leur expliquer qu'il avait fait son possible et que, à présent, leur sort n'était plus entre ses mains ?

Car le vieillard n'imaginait plus. Il n'était plus capable que de sentir.

Sentir que la fumée émanait du cratère où avait disparu son trône.

Sentir que le plancher était prêt à craquer.

Sentir que les objets, sur le point de céder, hurlaient de peur et de douleur.

Soudain, un craquement ébranla le Donjon. Du verre éclata dans un tonnerre assourdissant. Le plancher de la chambre se contracta et se gondola. Le lit du Gardien se retrouva collé au plafond. Ballotté. Au soubresaut suivant, il fut de l'autre côté de la pièce. Dans sa course folle, il heurta un manteau de cheminée, rebondit contre une paroi, faisant valser au passage une dizaine de superbes porcelaines dont les morceaux couvrirent la pièce. L'instant d'après, le plancher se creusait, projetant le lit massif à l'opposé. Emporté par son élan, le meuble survola le trou fumant laissé par le trône... et alla se fracasser contre la paroi. Le lit vibra, tremblant des quatre pieds et de toute sa carcasse, tressautant du sommier, frémissant des tentures. Il sembla sur le point de s'ouvrir en deux... mais l'onde de choc s'atténua, et le meuble s'immobilisa.

Puis plus rien.

Le vieillard sentait tout cela. Cependant, protégé par sa transe, il dormait toujours.

Il remua dans son sommeil, et dut se recroqueviller sur lui-même. Il n'avait plus la place de s'étendre. Après s'être allongée, sa chambre s'était compressée. D'un coup. À présent, elle paraissait reprendre sa forme initiale. Mais, quand le Gardien des mondes voulut réconforter les prunellias de velours qui ornaient son baldaquin, comme on caresse une peluche pour se consoler en la câlinant, il devina qu'ils avaient disparu.

Ils l'avaient abandonné.

Eux aussi.

17.

Les rats contrôleurs

Roâh donna ses dernières recommandations aux meubles les plus solides : la table, l'armoire, le piano rose. Si le rhinocéros revenait en l'absence du fauve, ils devraient se placer du côté de sa tête multicolore et tâcher de lui faire peur. Leur berger n'en avait pas pour longtemps.

– C'est l'avantage des petites exploitations, expliqua le lion à Ézoah, sur le chemin du limaçon. Je connais mes meubles, et mes meubles me connaissent. Ils écoutent ma voix et savent que je ne les abandonnerai jamais.

– Parce que ça ne se passe pas toujours comme ça ?

– Non, il existe de grands champs où on pratique l'élevage intensif. Les pauvres meubles sont élevés en batterie et gardés par une armée de gorilles bêtes comme des humains – euh, pardon, je voulais dire...

– Ne t'excuse pas, l'interrompit la fillette en franchissant la clôture et en gagnant le chemin. Je ne suis plus petite, je sais que nous ne sommes pas tous cent pour cent... comment c'est, déjà, le mot que tu m'as appris ?

– *Fresh* ?

– C'est ça ! *Fresh*...

Ézoah prit une mine songeuse.

– Je vais devoir bizardouiller un reteneur de mots, murmura-t-elle en pressant le pas. Sinon, je risque de les oublier.

– Pourquoi ? s'étonna le berger sans cesser d'avancer à grandes foulées. On parle tous normalement, ici !

– Peut-être... mais, moi, je suis perdue. Tu sais ce que ça veut dire, « steaker » ?

– B... bien sûr ! Tout le monde sait ça !

– Alors ?

– Steaker, ça veut dire... C'est pas facile à expliquer, mais... Oh, tu as vu, la quatrième lune est en train de se lever !

– Oui, bon, elle est brune et carrée, on va pas en faire un fromage... Tu essayes de détourner la conversation !

– Pas du tout ! Comme tu es suspicieuse ! En réalité, steaker, c'est en quelque sorte... ça s'emploie dans un contexte de...

– Ça veut dire « faire boum » en chimpanzé, le coupa Ézoah.

Roâh cessa d'avancer pour prendre le ciel à témoin :

– C'est exactement ce que j'allais dire !

– Si je veux arriver jusqu'à Elder, continua la fillette sans s'attarder sur le gros mensonge de Roâh, je dois comprendre ce que me disent les animaux. Parfois, les mots font des nœuds dans ma tête...

Elle plongea la main dans son sac à merveilles, puis la ressortit aussitôt. La gare était en vue. Elle n'avait pas le temps de bizardouiller.

Le limaçon géant était une espèce de grand et gros ver de terre qui servait de train. On s'installait dans des nacelles accrochées à son dos. Des rats à casquette, entourés de plusieurs sky-terriers de sécurité, se faufilaient dans les rangs pour récupérer les tickets et s'assurer que les voyageurs avaient correctement attaché leur harnais de sécurité, leurs genouillères, leurs protège-tibias et leur casque.

– Vous êtes une nouvelle ? lança un gros rongeur à casquette en s'approchant d'Ézoah.

La fillette ne comprit pas la question.

– Oui, c'est la première fois qu'elle prend le limaçon, confirma Roâh, qui tendit un ticket à son interlocuteur.

– Tenez, asseyez-vous là, ordonna le rat-contrôleur à la passagère, je vais vous donner un coup de patte pour vous attacher.

Pendant que le rat-contrôleur aidait Ézoah à fixer ses protections, il lui demanda :

– Vous connaissez la blague qu'on raconte à propos de cet énorme limaçon ?

– Euh... non, pas encore.

– C'est une petite chenille qui regarde le limaçon géant, et elle lui dit : « J'aimerais beaucoup être là quand tu te transformeras en papillon ! »

Il éclata de rire. La fillette ébaucha un sourire et émit quelques « ha, ha », pour ne pas vexer son interlocuteur. Elle ne voyait pas le moins du monde ce que cela avait de drôle. Les limaçons ne se transformaient quand même pas en papillons, dans ce monde... n'est-ce pas ?

Elle n'osa pas poser la question. Ni demander pourquoi on l'obligeait à s'équiper de la sorte. Elle ne voulait pas passer pour une cruche !

Le rugissement grave de Roâh la tira de ses pensées :

– Faut qu'j'y aille, petite... Mes meubles m'attendent.

Le lion s'approcha d'elle pour lui faire la bise. Mais la fillette préféra enfouir sa tête dans la crinière du fauve, bien que cette forêt de poils ne sentît pas très bon. Lorsqu'elle serait rentrée chez elle, elle n'aurait plus souvent l'occasion de câliner un tel monstre !

– Tiens, lui dit-elle en farfouillant dans son sac à merveilles. Ça pourra t'être utile, si le rhinocéros à deux têtes revient...

Elle lui tendit le projecteur holographique de table.

Le lion secoua la crinière. Il semblait très ému par ce cadeau. Il fouilla dans sa pelure, la mine piteuse.

– Désolé, mais... je n'ai rien à t'offrir, moi, avoua-t-il en détachant un bout de fil de fer barbelé qui s'était accroché à sa fourrure.

– Wouah ! s'exclama Ézoah. Génial ! Un pur barbelé ! Tu me le donnes ?

– Tu... tu es sérieuse ?

– Oh, oui ! lança la fillette. C'est un super truc pour faire chpof, ça !

Ses yeux pétillaient. Le lion lui donna volontiers ce fil de fer.

– J'espère qu'on se reverra, Roâh..., murmura-t-elle.

Elle en doutait. Quand elle aurait trouvé Elder, elle lui demanderait de la renvoyer chez elle... N'empêche, elle aurait bien aimé emporter Roâh !

Le lion baissa la gueule et regarda ses pattes.

– Moi aussi, dit-il. Mais, tu sais, si jamais tu revois Maïenka – et si ça se présente dans la conversation, bien sûr –, tu pourras éventuellement envisager de lui glisser par hasard un mot sur un berger assez *fresh* et pas mal foutu globalement, qui prépare un numéro de dresseur de meubles... Si ça se présente, hein !

– Promis ! lança la fillette.

Une sonnerie s'éleva.

– C'est le signal du départ, annonça le fauve. N'oublie pas de descendre à la station « Opéra ». Bonne chance avec Elder !

Et le lion s'éloigna en agitant la queue pour dire au revoir à Ézoah.

Les affaires sérieuses commençaient.

Très bientôt, la fillette allait se retrouver en route pour la capitale. Elle allait rencontrer Elder et – peut-être – comprendre enfin ce qu'elle fabriquait là.

Un perroquet vint voleter au-dessus du limaçon, répétant une dizaine de fois, sur toute la longueur du véhicule :

– Les voyageurs sont informés que des singes pickpockets sont susceptibles d'agir dans cette station et à bord du limaçon. Merci de veiller à vos affaires personnelles. Je répète : les voyageurs sont informés que des singes pickpockets...

La voix nasillarde et monocorde du volatile était insupportable. Pourtant, lorsque le limaçon s'ébranla, un bruit encore moins supportable s'éleva : une troupe de canards monta sauvagement à bord du limaçon après le passage du rat.

– Bon voyage avec la mousique ! cancana l'un d'eux. Pour vous, exceptionnellement, voici oune chanteuse de haute volée : Lady Piaf !

Une canarde se racla la gorge et, pendant que ses partenaires couinaient un fond sonore qui ressemblait à « tchickiboum, tchiboum », elle entonna un air qui rappelait quelque chose à Ézoah :

Non, rien de rien...
Non, je ne regrette rien...
Ni le bien qu'on m'a fait,
Ni le mal : tout ça m'est bien égal !

– Négal, bien négal, oh oui, bien négal ! couina une petite canarde à côté d'elle. Ça m'est vraiment négal !

– Tchickiboum, tchiboum, renchérit le chœur de volatiles qui faisaient la quête.

Dès que le limaçon accéléra, les musiciens voletèrent et, déçus par leur maigre recette, se laissèrent glisser à terre en pestant contre les voyageurs, « tous des rats ».

C'était faux. Il n'y avait pas que des rats dans le limaçon.

Il y avait une petite humaine, bien sûr, assise à côté d'une vieille tigresse blanche aux très longues moustaches. Devant elles, un ours massif et un ragondin pelé ; plus loin, une bande de bœufs en goguette qui hurlaient très fort. Derrière Ézoah, une flopée de lapins et une famille d'huîtres bleues – Roâh lui avait expliqué que les huîtres de cette couleur étaient très respectées par ici, certains animaux allant jusqu'à leur vouer un culte.

La fillette essaya d'engager la conversation avec ses voisins les plus proches. Peine perdue ! Ils ne parlaient que d'une chose : la finale de la course d'hippopotames, qui allait avoir lieu au Grand Cirque.

Une sonnerie retentit. La rengaine des perroquets changea :

– Femelles, mâles et petits, merci de rester assis sur vos sièges pendant la durée du trajet. Nous vous souhaitons un agréable voyage en notre compagnie.

Et le limaçon se cabra en criant :

– C'est parti, mon kiki !

18.

Le limaçon géant

Ézoah comprit immédiatement le cœur du problème : « Ce limaçon est complètement fou ! »

L'animal-véhicule était parti à fond. Un cri de frayeur strident s'éleva. Aucun passager ne s'était attendu à une telle pointe de vitesse. Pas étonnant qu'on eût vérifié le harnachement des voyageurs avant : sans ceintures, ils auraient tous été éjectés dès le départ !

Et soudain, pof ! le limaçon freina. Jboïng ! la tête casquée de la fillette heurta celle de sa voisine. Aussitôt, le limaçon repartit. Sonnée par le choc, Ézoah aperçut, tournoyant devant ses yeux, le ciel, le sol, le ciel, le sol... puis plus que le sol ! Sa nacelle, mal fixée, avait tourné sur elle-même avant de s'arrêter dans le mauvais sens. Brusquement, le limaçon s'arrêta. La vieille tigresse blanche en profita pour remettre la fillette fesses en bas.

– M... merci, lâcha la petite humaine, l'esprit dans le vague.

– Hum, ça balance, ça swingue, ça groove, ça pulse ! commenta la voix du limaçon, grinçante et tonitruante.

« On dirait qu'il a avalé un mailleque », pensa Ézoah. Dans sa tête, les mots du conducteur se réverbéraient à l'infini, formant une sorte de pâte sonore qui engluait les syllabes et rendait leur compréhension très compliquée.

– Hé, les lapereaux, on sourit mieux qu'ça ! ON SOURIT, J'AI DIT ! Voilà, vous êtes en progrès ! C'est génial, on s'éclate à donf, quelle ambiance, les amis !

Et il repartit en glissant à une allure incroyable.

Ézoah s'accrocha à sa nacelle. Le limaçon était complètement secoué ! Il paraissait prendre plaisir à buter contre les moindres obstacles à seule fin d'agiter ses nacelles. Loin d'éviter les bosses et les accidents de terrain, il les recherchait. Il descendait tout schuss les collines. Il décollait en haut des remblais. Et, comble du pénible, il n'arrêtait pas de parler :

– Allez, on est là pour se fendre le scoubidou, les loulous ! Faut pas être coinçosse ! J'espère que vous savez vous amuser ; sinon, vous allez pas être déçus du voyage, ha, ha, ha !

Soudain, le véhicule ralentit, reprit une allure tranquille et déclara :

– Bon, détendez-vous, vous êtes super, ce matin, heureux fripons ! Je veux voir toutes les mains, toutes les pattes et toutes les coquilles en l'air !

Ce devait être une coutume locale, car les voyageurs s'exécutèrent sans marquer la moindre surprise.

– Allez, public, tape, tape, tape, c'est ta façon d'aimer ! exigea le limaçon. Oui, toi aussi, petite humaine !

Ézoah imita ses compagnons : elle leva les mains et frappa en cadence, comme les autres. C'est le moment que choisit le limaçon pour reprendre sa course infernale. Les voyageurs se dépêchèrent de se raccrocher à leur nacelle.

– NON ! glapit le limaçon. Tout le monde les pattes en l'air ! *Come on, yeah !* Je ne veux aucune exception, sinon... je boude !

La vieille tigresse blanche fit l'effort de soulever ses pattes.

– Quand il boude, il ne bouge plus, expliqua-t-elle à la fillette éberluée.

Et le limaçon offrit une nouvelle facétie. Il prit un virage et, se lovant, se mit à tourner sur lui-même.

– Hep, hep, hep ! lança-t-il pour saluer sa propre performance. Crie avec moi, public !

– Hep, hep, heeep..., parvinrent à marmonner quelques passagers.

– Génial ! Pour la peine, on continue ! Hep, hep, hep !

– J'en peux plus, gémit Ézoah.

Elle avait tellement le tournis qu'elle aurait tout donné pour s'évanouir. Fermer les yeux ne servait à rien. Elle voulait vomir. Elle voulait dormir. Elle voulait mourir.

Mais elle ne mourut pas. Assommée par la nausée, elle continuait à entendre les glapissements du limaçon :

– Bravo, la famille lapin ! Vous avez le sens de l'équilibre !

Le limaçon pressa l'allure, dépassa une station et commenta :

– Non, désolé, vous ne pouvez pas descendre là car vous venez de gagner un tour gratuit. On applaudit bien fort les lapins, ils descendront à Opéra comme tout le monde.

Un silence consterné accueillit la nouvelle : le limaçon était direct Opéra, alors qu'il avait été annoncé omnibus !

– J'ai dit : ON LES APPLAUDIT BIEN FORT ! rugit le véhicule.

Les voyageurs s'exécutèrent. Malgré la déception et une ombre de colère, aucun ne paraissait vraiment révolté. Le changement d'itinéraire du limaçon et son comportement n'étaient qu'une bizarrerie de plus dans ce monde. Et pas la pire...

– Courage, Opéra n'est plus très loin ! souffla sa voisine à Ézoah, qui avait verdi à force d'encaisser les à-coups.

Brusquement, le limaçon partit à fond de train puis freina de tout son corps. La fillette serra plus fort les paupières. Elle crut que le train vivant allait se renverser et l'écraser... mais non ! Après un dérapage spectaculaire, le véhicule se dressa puis s'immobilisa. Un feulement puissant éclata. Les animaux purent descendre, le souffle court, les jambes en coton, la tête dans le sac... sauf la vieille tigresse dont la nacelle avait fait trois tours sur elle-même avant de se détacher, de décoller et d'atterrir au sommet de la gare !

En voyant cela, le limaçon éclata d'un rire grinçant et hurla :

– Une tigresse volante ! Si c'est pas du haut niveau, ça !

Les rats-contrôleurs entreprirent de sortir une grande échelle pour tirer la tigresse de là – visiblement, le limaçon était coutumier de ce genre d'exploit –, tandis qu'un perroquet égrenait son inusable rengaine :

– Les voyageurs sont informés que des singes pickpockets sont susceptibles d'agir dans cette station et à bord du limaçon. Merci de veiller à vos affaires personnelles. Je répète : les voyageurs sont informés que des singes pickpockets...

Ézoah, épuisée, nauséeuse, serra son sac à merveilles contre elle et s'appuya contre un panneau publicitaire qui vantait « LA FABULEUSE COURSE D'HIPPOPOTAMES ENFIN DANS VOTRE CAPITALE!!!!!!!!!!!!!! ». Il y avait d'autres points d'exclamation – elle n'eut pas la force de les lire.

Elle pensa juste qu'elle était arrivée à la capitale. S'accorda un petit moment de repos, afin de récupérer. Inspira et expira à fond; puis songea qu'elle était près de son but. Elle trouva ainsi l'énergie pour repartir. Quand elle sortit de la gare, elle avait moins mal au cœur... mais un drôle de paysage l'attendait!

19.

Les hérissons hurleurs

La pénombre noyait la ville. Le ciel s'était brusquement obscurci. Des nuages lourds masquaient les quatre lunes. Il allait probablement pleuvoir, et pleuvoir des couleurs sales, entre suie et ciment. Devant la gare, on apercevait la cicatrice que dessinait une tour rouge sang. Une enseigne aux néons puissants et criards annonçait : « HAUT HÔTEL ROUGE ».

À côté des portes de la gare, un poulpe à l'allure patibulaire aborda Ézoah en jonglant avec une demi-douzaine de pastèques :

– Salut ! T'as pas cent balles ? C'est pour un jongleur...

– Non, désolée, je n'ai rien sur moi...

– Et ce sac ? demanda le mollusque. Il m'a l'air intéressant, dis donc ! Qu'est-ce que t'as dedans ?

Ézoah blêmit. Serra son sac à merveilles contre elle. Et se mit à courir.

Elle sentit que les longs tentacules du monstre la frôlaient. Elle entendit le souffle rauque de la pieuvre sur ses cheveux. Filant droit devant elle, elle aperçut, tapi dans l'obscurité, un panneau indicateur qui lui apprit que la « place de l'Opéra-des-Hérissons » était sur sa droite. Elle prit cette direction. Là-bas, il y aurait du monde. Elle serait en sécurité. Le poulpe n'oserait pas l'agresser au milieu de la foule.

L'atmosphère était troublante : à la fois moite et orageuse. Méfiante, Ézoah ne cessait de jeter des regards derrière elle.

Elle se retourna plus largement. Son agresseur avait pris du retard. Sur terre ferme, mieux vaut être poursuivi par des pieuvres que par des guépards !

La fillette passa au trot pour reprendre sa respiration sans cesser d'augmenter sa distance de sécurité. Mais, en désespoir de cause, le poulpe tenta le tout pour le tout ! Il visa sa cible avec ses six pastèques. Ézoah bondit de côté pour éviter la première; sauta en l'air pour ne pas tomber sous l'assaut des deux suivantes, lancées simultanément; slaloma pour esquiver trois nouveaux projectiles; et plongea lorsqu'elle perçut le boulet de pastèque que le poulpe avait lancé en direction de sa tête.

Elle n'aimait pas cet endroit. Elle s'était attendue à une capitale agréable, riante, préservée des ennuis qu'elle avait rencontrés jusqu'ici. Au lieu de quoi, elle était tombée sur une ville sinistre.

Seul point positif : apparemment, le jongleur qui en voulait à son sac était aussi essoufflé qu'elle. Il était loin, à présent. Ouf !

La fillette allait se mettre à marcher quand un tentacule l'attrapa par le cou et l'attira dans une ruelle noire.

– Dis donc, t'aurais pas cent balles ? cracha le propriétaire du tentacule, un gros poulpe qui puait la mer et les algues pourries.

Décidément, c'était l'expression à la mode, par ici !

– N... non, j'ai rien...

– Comment ça, t'as rien ? Fais gaffe : j'vais t'fouiller, et si j'trouve quelque chose sur toi...

– Laisse-la tranquille, grogna un autre poulpe plus efflanqué. C'est un bébé humain.

Pour une fois, la fillette évita de s'insurger en rappelant qu'elle n'était plus un bébé depuis longtemps. Oppressée par le bras puissant de la pieuvre, elle avait le plus grand mal à respirer. Elle était prête à faire pas mal de concessions pour recouvrer la liberté. Même à jouer au « bébé » quelques instants.

– Et alors ? gronda son agresseur.

– T'aimerais pas qu'on touche à tes mômes, pas vrai ? répondit l'autre zonard. Donc touche pas aux mômes des autres...

Le tentacule se détendit puis se rétracta. Ézoah aspira une grande bouffée d'air. Elle était libre !

– Si tu t'mets à avoir des scrupules, grommela le premier poulpe, on est pas sortis du bassin... Tu sais pas encore comment ça s'passe, dans le Grand Cirque, toi !

La fillette fut poussée dans le dos.

– Allez, casse-toi ! grommela le mollusque qui l'avait agrippée. Ça passe pour cette fois, mais la prochaine, j'te préviens... couic !

Les pieuvres propulsèrent Ézoah hors de la ruelle. La fillette claquait des dents. Personne ne l'avait avertie que la capitale était aussi dangereuse !

Au moment où elle allait repartir vers la place de l'Opéra, un nouveau tentacule l'attrapa.

– Mes... cent... balles..., exigea le jongleur qui la coursait depuis sa sortie du limaçon et qui avait enfin réussi à la rattraper.

Le sang de la fillette ne fit qu'un tour. Elle empoigna la lanière de son sac à merveilles, et elle en flanqua un coup dans la gueule de son adversaire. Celui-ci, déjà fatigué par la traque, ne s'attendait pas à une réaction aussi brutale. Il relâcha sa prise. Et la fillette put prendre ses jambes à son cou pour distancer définitivement son ennemi.

L'instant d'après, elle déboucha place de l'Opéra. Devant elle se dressait un bâtiment imposant : l'Opéra, justement. Un attroupement s'était formé devant les marches du fronton. Quelqu'un gémissait très fort. Il paraissait en proie à de vives souffrances.

Ézoah se glissa parmi les curieux afin de se dissimuler aux regards des pieuvres. Parvenue au troisième rang, elle se trouva bloquée. C'est alors qu'elle comprit son erreur. Personne ne souffrait : le crieur était un vieil hérisson, sans doute un ancien artiste de l'Opéra, qui chantait à pleins poumons.

– Il interprète un extrait du célèbre drame sur les trolls couturiers : *Le Fute en chantier*, murmura un manchot, très digne, à la fillette qui fronçait les sourcils.

– Ah oui..., souffla la fillette en essayant de ne pas paraître trop ignorante.

– Ne l'écoutez pas, souffla un pingouin. C'est un air de *T'as vidé mes godasses*, le célèbre drame de charpentiers devenus cordonniers.

– Ah oui..., répéta Ézoah, d'un air toujours aussi convaincu.

Quel que fût l'opéra d'origine, elle ne trouvait pas ces hurlements très agréables. Mais un coup d'œil derrière elle lui remonta le moral : le poulpe de la gare n'avait pas réapparu.

De l'autre côté de la place, elle avisa un deuxième bâtiment. Sur la façade, en lettres d'or qui luisaient faiblement dans l'obscurité ambiante, une enseigne annonçait qu'il s'agissait du CASINO DES MOUTONS. La fillette pensa qu'elle serait peut-être mieux là-bas qu'en train d'écouter glapir un vieil hérisson.

Quelqu'un la poussa dans le dos.

– Aïe ! lâcha la fillette en se retrouvant projetée contre un porc-épic.

Celui-ci se tourna vers elle avec un sourire inquiétant.

– Oh, une petite humaine ! souffla-t-il. Tu veux bien caresser le gentil porc-épic ? Hein que tu veux caresser le gentil porc-épic...

La fillette cria de peur ; mais le son fut étouffé par l'émission large et le timbre éclatant du chanteur. Reculant précipitamment, elle tenta de fendre la foule en sens inverse. Les ricanements très bas du porc-épic lui glaçaient le sang ! Elle réussit à se dégager, mais, au moment où elle s'apprêtait à se diriger vers le casino des moutons, une ombre se dressa devant elle. Venant de nulle part, surgit un poulpe noir ! Il bouscula Ézoah qui, déséquilibrée, lâcha son sac. Aussitôt, la pieuvre s'empara de la lanière. Par pur réflexe, la fillette saisit le sac proprement dit.

Le poulpe tira. Ézoah aussi.

Le poulpe tira plus fort. Ézoah aussi.

Le poulpe tira encore plus fort. Ézoah décolla. Elle était suspendue dans le vide, à un bon mètre de hauteur. Paniquée, elle tira violemment. Un craquement se fit entendre... et la fillette retomba en fléchissant les genoux. La pieuvre avait toujours la lanière dans son tentacule. Qu'importe : Ézoah avait gardé son bien le plus précieux.

Vite, elle courut vers le casino des moutons, le poulpe noir sur ses talons.

Autour d'elle, les animaux semblaient indifférents. Soit ils avaient peur, soit ils assistaient à ce genre d'agressions trop souvent pour penser à défendre la fillette. Les deux possibilités étaient complémentaires. Apparemment, ici, les pieuvres faisaient la loi.

Ézoah réussit néanmoins à prendre plusieurs foulées d'avance sur son nouvel agresseur.

– Laissez-moi entrer ! lança-t-elle aux deux loups-vigiles qui s'avancèrent devant elle au moment où elle se croyait tirée d'affaire.

– Désolé, t'es trop moche, rétorqua l'un d'eux en ricanant.

– Mais j'ai un poulpe aux trousses, et...

– Il est où, ton poulpe ? aboya le deuxième agent de sécurité.

Ézoah se retourna. Le poulpe noir avait disparu.

– Il était juste derrière moi...

– Ouais, elles disent toutes ça ! ironisa le premier.

– Mais il faut que je voie Elder !

Les vigiles éclatèrent de rire et hélèrent leurs collèges :

– Hé, les gars ! Y a une nana qui veut voir Elder !

Une meute d'ombres velues s'agglutina à l'entrée du casino.

– Elder ? aboya l'une d'elles. Zéro regret : il ne peut pas être là, puisqu'il est mort depuis quelques lunerées !

– Mort ? Mais...

– Mais quoi ? T'inquiète, ça t'arrivera à toi aussi, microbe !

– Elder n'est pas mort ! protesta Ézoah. Non, impossible !

– Et pourquoi, steuplaît ?

– Parce que... sinon... pourquoi je suis dans ce monde ? Qu'est-ce que je fais ici ?

La fillette était au bord des larmes, ce qui déclencha de nouveaux ricanements glaçants chez les vigiles.

– T'as raison, reprit un gros loup noir. T'as rien à faire dans les parages. Allez, dégage !

– Non, Elder n'est pas mort ! répéta Ézoah. Aidez-moi à le retrouver ! Je vous en supplie...

– Elder est mort, un nullard l'a remplacé, et t'as vu ce que ça donne ? Le monde est devenu naze, petite. Et toi, t'es mal barrée...

– Mais on m'a dit que...

– Elder est mort, point barre. Alors, maintenant, sois une bonne fifille, sinon...

Un sourire de loup éclaira la gueule sombre du vigile, qui termina ainsi :

– ... sinon, j'appelle le grand méchant poulpe pour qu'il vienne te chercher !

Des hurlements de rire saluèrent cette plaisanterie.

Cette fois, la fillette était découragée. Déjà, l'aigle l'avait fait douter de l'existence d'Elder. Elle ne l'avait pas vraiment cru. Et voilà que ces loups affirmaient qu'Elder avait existé. Fatiguée par son voyage en limaçon, éprouvée par ses agressions, impressionnée par les nuages qui plombaient le ciel de la capitale, Ézoah avait l'intuition que les vigiles ne se trompaient pas. Ça ne servait à rien de continuer à se battre. Elle aurait dû accepter la proposition de l'aigle. Elle ne rejoindrait jamais Elder. Soit il était mort, soit il n'avait jamais existé.

Elle pivota sur ses talons, les yeux gonflés de larmes, prête à se laisser dévaliser par le poulpe qui devait l'attendre dans l'ombre. La pieuvre noire n'était plus visible, certes ; cependant, elle pouvait être n'importe où sur la place. Avec la chape d'obscurité qui planait sur la ville, on ne distinguait rien à trois pas devant soi.

C'est alors qu'une lueur de feu traversa la place en se dirigeant vers le casino. Des personnalités arrivaient à dos d'hippopotame, entourées par une haie de gardes du corps portant des flambeaux.

– Place ! entendait-on. Place !

Un loup-vigile repoussa sèchement la fillette dans la nuit :

– Dégage, microbe, des vrais gens arrivent !

– Hé là, tout doux ! cria une voix familière. Vous allez traiter autrement mon amie, je vous prie !

– Qui t'es, pour oser me... Pardon-excuse, mâme, grommela le vigile d'une voix mielleuse. Chavais pas qu'elle était avec vous.

Ézoah se retourna d'un bloc et s'écria :

– Maïenka !

20.

Le casino des moutons

La chatte descendit de l'hippopotame à deux places et ouvrit ses pattes à Ézoah, qui lui sauta au cou. Jamais la fillette n'aurait pensé être aussi heureuse de voir son amie !

Maïenka était vêtue d'une élégante robe en strass scintillante. Après l'embrassade, elle présenta à Ézoah son compagnon d'hippopotame : un cochon en smoking et chapeau haut de forme, fumant un énorme cigare bigarré qui devenait fluorescent quand l'animal en aspirait une bouffée. Le cigare était si gros que le cochon devait tordre la gueule pour l'emboucher. La fillette remarqua aussi que la queue du compagnon de Maïenka formait un « S » et non un tire-bouchon comme celle des cochons habituels. Encore une bizarrerie du monde... pas trop dangereuse, celle-là.

– Ézoah, voici SexxxyBoy !

Elle se pencha à son oreille et ajouta :

– Il vient d'une famille très célèbre implantée dans un autre monde, les Pigblé. Ce sont des flambeurs, les Pigblé : ils sont capables de tout claquer, de se retrouver fauchés... et de se refaire une place au soleil l'année suivante !

Le cochon frappa des sabots, et deux rottweilers presque aussi imposants que des chevaux l'aidèrent à descendre de sa monture.

– SexxxyBoy, voici Ézoah, déclara Maïenka. C'est la petite humaine dont je t'ai parlé, tu te souviens ?

– Évidemment ! Voyons, rappelez-moi votre prénom, prénom, nom, on ?

– Euh... Ézoah...

– Oui, c'est ça, Ézoah, zoah, oah, ah ! Alors, Ézoah, ça va depuis la dernière fois, fois, wa, a ?

La fillette grimaça, décontenancée :

– En fait, c'est la première fois qu'on se rencontre.

– Très juste ! Vous suivez parfaitement la conversation, bravo ! Et comme ça, vous êtes dans le business, vous aussi, aussi, si, i ?

– Non, je... je suis de passage.

Le cochon s'esclaffa en tirant sur son cigare :

– Ha, ha ! Comme nous tous, nous tous, toussss, keuf, keuf !

Maïenka lui tapa dans le dos pour éviter qu'il ne s'étouffât.

– SexxxyBoy est agent, comme moi, expliqua-t-elle en souriant. C'est mon principal concurrent. Hier, il a même essayé de me souffler Ronpisch !

– Pas du tout ! Il ne m'intéressait pas vraiment : je suis beaucoup plus grand public, public, blic, hic !

– C'est l'imprésario de Maxipoulpousse, pour te donner une idée, commenta la chatte en levant les yeux au ciel noir. Bon, on entre ?

SexxxyBoy acquiesça et offrit son cigare à un chien de son escorte, ravi de pouvoir suçoter un os d'un tel calibre. Maïenka tendit un sac aux vigiles qui attendaient, l'échine courbée.

– Voilà pour vous ! lança-t-elle.

– Oh, du gigot d'agneau... Merci, mâme !

Les loups ouvrirent le battant qui barrait l'entrée du casino. Les deux imprésarios entrèrent, suivis d'Ézoah, qui adressa un grand pied de nez aux vigiles avant de disparaître dans le bâtiment.

Aussitôt, SexxxyBoy frémit :

– Non ! Incroyable ! J'aperçois Clarachou, ma chère chèvre préférée assise sur ce banc bas, là-bas, bambalaba, balaba, laba, ba, a... Excusez-moi, zémwa, mwa, wa, a. Imprésario leader marqué par une convivialité leader sur un secteur leader, je dois aller la voir, war, ar. On se retrouve tout à l'heure, d'accord, cor, or ?

Sans attendre de réponse, le cochon partit en direction d'une chèvre au pelage blanc immaculé, qui s'approchait d'une machine à sous.

– Il parle bizarrement, constata Ézoah.

– Il vient du Sud, comme tous les cochons, lâcha Maïenka. Là-bas, ils ne parlent pas comme tout le monde.

– Ils ont un accent ?

– Non, ils ont un écho.

Maïenka se fraya un chemin jusqu'au bar et demanda à la fillette :

– Tu veux un jus de coquelicot aux amandes ?

Ézoah acquiesça, s'assit sur un siège confortable, son sac sur les genoux, et observa la salle. C'était une immense rotonde couverte de dorures, de lustres en cristal qui cliquetaient au moindre courant d'air. Au centre, des tables de jeu où des animaux en smoking s'agitaient devant une foule qui moutonnait. Autour, des canapés en cuir rouge, des bancs bas en velours et des machines à sous.

L'imprésario revint vers elle avec deux verres rouges légèrement veinés de vert.

– Il y a une pointe de chiendent, c'est très à la mode, ici, expliqua Maïenka en tendant un verre à la fillette. Je t'ai cherchée, hier soir. Mais je suis sortie du cirque très tard : Ronpisch avait besoin de récupérer après sa performance, et je ne voulais pas le réveiller. Même pour moi qui suis habituée, c'est toujours très émouvant de voir comment les artistes vivent dans la vraie vie.

– Je croyais que Ronpisch ne dormait que sur scène ! s'étonna Ézoah après avoir avalé une gorgée de son jus de coquelicot.

– Exact. Toutefois, il lui arrive de tester de nouvelles façons de dormir : la tête en bas, tout allongé, voire en marchant. Personnellement, j'aime moins : tant qu'à jouer le dormeur, autant aller au bout du concept et rester allongé... Enfin, c'est affaire de goût. Bref, quand j'ai pu aller lui parler, je me suis aperçue que tu étais partie. J'ai pensé que tu avais trouvé de nouveaux amis, et je ne me suis pas inquiétée. Apparemment, j'avais raison. Tu as été assez débrouillarde pour suivre la route jusqu'à la capitale...

– J'ai failli être écrasée par une montagne folle. Un aigle m'a sauvée. Il m'a amenée auprès d'un lion berger qui m'a aidée à prendre le limaçon géant, et...

– Un lion berger ? l'interrompit Maïenka. Ce ne serait pas Roâh, par hasard ?

– Vous le connaissez ?

– On... on m'a un peu parlé de lui.

– Lui aussi m'a parlé de vous. Et pas qu'un peu !

– Ah, c'est vrai ? demanda précipitamment la chatte dont les moustaches frémissaient. Et qu'est-ce qu'il t'a dit ?

– Eh bien... surtout que j'avais eu beaucoup de chance de vous avoir rencontrée, et qu'il serait très, très heureux s'il pouvait en faire autant.

– Et moi donc ! Euh, je veux dire : et à part ça ? Il a dit autre chose ?

– Il prépare un numéro de meubles apprivoisés. Ça pourrait vous intéresser...

– Il faudra que j'aille le voir... quand j'aurai le temps. Je suis tellement débordée, ces temps-ci...

– Un conseil, souffla Ézoah. Quand vous le rencontrerez, ne l'appelez pas Roâh, mais Francisco. Il trouve ça plus *fresh*.

– Plus...

– Plus *fresh*. C'est comme funky.

– Ah... *Fresh* ? Savoureux, ce mot...

L'imprésario but une grande gorgée de jus de coquelicot aux amandes avec une pointe de chiendent.

– Et maintenant, dit la fillette, vous allez me dire comment on fait pour rencontrer Elder ?

21.

Le cabri déguisé

Maïenka resta un moment interdite.

– Rencontrer Elder ? finit-elle par répéter.

– Ben, oui ! s'exclama Ézoah. Je suis là pour ça. Vous m'avez expliqué qu'il était dans la capitale, non ?

– Pas tout à fait ! Je t'ai dit qu'on le rencontrait dans la capitale, c'est différent.

– Je ne vois pas pourquoi !

– Parce que je ne sais pas où il se cache dans la capitale ! Simplement, quand on le rencontre, c'est toujours dans les parages. Nuance !

La fillette était anéantie. De nouveau, ses espoirs s'effondraient.

Ce fut à ce moment que l'atmosphère étouffante de la pièce lui sauta soudain à la gorge. Elle trouvait le bar trop sombre. Il empestait la cannelle que des animaux brûlaient dans de grandes pipes. La lumière violacée que dispensaient quelques grosses lucioles recouvertes de papier de couleur était plus inquiétante que rassurante.

– Quoi ? lâcha-t-elle. Alors Elder n'est pas là ? Je croyais que c'était le chef ! Il a forcément un bureau ou un palais dans la capitale !

– Elder n'est pas le chef. C'est le *Gardien* des mondes. Une sorte de mécanicien qui arrange tous les problèmes, si tu préfères. Mais il va d'une capitale à l'autre...

– Attendez ! Il y a plusieurs capitales ?

– Oui !

– Et pourquoi on s'est retrouvées ensemble dans celle-ci ? Pourquoi vous n'êtes pas allée dans une autre capitale ?

– Parce que les autres capitales ne sont pas là.

– Elles sont où, alors ?

– Dans d'autres mondes.

– Donc il y a une seule capitale, ici !

– Oui...

– Donc Elder devrait y être !

– Eh bien... non, puisqu'il y a plusieurs mondes !

Ézoah se prit la tête entre les mains.

– Je ne comprends plus rien..., maugréa-t-elle en fixant les yeux verts de la chatte qui prenaient un éclat sombre à la lueur sombre du bar.

– C'est assez compliqué, reconnut Maïenka.

– C'est *trop* compliqué, rectifia la fillette.

– Bon, écoute, je peux te réconforter : si Elder est dans ce monde, il est forcément ici.

– Ici dans la capitale ?

– Oui, et ici dans ce casino.

– Pourquoi ?

– Parce que c'est l'endroit le plus chic de la capitale ! Tu as dû remarquer que ce n'était pas très festif, dans le coin...

Ézoah tâcha de contrôler le tremblement qui, partant de son ventre, montait vers sa gorge.

– J'ai pas arrêté de me faire agresser depuis que je suis arrivée, souffla-t-elle. Mais il y a quand même un Opéra. C'est chic, ça, un Opéra...

– Il est abandonné, précisa Maïenka. Les hérissons ont dû trouver d'autres métiers. Il n'y a plus que de vieux artistes qui chantent encore sur les marches, parce que personne ne veut les embaucher.

– Donc les gens chic vont au casino des moutons ?

– Exactement.

– Et, comme Elder est le Gardien, il est chic ; donc s'il est dans le coin, il sera forcément au casino ?

– Oui !

Les moustaches de la chatte frémirent. Elle avait l'air rassurée d'avoir trouvé un moyen de satisfaire la petite humaine.

– Vous m'emmenez visiter ? demanda la fillette.

Elle essayait de s'accrocher à ce dernier espoir : trouver un indice qui indiquerait la présence d'Elder dans le casino.

L'imprésario se leva d'un saut :

– Volontiers !

– Dites, il y a un détail qui m'échappe...

– Un seul ? plaisanta la chatte. Tout n'est pas perdu...

– Quel genre d'animal, c'est, Elder ? Un requin ? Un python ? Un poulpe ?

Maïenka battit des oreilles, puis éclata franchement de rire.

– Devine ! lança-t-elle. Quelle est la seule race qui rêve de diriger les mondes ? Pas un territoire, hein : les mondes ?

Et, sur ce, elle fila rapporter les verres au bar.

Ézoah, furieuse – elle détestait les mystères ! elle, ce qu'elle aimait, c'était comprendre –, plongea les mains dans son sac à merveilles. Elle y dénicha un ruban long. Maribel avait voulu lui en faire un serre-tête qu'il fallait plier trois fois sur lui-même pour qu'il fût convenablement fixé ; la fillette avait prétendu l'avoir perdu dès le premier jour. C'était bien la peine d'avoir les cheveux longs, s'il fallait les faire tenir en place comme s'ils avaient été courts !

Ézoah s'empara ensuite du cadeau de Roâh. Avec un luxe de précautions, elle tordit assez le morceau de barbelé pour le couper en deux avec une mini-pince qu'elle avait barbotée à Xabi. Enfin, elle plaça les deux morceaux de fil de chaque côté pour transformer son serre-tête en lanière. Elle remplaça ainsi celle qu'elle avait brisée en luttant avec le poulpe.

Quand Maïenka revint, la fillette avait à nouveau les mains libres. Elle était prête pour rencontrer le Gardien !

– Tu viens ? lança l'imprésario en lui tendant la patte.

La fillette la saisit et suivit sa copine dans les allées.

– Ce casino est fréquenté essentiellement par des animaux qui ont les moyens, avertit Maïenka...

– Comme vous ?

– Comme pas mal de gens qui travaillent dans le milieu du spectacle, en fait. Tu as vu SexxxyBoy ; tu as aussi aperçu Clarachou, une ancienne vedette de la chanson... et peut-être que tu apercevras bientôt Elder ! Mais l'essentiel de la clientèle est constituée par les moutons, surtout quand approche la finale du championnat des courses d'hippopotames, au Grand Cirque...

La fillette secoua la tête :

– Comment peuvent-ils aimer ce genre de courses ?

– Il y a des affiches partout, expliqua l'impresario. Or, comme les animaux voient qu'on parle beaucoup de la course, ils en concluent que ça doit être super. Surtout les moutons : ils sont très sensibles à la publicité...

Ézoah regardait autour d'elle. La chatte avait raison. Autour des tables de jeu, presque tous les animaux étaient des moutons !

– Pourquoi les moutons ont-ils un casino particulier ? demanda la fillette.

– Parce qu'ils viennent en masse et qu'ils peuvent rapporter gros.

– Comment ? insista Ézoah.

– Regarde !

L'imprésario avait entraîné la fillette près d'une table de roulette où une douzaine de moutons se pressaient. L'un d'eux tourna la tête vers la petite humaine et exprima sa désapprobation en contemplant sa tenue négligée : pas très classe, des jeans et un T-shirt jaune où réapparaissait, maintenant que la pluie avait séché, la tête à Toto. Aussitôt, les autres moutons imitèrent leur semblable. Ils vrillèrent leurs regards jaunes sur l'intruse jusqu'à ce que Maïenka sifflât en montrant les crocs.

C'est alors qu'Ézoah s'aperçut que l'un des moutons n'avait pas tourné la tête vers elle. Il gardait les yeux plantés sur la roulette. Et ses yeux n'étaient pas jaunes, mais vairon : un rose, un noir. Qui était-il ? Ce n'était quand même pas... Elder ?

– Faites vos jeux ! cria le croupier, un éléphant affublé d'une crête noire et blanche du meilleur effet.

– Sur quoi vais-je parier ? se demanda un mouton à voix haute.

– Sur quoi vais-je parier ? se demandèrent dix autres.

– Il y a soixante-douze numéros rouges, soixante-douze noirs, soixante-douze verts et soixante-douze violets ! souffla Ézoah. On ne peut pas gagner !

Le pachyderme l'entendit et lui décocha un sourire très professionnel :

– Plus il y a de numéros, plus il y a de chances de gagner !

– Et de perdre, ajouta la fillette.

– Perdre, c'est déjà apprendre à gagner, rétorqua l'animal.

– Oh, j'hésite, grommela un mouton, j'hésite terriblement !

– Moi aussi, j'hésite, grommelèrent dix autres. J'hésite terriblement !

– Le dix rouge n'est pas sorti depuis longtemps, murmura le croupier sur le ton de la confidence.

L'instant d'après, une pile impressionnante de jetons se concentrait sur le dix rouge.

– Tu vois ? commenta Maïenka. Tous les jours, d'énormes limaçons financés par la Compagnie du Casino amènent des centaines de moutons se faire plumer... je veux dire tondre.

– Et personne ne s'est jamais plaint ? chuchota Ézoah.

– Plaint de quoi ? Ils viennent ici de leur plein gré, ils ont l'impression de passer une bonne soirée. Et, après tout, qu'est-ce qu'ils pourraient faire de ce qu'ils gagnent avec leur laine ? Si ça les amuse de le dépenser ici ! Mais excuse-moi : il faut que j'aille saluer Jackouille.

– Jackouille ?

– Le lévrier afghan, là. Il organise des manifestations culturelles, donc il vaut mieux l'avoir dans sa poche. Je te laisse. On se revoit tout à l'heure ?

Et la chatte planta là sa copine, comme SexxxyBoy les avait plantées en arrivant dans le casino.

22.

Les moutons mutins

Ézoah se retrouva seule, devant la roulette, au milieu d'une masse de moutons : les cris des premiers avaient attiré d'autres congénères qui, à tout hasard, avaient décidé de miser comme leurs frères de laine.

– Les jeux sont faits ? gronda l'éléphant.

– Non ! cria le mouton aux yeux vairon. Je ne veux pas du 10 rouge ! Je mise tout sur le 66 violet !

– Moi aussi ! Moi aussi ! crièrent les onze autres moutons.

– Rien ne va plus ! barrit le croupier d'une voix rauque. Il était habitué aux réactions de foule, mais pas aux changements de dernière minute. Or, des réactions inhabituelles dans le Casino des moutons, c'était carrément inhabituel !

L'éléphant aspira la bille avec sa trompe, relança la roulette avec l'une de ses grandes oreilles et recracha la bille qui roula, sauta, s'arrêta sur une case, rebondit, sursauta, ralentit, et finit par s'immobiliser sur...

– Le 66 violet !

Ce fut plus que de l'ébahissement : de l'incompréhension.

Les moutons étaient décontenancés. De mémoire d'ovin, personne n'avait jamais gagné à la roulette ! On continuait à y jouer par habitude, pour le petit frisson qui courait sur l'échine au moment du « rien ne va plus » ; cependant, on ne s'imaginait pas gagner. Cela aurait relevé d'une situation si incongrue !

Et pourtant, cela venait d'arriver.

Non seulement *un* mouton avait gagné, mais (ou plutôt : donc) *tout le monde* avait gagné !

– Décidément, rien ne va plus…, répéta le croupier.

La fillette regarda le mouton bizarre qui souriait ; ses deux antérieurs en l'air dessinaient le V de la victoire.

– Je ne suis pas un mouton ! cria-t-il. Je suis un cabri déguisé en mouton ! Je vous ai bien eus !

Il rejeta son déguisement laineux et grimpa sur la table en criant :

– Frères moutons, et vous tous, cousins ovins, révoltez-vous ! Vous n'êtes pas des numéros ! Vous êtes des animaux libres ! Vous êtes uniques !

Aussitôt, un magma de moutons rejoignit le meneur sur la table et se mit à scander :

– Nous sommes uniques ! Nous sommes uniques ! Nous sommes uniques !

Ils tapaient du sabot. Sous leur poids et leurs coups, la table poussa un dernier craquement puis céda. Bilan : fracture des quatre pieds.

Alertés par le vacarme, les vigiles surgirent dans la mêlée. Voyant leurs frères attaqués par des loups, les moutons occupés ailleurs convergèrent pour les défendre. La cohue tourna à l'émeute.

Ézoah, emportée par la houle, était perdue dans la marée des moutons comme une aiguille dans une balle de laine. Elle étouffait sous ces couvertures vivantes qui bêlaient en chœur :

– Nous sommes uniques ! Nous sommes uniques ! Nous sommes uniques !

– À moi, mes frères ! hurlait le cabri. Plus nous serons nombreux, plus nous serons uniques ! Et plus nous serons nombreux à être uniques, plus nous serons uniques à être nombreux !

– Nous sommes nombreux ! répondit la masse des ovins. Nous sommes nombreux ! Nous sommes nombreux !

– Alerte ! aboyaient les vigiles, à la recherche de renforts. Les mutins sont nombreux !

Soudain, un miaulement déchira le brouhaha :

– Mais lâchez-moi ! Lâchez-moi ou je vous égorge !

Ézoah reconnut la voix de Maïenka.

– Laissez-la, grogna un loup. Elle n'est pas nombreuse, elle, ça va... Dégagez-la, c'est tout.

La chatte fut lancée au-dessus de la foule... et retomba souplement plus loin, toujours au milieu de la foule qui avait grossi. L'instant d'après, un lévrier afghan jaillissait à son tour dans les airs, dans la direction opposée à celle de Maïenka. Ézoah se le prit de plein fouet quand il retomba. Le grand chien la propulsa en arrière. Glissant sur le parquet très ciré du casino, elle alla heurter le bras d'un bandit manchot.

– Voyoute ! cancana une oie qui tentait sa chance. Malapprise ! Chenapane !

Mais avant qu'Ézoah n'eût protesté, la machine à sous gargouilla et se mit à recracher des tonnes de pièces de monnaie.

– Jackpot ! glapit l'oie. J'ai gagné le jackpot !

Elle tendit une aile vers le bandit. On entendit un gros « boum » et les cris étouffés de l'oie : propulsé par un vigile,

SexxxyBoy venait de renverser la machine à sous sur la malheureuse gagnante.

Chancelante, la fillette se releva et s'appuya contre une paroi. Elle sentit quelque chose derrière ses omoplates. Elle se retourna : c'était un panonceau aux lettres prune sur fond or.

« JADIS, ELDER,
GARDIEN DES MONDES,
PASSA PAR-LÀ »

Les battements de son cœur s'accélérèrent. Elle jeta un coup d'œil autour d'elle. L'émeute prenait de l'ampleur. Des moutons toujours plus nombreux se précipitaient vers la bagarre. D'autres animaux, impliqués malgré eux, tentaient de fuir ou piquaient des crises de nerf. En vain. Le lévrier afghan débitait machinalement un discours que personne n'écoutait, pas même lui (il détestait sa voix prétentieuse de comédien raté). Des cocktails volaient ; des bouteilles explosaient. Un kangourou, furieux d'avoir été blessé par un vigile qui l'avait confondu avec un cabri déguisé en kangourou, avait pris son élan et bondi sur un lustre majestueux. Il l'avait saisi pour l'arracher ; mais le luminaire émettait un tonnerre de cliquetis... et refusait de céder. À présent, le kangourou ne pouvait plus sauter à terre : en bas, une armada de loups l'attendait en hurlant.

Dans cette mêlée, Elder n'était pas visible.

Les yeux de la fillette se posèrent derechef sur la paroi où l'on avait apposé le panneau qui parlait du Gardien. Elle s'approcha. Hésita. Chercha la poignée. Il n'y en avait pas. Chercha le mécanisme d'ouverture. Il n'y en avait pas non plus. Tentant sa chance, elle poussa. Le battant ne bougea pas.

Cependant, elle sentit près de son petit doigt une forme en creux. Elle observa attentivement la surface de la porte. Rien de décelable *a priori*. Pourtant, quelque chose l'incita à regarder avec ses doigts. Elle positionna sa main légèrement plus à droite de l'endroit où elle l'avait placée un instant plus tôt. Oui ! Au toucher, elle découvrit l'empreinte de deux doigts... non, de trois... non, de cinq... C'était carrément l'empreinte d'une main droite. D'une main droite d'enfant !

La fillette plaça la sienne à cet endroit. Qu'avait-elle à perdre ? Elle appuya. Un mécanisme se déclencha, faisant coulisser un panneau. Elle entra. La paroi se referma derrière elle avec un claquement sourd. Ézoah regarda autour d'elle. Pas d'autre porte. Pas de fenêtre. Elle tenta de revenir en arrière. Appuya sur le battant. Il ne coulissa pas. Impossible de revenir dans la rotonde du casino. La fillette était prisonnière !

Une alarme stridente retentit, accompagnée d'éclairs rouges qui faisaient flamboyer la pièce par intermittence. À l'évidence, Ézoah n'était pas la bienvenue.

23.

La pièce interdite

– Qui est là ? hurla un loup de l'autre côté de la cloison.

Ézoah se demanda si elle allait lui répondre. Elle préféra rester silencieuse. Peut-être l'alarme et les éclairs allaient-ils s'arrêter. Peut-être les vigiles croiraient-ils, alors, à une fausse alerte. Mais, dans le cas contraire, elle devait trouver un moyen de sortir d'ici.

Elle fit courir ses neurones à toute vitesse, et établit trois constats.

Constat numéro un : autour d'elle, pas de billets, pas de lingots, pas de valeurs ; elle n'était donc pas dans le coffre du casino.

Constat numéro deux : la pièce était vide ; la fillette n'était pas non plus dans un bureau ultra-secret.

Constat numéro trois : la porte ne s'ouvrait pas de l'intérieur ; il devait donc exister une sortie quelque part, mais où ?

– Alerte dans la pièce interdite ! aboya un vigile à l'extérieur. Y a quelqu'un qui est entré !

– Mais... c'est impossible ! protesta un autre. Personne n'est entré ici depuis...

– C'est impossible, sauf que quelqu'un l'a fait !

« La pièce interdite », répéta pour elle-même la fillette. Pourquoi interdire une pièce vide ? Elle longea le mur à la recherche d'un passage secret ou d'une cache magique qui aurait expliqué cette interdiction. Face à la porte d'entrée, elle avisa une roue métallique qui sortait du mur. La roue était deux fois plus grande qu'Ézoah ; et cependant, seule une petite molette, située à un mètre du sol, en sortait.

La fillette tendit le bras, saisit l'objet et le fit tourner. Une décharge la secoua. Ézoah sentit qu'elle basculait en arrière et s'effondrait sur le sol.

Puis elle ne sentit plus rien. Elle s'était évanouie.

Ce furent les coups et les cris des vigiles, massés derrière la porte qu'elle avait franchie, qui la réveillèrent. Elle ouvrit les yeux.

Toujours cette sirène lancinante.

Toujours ces éclairs rouges.

Et, derrière, les hurlements des loups et les bêlements des moutons.

– Sortez de là les pattes en l'air ! meuglaient les uns. Soyez raisonnable, ne faites pas d'histoire ! La milice est prévenue, elle va investir la pièce d'un instant à l'autre.

Et les autres de beugler en continu :

– Nous sommes uniques ! Nous sommes nombreux ! Nous sommes uniques ! Nous sommes nombreux ! Nous sommes...

La fillette se boucha les oreilles. Regarda la roue métallique. Elle était certaine que son salut passait par-là. Mais comment franchir cet obstacle ?

Une seule solution : bizardouiller.

En temps normal, bizardouiller n'était pour elle qu'une façon de passer le temps. Toutefois, là, ce n'était pas un temps normal. C'étaient des circonstances exceptionnelles, vécues dans un monde anormal. Si Ézoah avait été capable de construire une araignée à faire les lits, elle devait être capable de construire... de construire quoi, d'ailleurs ?

Soudain, elle *sut* ce qu'il lui fallait faire. Elle prit une genouillère qu'elle avait « oublié » de rendre lors de son arrivée mouvementée au limaçon, une partie du casque-micro récupéré lors de sa rencontre avec l'aigle commentateur, un bout de truc, des morceaux de plastique dur, un peu de bande magnétique arrachée à une cassette trouvée dans un caniveau, son tournevis, sa mini-pince, un rouleau de scotch et un bitouniou en forme de rotor.

La sirène, les éclairs, les cris – elle ne les percevait plus. Elle s'activait. Elle ne doutait plus. Ne paniquait plus. Elle bizardouillait.

Bientôt, elle put contempler avec satisfaction son résultat. Elle n'était pas mécontente de ses efforts. Ça ressemblait vraiment à quelque chose ! Le seul problème, c'était de comprendre à quoi.

La fillette leva son zarbidule, le secoua.

L'instant d'après, un spectre apparut. Pas tout à fait un spectre, d'ailleurs : un enfant transparent. Ézoah en resta bouche bée. Elle regarda la créature s'avancer vers elle, la traverser et s'avancer vers la roue métallique. Une petite chansonnette, aussi simple qu'une comptine, parut sortir de la bouche du fantôme :

Je pars au bout des mondes.
Aussi loin que je le peux !
Aussi loin que je le veux !
Je pars au bout des mondes...

L'enfant tendit le bras vers la molette. La fillette n'eut pas le temps de le mettre en garde : il l'avait déjà attrapée. Il appuya dessus et disparut. Sans subir de décharge, lui... Peut-être parce qu'il ne l'avait pas tournée : il s'était contenté de la presser. Mais peut-être aussi parce qu'il avait entonné une formulette. Ou peut-être encore parce que c'était une espèce de spectre.

En tout cas, Ézoah avait compris une chose : elle venait d'inventer un magnétoscope de surveillance, capable de reproduire les gestes que le dernier occupant de la pièce avait effectués. Il ne lui restait plus qu'à l'imiter. Pourtant, elle n'était pas très pressée de retoucher à cette porte déchargeuse !

– Qui que vous soyez, sachez que nous allons enfoncer la porte ! aboya un vigile de l'autre côté de la cloison. Ne nous obligez pas à commettre des dégradations : vous risquez de vous en mordre les doigts très fort !

– Nous sommes nombreux ! continuaient de bêler les moutons. Nous sommes uniques !

La fillette comprit que le temps pressait. Elle saisit son zarbidule. L'agita. Vit avec satisfaction que le spectre réapparaissait. L'écouta réciter les deux premiers vers. Pressa le zarbidule. Le spectre s'immobilisa. Ézoah répéta :

Je pars au bout des mondes,
Aussi loin que je le peux !

Puis elle relâcha la pression. Le spectre poursuivit sa comptine puis disparut ; et la fillette reprit après lui :

Aussi loin que je le veux,
Je pars au bout des mondes !

En fin de compte, elle n'était pas mécontente d'avoir des notions de musique : elle trouvait qu'elle ne chantait pas si faux que ça...

Elle inspira un bon coup et, l'index tremblant légèrement, elle appuya sur la molette.

Il n'y eut pas de décharge, cette fois, mais un coup de tonnerre qui fit trembler les murs de la pièce interdite.

La fillette bondit en arrière : la roue métallique s'ouvrait. Des cliquetis indiquaient que de lourds rouages se mettaient en mouvement. Lentement, le cercle s'écartait du chambranle, ouvrant un passage. Ézoah fit un pas de côté. Elle vit ce qui se cachait derrière le cercle : un imposant rideau prune, fendu en son milieu, d'où émergeaient des fumerolles noires.

Soudain, derrière elle, la porte explosa. La fillette se retourna en sursaut. Sur le seuil se dressait une haie de loups masqués et vêtus de manteaux de cuir sombre. Émergeant dans les flashs sanguins, ils encadraient deux énormes éléphants, qu'ils avaient fait reculer de sorte qu'ils fussent positionnés postérieur en avant.

– Je suis l'officier de sécurité du Casino des moutons, et je vous arrête ! cria un vigile. Plus un geste ou nous employons les gaz !

Ézoah hésita.

– Je vous préviens ! hurla l'officier. Nous n'hésiterons pas à tirer !

La fillette jeta un œil vers le rideau. Des volutes obscures continuaient de s'en échapper. Elle adressa un petit geste aux vigiles. Ce n'était pas de la provocation, mais sa façon de dire au revoir au monde. Qu'importe ce qu'elle allait trouver de l'autre côté : un grand brasier, un grand vide, un petit rien... Elle en apprendrait plus sur Elder qu'en se laissant arrêter par ces gros mastards velus.

Alors, serrant son sac contre elle, elle courut vers le rideau et sauta.

Lune brune ascendante

La chambre mouvante

Dans la salle des Envoyés, tout était gris.

Gris, le ciel au-dessus du Donjon, qui ne laissait qu'entrevoir les quatre lunes déjà levées.

Gris, les murs que la lézarde éclair avait rendus friables.

Gris, le sol que le plafond avait recouvert en ensevelissant les protecteurs du Gardien.

Gris, le silence qui avait succédé au tonnerre.

Puis un morceau de plafond se souleva du sol, et une tête de volatile couverte de poussière apparut.

- Bon, grogna Tipoussin, c'est pas un peu fini, c'te vacarme ?

Et, dans un effort suprême, il apparut de toute sa hauteur (huit centimètres), tenant un gros bloc de pierre au bout de ses ailes.

- Allez, zou, à dégager ! cracha-t-il en donnant un grand coup de serre dans le bout de plafond.

« Ffffiou ! » fit le minéral... avant de lâcher un « plouf » puissant en retombant dans la mer, à quelques lieues de là.

Layla, qui émergeait à son tour par le trou qu'avait ménagé son minuscule collègue, le regardait avec des yeux ronds. Le volatile prit une mine désinvolte, tourna la tête pour faire craquer ses cervicales, et commenta :

– Tu sais, poupée, dans « huit centimètres de dur à cuir », y a « huit centimètres », mais y a aussi « dur à cuire » ! N'oublie jamais ça.

« Jboïng », fit un bloc de pierre en jaillissant dans le ciel puis en retombant sur le ventre qui l'avait projeté dans les airs : ZzzennN apparaissait à son tour. L'homme à trois bouches attrapa le morceau de plafond avant qu'il ne rebondît une deuxième fois, le cassa en trois sur sa tête et entreprit de le déguster simultanément avec ses trois bouches.

– 'a 'ous...

– ... 'ous 'oque...

– ... 'oque 'as ? demanda-t-il.

– On parle pas les bouches pleines, répondit Tipoussin. Ou alors, faut pas s'étonner si les gens te comprennent pas, ha, ha, ha, ha !

– Ça vous...

– ... vous choque...

– ... choque pas ? répéta plus distinctement ZzzennN. Je n'aime...

– ... n'aime pas gâ....

– ... gâcher le plâtre.

– Vous mangez le plâtre et la pierre ? s'exclama Layla, sidérée par ce qu'elle découvrait.

– C'est une ques...

– ... question de goût, et, si vous me par....

– ... me pardonnez ce j...

– ... ce jeu de mots, de...

– ... mots, de gou... rmandise !

« Crac », fit la pierre croquée.

Soudain, un corps fusa dans l'espace au milieu d'une pluie de gravats. Avec ses cuisses puissantes, Jarmek avait rejeté la partie de plafond qui l'avait assommé. Puis, emporté par son élan, il avait continué sa route, exécuté une double vrille, un salto, une rondade et un mouvement de rotation en 8 pour atterrir tranquillement à côté de Tipoussin.

- Tu vois ce que je te disais, poupée? commenta le volatile à l'intention de Layla. Ce type a un problème avec son corps. Il est franchement pas normal...

Le semi-borgne battit des semi-yeux. Il semblait plutôt flatté par la remarque du poussin.

Défroissant ses feuilles dans un frou-frou très élégant, la Pensée intrépide se faufila entre deux blocs de pierre et émergea au grand jour gris à son tour.

- C'était bien la peine de se passer de la crème anti-pucerons, grommela-t-elle en secouant les particules de plâtre qui s'étaient collées sur elle.

La tigresse était impressionnée par le sang-froid de ses compagnons Peut-être n'étaient-ils pas aussi incompétents qu'elle l'avait supposé dans un premier temps!

- Chuis coincé! gémit Black.

Sa voix, parvint à ses amis curieusement déformée : elle était étouffée par un amoncellement impressionnant de gravats; mais elle était aussi très aiguë. Elle ne correspondait pas du tout au physique du chevalier blanc!

Un hoquet prit la tigresse. Il se généralisa bientôt. Des éclats de rire retentirent quand Layla, la Pensée, Tipoussin, ZzzennN et Jarmek associèrent ce mince filet sonore au corps extralarge du chevalier blanc.

- Allons, si môssieur Black dépense un peu de salive, il

doit avoir besoin de nous..., conclut Tipoussin, quand il parvint à reprendre son sérieux.

Il s'approcha de l'endroit d'où venait la voix criarde, près de la chambre du Gardien. Il se mit à battre des ailes pour dégager les débris de plafond les moins lourds. Puis saisissant un bloc à pleines plumes, il poussa un « han » rageur... et réussit à jeter le bout de plafond à la mer.

- Attends, je vais t'aider, proposa Layla, un peu honteuse de s'être moquée de son compagnon.

- Tut, tut, tut, poupée ! Laisse faire le Maître !

- Chuis encore coincé, souligna Black.

Sa voix était moins étouffée, mais toujours aussi aiguë.

- Le Maître des éléments arrive ! promit Tipoussin.

- C'est toi, le Maître ? demanda la tigresse, intriguée par ce petit poussin balèze.

- Et comment !

Pendant que le volatile libérait le chevalier, Layla partit à la recherche du Viking. Pourvu qu'il n'ait pas été blessé dans l'effondrement du plafond ! Même si ses changements subits de comportement étaient agaçants, Athör pourrait se révéler précieux lorsqu'il faudrait combattre des hordes d'ennemis. Étant donné sa masse musculaire, ses coups devaient être dévastateurs !

Elle le repéra, caché sous un amas de pierres.

« Il n'est pas dans sa phase que je préfère », conclut-elle.

- Tu viens, Athör ? lança-t-elle.

- Non.

- Pourquoi ?

- Je bouge pas. Pas envie.

- Tu as peur de quoi ?

- J'ai pas peur. Seulement pas envie.

Layla soupira et prit sur elle de tirer le Viking hors des gravats.

- Veux pas! protesta Athör. Veux pas!

- Tu viens m'aider? demanda-t-elle à la Pensée intrépide.

Ensemble, elles extirpèrent le Viking malgré lui. Aussitôt, le mastodonte plongea sur le sol et voulut retourner sous le plafond. Tipoussin laissa retomber un bloc de pierre qu'il avait eu beaucoup de peine à soulever, et sautilla pour coller un bon coup d'aile droite en plein dans l'abdomen d'Athör.

Le Viking s'effondra, plié en deux.

- T'es... fou... Ça... fait... su... per... mal! cracha-t-il.

- Chuis coincé! rappela Black de sa voix suraiguë. Chuis toujours coincé!

- Oh, ça va, toi..., gronda Tipoussin.

Il donna un coup de crâne au bloc de pierre, qui se fendit en deux. Puis il sentit qu'on le soulevait de terre. Il se retrouva bec à nez avec Athör.

- J'ai pas apprécié c'que tu m'as fait, annonça le Viking sur un ton dangereusement calme.

- Ah ouais?

- Ouais. Pas apprécié du tout.

- Alors, tu vas faire quoi? Retourner pleurnicher chez ta môman?

- Tu m'cherches?

Athör leva le poing droit.

Layla feula :

- La chambre du Gardien! Elle bouge!

Le Viking suspendit son geste. Derrière la lézarde qui zébrait le mur, on voyait clairement des lueurs émeraude.

La chambre d'Elder avait disparu.

24.

Le bébé montgolfière

– HAAAAAAAAAAA !

Ézoah tombait à une allure vertigineuse, avec des phases d'accélération qui lui coupaient le souffle. Soudain, elle sentit qu'elle passait à travers *quelque chose* comme du caoutchouc mou qui ralentit sa chute. Puis la dégringolade reprit à une vitesse épouvantable. Jusqu'au choc. La fillette s'enfonça dans une espèce de tapis où elle crut étouffer. Un gémissement s'éleva. Lentement, le tapis se regonfla, et la fillette glissa de nouveau dans le vide. Elle ouvrit un œil et vit que le sol n'était pas loin. Elle allait s'écraser… quand une main l'attrapa par le bras gauche.

– Accroche-toi ! cria une voix. Grouille !

Le bras droit de la fillette partit en avant et rencontra une paroi en rotin à laquelle elle s'agrippa.

– Ton pied droit ! Mets-le sur le haut de la nacelle !

« La nacelle ? » De quoi lui parlait-on ?

Ézoah était trop concentrée sur son effort pour regarder *qui* lui parlait. Le vide sous elle la pétrifiait. Pourtant, elle tenta de lever la jambe droite. Elle ne parvint pas à la lever jusqu'à la hauteur de sa main.

– Allez ! grogna son sauveur. Je vais pas tenir cent sept ans !

La fillette tira sur ses bras. Aucun résultat. Elle relâcha la pression.

– NON ! gémit celui qui l'avait agrippée. Tiens bon, sinon tu vas te prendre le trampoline de nuages !

« Ce type est fracassé du cerveau ! déduisit Ézoah. Je ne comprends rien à ce qu'il raconte... »

Elle n'avait pas du tout l'intention de trampoliner. Elle s'était juste détendue avant de contracter ses abdominaux une bonne fois. Prenant son élan, serrant les dents, elle poussa un cri de rage et réussit à poser son pied sur la paroi.

– C'est bien ! cria l'inconnu. Continue ! Tu es sur la voie de ta *moïra* !

« Dès que je m'en sors, je le tue s'il n'arrête pas illico de dire n'importe quoi », pensa la fillette.

Elle prit le temps d'inspirer un coup, avant de ramener sa jambe gauche et de basculer par-dessus la paroi de rotin.

Elle se retrouva étendue dans une cabine en bois avec, au-dessus d'elle, le ciel et un ballon gonflé. Elle était tombée sur une montgolfière. Elle tâtonna autour d'elle et constata que tout allait bien : elle n'avait pas perdu son sac à merveilles dans sa chute.

Un garçon la regardait avec curiosité et, semblait-il, un brin d'admiration.

– Quel *fatum* ! soupirait-il. Tomber du ciel comme une petite goutte d'eau ! Nous sommes si peu de chose...

Il devait avoir neuf ans, mais sa mise soignée le faisait paraître nettement plus âgé (« peut-être neuf ans et demi », pensa la fillette qui, en bonne bricoleuse, aimait la précision). Les cheveux blond platine impeccablement coiffés, les yeux vert clair, il était beau comme un champ de blé mûr qui, un été, se serait installé au bord d'un lagon pour profiter de l'air marin.

Il recoiffa son champ de blé d'un geste machinal.

– Je ne tombe pas du ciel, corrigea la fillette dans un souffle. J'étais au Casino des moutons...

– Perturbation neurologique classique, estima le beau gosse.

– Je ne suis pas perturbée ! J'étais vraiment au Casino des moutons, et...

– Oui, oui, tout va bien... Détends-toi... Tes dysfonctionnements mentaux ne sont peut-être que passagers.

« Dysfonctionnements mentaux ? Je vais vraiment le tuer », conclut la fillette, qui s'assit... et décida de reporter son projet de meurtre à plus tard : elle avait des vertiges.

– On est où, là ? demanda-t-elle d'une voix pâteuse.

– Sur une montgolfière, annonça le garçon. Joseph Montgolfier, Français né en 1740, s'est aperçu que l'air chaud est plus léger que l'air froid. Avec son frère, il construisit ainsi des ballons qui s'élevaient dans le ciel. Ils inventèrent alors ce que nous appelons aujourd'hui la montgolfière, dans laquelle trois animaux inaugurèrent les vols habités : un coq, un canard et un mouton.

– Dans cette montgolfière-ci ? s'étonna Ézoah.

– Mais non ! Ça, c'est un bébé montgolfière très récent. Il est plus petit qu'une montgolfière adulte, moins lourd qu'un papa montgolfière, moins caractériel qu'une maman montgolfière... Il est aussi moins résistant, plus facétieux et plus fragile.

– Attends... C'est un *bébé* montgolfière ?

– Oui.

– Parce qu'il y a des parents montgolfières ?

– Ben... évidemment ! D'où tu sors, toi ?

– Du Casino des moutons, je t'ai dit.

– Ah oui, c'est exact... Eh bien, ici, nous sommes dans un monde où les objets ont des enfants, pas les gens. Enfin, ça, c'était avant. Depuis quelques lunerées... Une lunerée, c'est...

– Oui, ça va, une séquence de sept lunes qui se lèvent et se couchent...

– Hé ! Tu es moins bête que tu n'as l'air.

– QUOI ?

– Ne rugis pas, c'était un compliment ! Un compliment, c'est...

– Je SAIS ce qu'est un compliment. Continue ! Que se passe-t-il depuis quelques lunerées ?

– Des gens commencent à vivre en couple et certains objets ne se reproduisent plus. Si tu me passes l'expression, la situation devient structurellement très, très antisubjective.

Ézoah fronça les sourcils :

– Euh... Tu peux préciser ta pensée ?

– Non. Je crois que j'ai été assez clair comme ça. Si je précisais, je deviendrais flou.

Le garçon la contempla avec un semblant de fascination :

– Ha, comme ta vie doit être facile, sans les préoccupations qu'apporte la maîtrise de la sémiocritique linguistique ! Franchement, je t'envie...

La fillette serra les poings. Elle avait envie d'étriper ce beau gosse et, en même temps, de fondre sous son regard. Pas facile.

– Bon, comment on sort de là ? demanda-t-elle.

– Pourquoi veux-tu sortir de là ? On est bien, non ?

Cette fois, Ézoah bondit et saisit son interlocuteur par le col :

– Écoute, je vais pas perdre mon temps avec toi. Je m'appelle Ézoah, j'ai huit ans. Sans savoir comment, je suis arrivée dans ce monde dont j'ignore à peu près tout. Et maintenant, je veux rencontrer Elder pour qu'il me tire de là !

Le garçon eut l'air agréablement surpris (et pas le moins du monde impressionné, ce qui vexa quelque peu la fillette).

– Elder ? Tiens, tiens... On m'a parlé de lui. Je reviens d'une blablaothèque où on parle beaucoup de lui.

– Et « blablaothèque », t'as le droit d'expliquer ce que c'est ou pas ?

– C'est une bibliothèque où les livres sont écrits en blabla : tiens, regarde, j'ai emprunté un livre très intéressant sur l'histoire du blabla. Je te lis juste un extrait, tu vas comprendre : « Blablablablabla, bla, blablablablabla ! Blablablabla ? Bla... » Cela fait sens, n'est-ce pas ? Une bibliothèque, c'est évidemment une structure qui...

– Je SAIS ce qu'est une blablio... une biblaoth... une... Oh, et puis arrête de me prendre pour une CRUCHE !

– D'accord, d'accord... En tout cas, là-bas, j'ai appris en discutant avec les blablaothécaires qu'Elder était plutôt blablabla que blabla, si tu vois ce que je veux dire.

Ézoah pensa sauter du bébé montgolfière, quitte à trampoliner. Elle ne tiendrait pas longtemps dans la même nacelle que cet hurluberlu. Même s'il était carrément pas mal.

– Bon, à part le plus gros débiteur de phrases incompréhensibles que je connaisse, t'es qui ?

– Sven. Je suis Suédois...

La fillette frissonna :

– Suédois ? Génial ! Moi, je viens d'Espagne ! Je connais la Suède : c'est là où tout le monde est bl...

– Excuse-moi : tu racontes ta vie, ou je me présente ?

Ézoah en resta comme deux ronds de flanc.

– Bien, donc je m'appelle Sven, je suis Suédois, et je dois admettre que je suis extrêmement cultivé. Je parle deux cent dix-sept langues sans compter les dialectes, et j'ai lu au moins cent mille trente-cinq livres, sans compter les brochures, opuscules et menues plaquettes que nous autres, grands lecteurs, dévorons sans y prendre garde.

– Tu as lu cent mille trente-cinq livres ?

– Oui.

– Et tu les as finis ?

– Hum, pas tous. À vrai dire, je n'en ai pas fini énormément. J'en ai même fini très peu. Mais l'important, c'est de s'imprégner de chaque culture, de chaque cosmogonie, de chaque... de chaque sgritzélos. « Sgritzélos » est un mot d'origine grec. On dit : un sgritzélos, des sgritzéloï.

– Ouais, ouais...

– On ne traduit pas ce terme, puisqu'il n'existe dans aucune langue, mais il est très fort. Très *dense*.

– À part ça, tu connais pas un moyen de nous faire descendre de ce bébé montgolfière ?

– Euh... logiquement, si on coupe les gaz, on va s'écraser.

– Alors, je vais les réduire progressivement, conclut la fillette en s'approchant des brûleurs.

– Non, non, laisse-moi faire !

Sven passa devant Ézoah et coupa les brûleurs d'un coup. La montgolfière monta en flèche dans le ciel gris.

– Quel sgritzélos ! soupira la fillette, pas mécontente

d'ajouter le suédois et le grec à ses langues courantes, après le chimpanzé et l'aigle. Non mais quel sgritzélos ! Arrêtez-wam ou je le steake !

Elle le repoussa et cria :

– LAISSE-MOI FAIRE !

Secoué, le garçon sentit quelqu'un le prendre par le fond du pantalon et l'envoyer valdinguer à l'autre bout de la nacelle, qui tangua dangereusement. Ézoah s'en moquait. Elle était face aux brûleurs. Elle avait déjà dégainé ses outils. Elle allait prendre la situation en main, descendre, trouver Elder et rentrer chez ses parents adoptifs.

25.

Le trampoline d'atterrissage

Ézoah s'était toujours méfiée des idées reçues. Elle pensait qu'on pouvait être très beau et très malin. Elle avait tout faux.

Sven était un baratineur de la pire espèce. Elle ne comprenait rien à ce qu'il lui disait. Pour elle, qui aimait toujours comprendre, c'était un supplice. Elle devait donc s'occuper. Agir, agir concrètement pour oublier un instant cet empoté – et, accessoirement, se sortir de là !

Elle raisonna : « Si, en diminuant les gaz, on gagne de l'altitude, il suffit de remettre un coup de brûleur pour atterrir. » Elle ouvrit donc les vannes et, en effet, le bébé montgolfière entama la descente. Elle constata aussi que quand elle tirait le gouvernail vers la droite, l'engin allait à droite, et inversement.

– Tu as l'air de t'y connaître, en montgolfière ! observa le garçon.

Ézoah opina.

– J'admire beaucoup ceux qui savent faire quelque chose de leurs doigts, mais vas-y doucement, ajouta-t-il. C'est un bébé. Il sort de la pouponnière de ballons.

– Je peux pas lui faire de mal, je bizardouille juste, protesta la fillette.

– Ah, oui... Tu bizardouilles... Très intéressant...

La fillette se raidit. La première fois que le garçon l'avait trouvée intéressante, il l'avait traitée de folle en même temps.

– Dis, tu ne m'as pas expliqué comment tu avais abouti ici ! lança-t-elle pour éviter qu'il n'en remette une couche.

– Dans la montgolfière ? Quand je suis sorti de la blablaothèque, j'ai vu un taxi volant, je l'ai hélé, il m'a pris, il a décollé... et me voici.

– Mais... un taxi est conduit par un chauffeur !

– Sauf dans ce monde-ci. Comme le dit le grand sage Ravidramath Thanabougrih : « Gosovo nistarégu, soum-soum. »

Ézoah fronça le nez. Sven parut saisir le sens de son geste. Il traduisit :

– Celui qui ne sait point... soum-soum.

– Soum-soum ?

– C'est intraduisible, ça aussi.

– Bon, tu ne m'as toujours pas expliqué comment tu avais abouti ici, répéta la fillette.

– Qu'est-ce je viens de raconter ?

– Comment tu étais arrivé dans cette montgolfière. Mais ça, franchement, je m'en fiche.

– Ah bon ?

Sven semblait sincèrement étonné.

– Ce bébé montgolfière n'a aucun intérêt, poursuivit Ézoah avec honnêteté. Ce qui m'intéresse, c'est ce monde. Avant de tomber ici, j'étais dans un endroit qui était très animal. Il y avait des animaux partout. Des animaux bizarres, parfois. Mais des animaux. Or, une chatte m'a appris qu'il existait plusieurs mondes. J'aimerais donc savoir ce qui caractérise celui-ci. Par conséquent, comment tu y es arrivé et ce que tu y as fait depuis que tu t'y trouves. Tu comprends, j'ai envie de repartir d'ici au plus vite.

– Ah ? Pourquoi ?

– Parce que je ne sais pas ce que je fiche ici. Et parce que ce monde est trop bizarre pour moi. Là où je vis, d'habitude, je comprends ce qui se passe.

– Eh bien, moi, je suis arrivé ici par hasard, comme toi ; je ne sais pas ce que je fiche ici, comme toi ; et ça me convient parfaitement. J'aime rencontrer de nouvelles populations, de nouvelles...

– Par exemple, continua la fillette sans plus écouter Sven, je ne comprends pas pourquoi, subitement, j'ai appris à parler chimpanzé, aigle, lion et suédois. Comme ça, pof, d'un coup.

– Gosovo nistarégu, soum-soum..., suggéra le garçon.

La fillette n'en avait cure. Elle maniait le bébé ballon de manière à le diriger vers le sol. Et, depuis un moment, elle sentait un blocage. Elle n'arrivait pas à descendre davantage.

– Elder, c'est pareil, lâcha-t-elle en tâchant de rester concentrée. Où est-il ? Sait-il pourquoi nous sommes là ? Peut-il nous tirer d'affaire ?

– Je vois..., affirma Sven. Tu veux absolument le retrouver ?

– Il t'a fallu tout ce temps pour comprendre ça ?

– Je suis d'accord pour t'aider, déclara Sven. Que proposes-tu ?

Ézoah le fixa, stupéfaite :

– Co... comment ça, qu'est-ce que je propose ? Et toi, tu n'as rien à proposer ?

– D'après ce que m'ont dit les autochtones...

– Les *quoi* ?

Sven grimaça :

– Hum, tu as encore des progrès à faire en suédois. Les autochtones, ce sont les habitants du coin. D'après ce qu'ils m'ont dit, donc, pour trouver Elder, il faut aller à la capitale.

– J'en viens, il n'y est pas.

– Tu es allé à minuscule ?

– Je suis allé à Opéra, j'ai vu la gare, la grand-place, le Théâtre lyrique, les abords du Grand Cirque, la Place, le Casino des moutons...

– Il n'y a rien de tout ça, à la capitale !

– Ben, si. Puisque j'en viens.

Ézoah était perdue. Elle n'avait pas le temps de réfléchir entre les répliques. Le Suédois parlait trop vite pour elle. Elle le comprenait de moins en moins.

Et, tout à coup, le gling fit chpof : il y avait plusieurs mondes. Donc plusieurs capitales. Elle venait de la capitale du monde animal. Par conséquent, minuscule devait être la capitale de ce monde-ci.

– Hé, t'es dans les lunes ? lui lança Sven. Tu sais à quoi ressemblent les maisons, ici ?

– À des maisons, pourquoi ?

– Ouais, sauf qu'elles sont à l'envers. Comme tout, ici : les volcans aspirent au lieu de cracher, et j'ai vu une ville très peuplée où il n'y a qu'un habitant. Le type est tantôt le commerçant qui attend le chaland, tantôt le client qui essaye de regarder par la boutique sans se faire harponner par le marchand ; puis il est le pompier, le policier, l'écolier, le professeur, le guide, les touristes qui posent des questions... Il est très nombreux, au fond !

– C'est une hallucination, suggéra Ézoah.

– Non, c'est un oxymoron très logique : nous sommes dans le monde de l'inverse. Une ville très peuplée ne peut donc avoir qu'un seul habitant. Ça ne m'a posé aucune difficulté pour comprendre cela. D'un autre côté, je suis un garçon, voilà peut-être pourq...

Le sang de la petite Mexicaine ne fit qu'un tour. Elle coupa les brûleurs et se tourna vers son interlocuteur, les narines frémissantes.

– Tu crois que je vais me laisser insulter sans te proposer un combat de boxe ?

– Je ne me bats pas avec les filles. Et c'est normal que je commande : je suis le plus grand et le plus cultivé... En outre, je suis un garçon, et tu n'es qu'une fille. Ne le prends pas en mauvaise part : c'est formidable, les filles ! Je les respecte beaucoup. J'ai beaucoup d'amies filles. N'empêche, on ne va pas comparer ce qui n'est p... OUPS !

Ézoah avait bondi tête en avant. Percuté Sven de plein fouet. Saisi le garçon par les cheveux.

– Pas les cheveux ! gémit le Suédois. Ne touche pas à mes cheveux !

– Alors, enfonce-toi bien dans le crâne que tu n'as pas d'ordre à me donner, et que je n'ai pas à t'obéir. C'est vu ?

– C'est vu, c'est vu..., maugréa le garçon. Mais n'oublie pas que, comme disait Kurt Shakespeare, « When the gathering is pointing, there is forward to seeing you, or whatever ». Et toc.

« Toc », justement : c'est le bruit que venait d'émettre la montgolfière. Elle avait touché une barrière de nuage. Elle rebondit dessus. D'abord, doucement. Puis de plus en plus fort.

La fillette se rua vers les brûleurs. Mais la montgolfière

rebondit à ce moment précis ; et Ézoah aurait basculé dans le vide si Sven ne l'avait pas rattrapée par pur réflexe. D'une main, il saisit un cordage et, de l'autre, il serra la fillette contre lui.

– Qu'est-ce qui se passe ? souffla Ézoah.

– C'est rien, tu as réussi : on va s'écraser ! lança le garçon d'une voix guillerette. Bravo !

– Pardon ?

– Ici, la gravité est inversée, expliqua Sven. Au-dessus de trois mètres du sol, les objets montent vers le ciel. Pour redescendre, il faut heurter les nuages et rebondir dessus jusqu'à ce qu'ils vous renvoient sur un trampoline d'atterrissage.

La fillette mit un moment à saisir la logique de son copain. Puis elle blêmit :

– C'est super dangereux !

– Au contraire ! Le plus dangereux, c'est le décollage, parce que si on n'atteint pas trois mètres très vite, on s'écrase. Une fois cet obstacle franchi, il n'y a plus de danger : il faut juste réussir à repasser cette barrière grâce au mur de nuages. Tout va b... aïe !

Un rebond plus vigoureux que les autres coupa la chique au garçon. L'instant d'après, un gros choc secoua la nacelle : elle venait de heurter le tarmac en caoutchouc mou ! Elle ne s'arrêta pas pour autant : elle décolla à deux mètres au-dessus du sol, retomba lourdement, faisant valdinguer la nacelle comme un paquet de linge sale ; remonta moins haut ; s'abattit avec violence ; tressauta deux fois ; puis s'immobilisa.

Mais les enfants n'étaient plus à l'intérieur.

26.

Les autographeurs

Éjectée par le choc, Ézoah avait abouti sur l'immense trampoline. Après deux saltos involontaires, un demi-lutz piqué et une triple vrille, elle avait fini par s'effondrer à plat ventre, pour son plus grand soulagement. Quelques applaudissements s'élevèrent depuis les tribunes qui bordaient le trampoline.

La fillette chercha son voisin de montgolfière du regard. Il n'était nulle part. Alors, elle leva les yeux et l'aperçut, tout content, au sommet du ballon. Il lui adressa de grands signes :

– T'as vu ? J'ai rebondi sur le trampoline et j'ai abouti ici. Génial, non ?

– Qu'est-ce que t'attends pour descendre ? s'enquit-elle.

– Descendre ? T'es folle ? Je veux d'abord étudier la géographie, discuter posément avec le bébé montgolfière, réfléchir à la conduite à tenir, médit...

Ézoah se rapprocha de l'aéronef. Elle fulminait.

– Descends ! ordonna-t-elle.

– Un p'tit moment ! Je...

– DESCENDS ! cria-t-elle.

Et elle donna un grand coup de pied dans la nacelle.

Aussitôt, le bébé montgolfière redécolla en glapissant.

– Hiii ! hurla Sven. Je vais me faire trampoliner la face ! Quel sort injuste pour un garçon si jeune et si brillant ! Adieu, monde cruel ! Adieu, Ézoah ! Ne t'en veux pas si tu as causé ma mort. Oh, certes, nous... Qu'est-ce que c'est qu'ce truc ?

Un bruit sourd, répété et de plus en plus proche fit frissonner Ézoah. Elle pivota et avisa une énorme montgolfière qui s'approchait en faisant des jboïngs sur le trampoline.

La fillette paniqua.

– Descends, Sven ! s'exclama-t-elle. Le papa montgolfière vient chercher son petit.

– J'fais c'que j'peux ! rétorqua le garçon.

Il agitait les bras dans tous les sens. Donnait des ordres que son ballon, trop occupé à chouinasser, n'écoutait pas.

Ézoah courait pour échapper à la montgolfière adulte :

– Sven ! Viiite ! Son papa va m'écraser !

– Dis-lui que c'est très vilain ! Et pars en paix, je suis ravi de t'avoir connue... AAAAAAAH ! Ézoah, au secours ! V'là le gros !

En effet, à force de jboïnguer, le papa montgolfière avait réussi à décoller. Son fiston, épuisé par son vol récent, n'était pas parvenu à franchir la barrière des trois mètres. Son papa lui donna un bon coup de ballon sur la voile.

– NON ! glapit le pire baby-sitter de montgolfière de tous les temps.

Mais si.

Sven eut à peine le temps de se mettre en boule avant de choir sur le trampoline d'atterrissage. Blam ! Il rebondit sept fois, cria « Aïe » à cent dix-huit reprises, et finit par s'étaler de tout son long hors du tarmac gonflé, sur une aire de pelouse (malheureusement, la pelouse était au repos, on avait planté à la place une allée de gravier).

– Au secours ! gémit-il. Je me meurs ! Je succombe ! Je péris ! J'étouffe ! J'ai froid ! J'ai chaud ! Grâce ! Pitié ! Clémence !

Des gros bonshommes moustachus, la peau bleue et les yeux rouges, surgirent des tribunes qui bordaient la zone d'atterrissage. Ils portaient une civière et une mallette rouge avec une croix blanche ; et – constata Ézoah avec stupéfaction – ils couraient à reculons.

L'un d'eux criait :

– Pon-pin-pon ! Pon-pin-pon !

Pendant qu'on soignait le blessé, un tonnerre de bravos salua sa performance. Des spectateurs se précipitèrent vers le blessé pour lui signer des autograhes.

– C'est une tradition de chez nous, expliqua un moustachu à la fillette éberluée. Les pilotes qui ont récolté le plus de signatures peuvent prouver qu'ils sont vraiment célèbres...

Sven se laissa décorer de mercurochrome (très généreusement appliqué par les soigneurs qui, emportés par leur fougue, en renversèrent une partie) et de pansements. Ensuite, il récolta avec plaisir les autographes de ses fans, qu'il fourra dans la poche de son pantalon avec les signatures qu'il avait glanées depuis son arrivée. Enfin, pas mécontent de lui, il se tourna vers Ézoah.

Elle n'était plus là.

Il avait trop tardé. La fillette était pressée. Et Sven lui avait déjà dit adieu. Aussi, après le deuxième accident de montgolfière du garçon, avait-elle réajusté la lanière de son sac à merveilles et bondi sur le tarmac-trampoline jusqu'à s'éloigner à grandes enjambées.

Sven aperçut sa silhouette qui se découpait au bout de l'allée. Son blablivre à la main, il sprinta vers elle – lentement, bien sûr, car il n'était pas très bon en sport, sauf quand il jouait au Trivial Pursuit; et, de plus, il courait à reculons, pour ne pas se faire remarquer (car ici, tout le monde marchait à l'envers).

– Où tu vas ? cria-t-il. On pourrait prendre un verre ensemble...

– Désolée, lâcha Ézoah sans se retourner, j'ai rendez-vous !

– Avec qui ?

– Avec Elder.

– Quand ça ?

– Très bientôt !

– Où ça ?

– À minuscule.

– Et pourquoi t'es si pressée ?

– Parce que je dois avertir Elder que j'arrive : j'ai peur qu'il ne soit pas encore au courant !

27.

Le carrosse-tracteur

Ézoah s'arrêta et soupira :

– D'accord.

– Quoi, d'accord ? demanda le garçon qui trottinait à son côté.

– D'accord, tu peux venir avec moi. Mais faut pas que tu me déranges, compris ?

La main de la fillette voleta comme par enchantement vers les cheveux de Sven. Celui-ci s'empressa de répondre :

– Compris, compris !

Il ne craignait pas Ézoah. Il ne voulait pas la décevoir, nuance.

Soudain, le garçon, qui saluait encore ses fans, heurta la fillette et s'étala de tout son long.

– Tu pourrais regarder où je mets les pieds ! protesta-t-il.

– T'as vu ces bouts de truc ? demanda Ézoah.

– Comme c'est touchant ! ironisa le garçon. La famille Bricolage au grand complet : papa Vis, maman Écrou et fiston Contre-écrou. On en mangerait...

– C'est très joli, commenta la fillette en les glissant dans son sac à merveilles.

Sven en profita pour faufiler un regard par l'ouverture de

la besace. Quel fatras ! Pêle-mêle se bousculaient des bouts d'objet, des morceaux de machin, des extraits de trucs de tout format, toute couleur, toute odeur... Le méli-mélo rappelait au garçon l'organisation de sa propre bibliothèque, dont les milliers de volumes étaient classés selon un ordre très spontané et pas toujours clair, même pour lui. Il pensa avec un brin d'envie que s'il avait porté un tel sac, il aurait pu emprunter d'un coup les dix-huit tomes de la Grande Encyclopédie du blabla ! Et il se demanda comment Ézoah réussissait à transporter autant d'objets inutiles sans se traîner par terre comme un *lombricus*.

– Et ça, qu'est-ce que c'est ?

Elle montrait une sorte de petit caillou rondouillard, incrusté sur le genou droit du pantalon de Sven.

– Une saleté, répondit le garçon en s'apprêtant à l'ôter.

– Ça a l'air *fresh*, en tout cas. Si tu n'en veux pas, je le prends.

– Mais tu ne vas pas ramasser toutes les saletés que tu trouves !

– Arrête de jouer les commandeurs ! tonna sa copine, menaçante.

– Pardon, pardon..., s'excusa Sven en passant nerveusement une main dans ses cheveux. En réalité, tu fais comme tu veux... Moi, je disais ça pour éviter que tu te surcharges, c'est tout... Peut-être qu'Elder n'est pas au coin de la rue !

– Qui sait si ces « saletés » ne vont pas nous aider à découvrir Elder ? rétorqua la fillette.

– Euh... T'es sûr que ça tourne rond dans ta tête, là ?

– Un jour, tu verras à quoi sert ce fatras, promis. En attendant... gosovo nistarégu, soum-soum !

Un sourire éclaira le beau visage du garçon.

– Tu t'en souviens !

– Hé, je ne sais pas si tu es au courant, mais les filles ont un cerveau... elles !

Les deux enfants partirent d'un même éclat de rire et avancèrent sur le sentier campagnard qui entourait le trampoline.

– Je suis content de t'avoir rencontrée, avoua Sven. Tout seul, je m'ennuyais un peu, et je me demandais si je réussirais à trouver Eld...

– Voudriez-vous m'expliquer
Ce qu'ici vous fabriquez ?

Sven et Ézoah se retournèrent d'un bloc.

Sortant des champs, un homme à la peau d'un vert d'eau délicat, vêtu d'un costume chic et de mocassins brillants, observait les nouveaux venus.

– Oh, un autochtone ! s'exclama Sven.

– Ce n'est pas un autochtone, c'est un humain ! rectifia la fillette, pas mécontente de revoir des animaux qu'elle connaissait mieux que les boas, pachydermes, loups et autres fauves.

– Autochtone, rappela le garçon, désigne celui qui est issu du sol où il hab...

– Il me semble avoir émis
Une question, mes amis :
Que faites-vous en ces lieux ?
Parlez donc, ça vaudra mieux !

– Qu'est-ce que vous faites là vous-même ? lança Ézoah.

– Méfie-toi, chuchota Sven. C'est un heptasyllabophone

à métrique régulière et à rime imposée. Au-delà de sept pieds, il ne comprend plus. Si tu parles en vers libres, il va...

– Je suis le propriétaire
Du champ, des bois et des terres
Qui s'étendent alentour.
Mais assez : il est temps pour
Vous de retourner en cours !

– Oh, le bel enjambement ! s'extasia le garçon.

– Au lieu de parler, montez
Dans mon tracteur, s'il vous plaît.

Le petit Suédois dodelina de la tête :

– Un peu plate, la rime finale, sans vouloir être vexant. Enfin, laissez-moi vous expliquer ce qui se passe.

Nous sommes deux étrangers.
Nous désirons voyager
À la recherche d'Elder.

– Viens le dire aux professeurs
Toi qui es si grand causeur.
Du travail m'attend. C'est l'heure
De monter sur mon tracteur !

L'homme désigna, au bout de la route, un gros carrosse rutilant, avec vitres teintées, jantes alu, flambeaux multidirectionnels, pare-chocs doré et ouverture centralisée. Le véhicule émit un air entraînant lorsque l'homme claqua des doigts.

– C'est *ça*, votre tracteur ? s'exclama la fillette.

Le paysan chic acquiesça. Ézoah se tourna vers Sven et lui chuchota :

– Mais comment t'as fait pour parler comme lui, là ? T'as un traducteur automatique intégré de poche ?

Le garçon eut l'air épouvanté :

– Un appareil qui parlerait à ma place ? Quelle horreur ! Non, nous autres, Suédois, nous avons tous une âme de poète. Comme le disait l'un de nos plus grands écrivains contemporains, Amstram Gromsonn, « chacun de... »

– Insiste sur Elder ! le coupa la fillette. Demande-lui où est minuscule ! Il a peut-être une idée pour expliquer ce qu'on fait là ! Il...

Tout en parlant, Ézoah se laissait fasciner par le carrosse-tracteur. La fillette caressait les roues, le capot profilé, et se glissa même sous l'habitacle pour jeter un œil sur la machinerie.

– Ézoah ! protesta Sven. C'est très impoli, de fouiller chez les gens comme ça !

Le paysan, cependant, paraissait flatté de l'intérêt que manifestait la fillette.

– C'est mon tracteur de fonction.
Il est pas mal, forcément :
Tu sais, dans ma profession,
On est toujours sur les champs.
Il faut donc un véhicule
Confortable et très solide,
Un qui avance et recule
Par tous les temps. Un bolide,
J'en ai un, un vrai, chez moi !
Je le laisse sous sa housse
Dans un garage adéquat

Où jamais ne l'éclabousse
La jalousie des voisins
Ou la rosée du...

– Attendez ! fit Sven. Je vais trouver ! « Ou la rosée du hein, hein... » magasin, non... raisin, non...

– ... matin.

– Bof, commenta le garçon.

– L'arbre à cames est multiphasé avec fonction retard, je suppose ? s'enquit la fillette en essuyant ses mains souillées de cambouis sur un chiffon glané dans son sac à merveilles.

– Exact, répondit l'homme. C'est un B738 avec une série de bras en V, ce qui convient parfaitement à une motorisation tout-terrain.

– Vous nous aviez caché que vous parlez drôlement bien notre langue ! intervint le garçon pour essayer de reprendre la conversation à son compte. Sans vouloir être vexant, vous êtes cultivé, pour un paysan...

Ézoah se raidit, mais l'homme répondit à Sven sans se vexer :

– Eh quoi ! C'est dans ma nature
De parler aux acheteurs.
Le don des langues, c'est sûr,
Fait le bon agriculteur.
Si je manquais de culture,
Je serais instituteur !

Le garçon n'avait pas l'air convaincu.

– Allez, reprit l'homme, je vais vous ramener à l'école. Je ne peux pas vous... comment dites-vous, déjà ? Je ne peux pas vous... vous...

Il fronça les sourcils, puis renonça à poursuivre en prose :

– Je ne peux pas vous gronder :
Moi aussi, dans mon jeune âge,
Il m'est, j'avoue, arrivé,
D'abandonner le village
Et l'école obligatoire
Où l'on apprend rien de rien.
J'avais tort – il faut me croire !
C'est vraiment pour votre bien
Qu'on vous incite à rien faire.
Enfants, vous avez le temps !
« Patience, ô ma conseillère ! »
Comme on dit en paysan...

Le cultivateur chic ouvrit la portière de son carrosse-tracteur, pour y faire grimper les enfants, démarra et enclencha la marche arrière.

28.

L'école à rien faire

Le voyage jusqu'à l'école fut un calvaire pour Sven, qui essaya de penser à autre chose en contemplant par la fenêtre les quatre lunes : la grenadine, la menthe à l'eau, la pailletée, et celle qui venait d'apparaître – une belle brune, carrée, avec un trou au milieu. Un calvaire bref, certes ; un calvaire quand même.

Pour Ézoah, pas du tout. Pourtant, à l'inverse du garçon, elle détestait l'école. Simplement, en chemin, le paysan mit en marche une boîte à musique qui passait une chanson du chanteur à la mode dans le coin : Jo Naze. La fillette tomba en extase devant cet artiste. Elle ne se rappelait pas avoir éprouvé un tel choc depuis... depuis... Elle ne se rappelait pas avoir éprouvé un tel choc, point.

Elle adorait cette voix nasillarde, ces rythmes lents, ces paroles pas compliquées. Elle n'eut le temps d'entendre qu'une chanson, intitulée *Le Squat*. On en retenait facilement les paroles, même si on n'en comprenait pas tous les mots :

C'est bien moins cher qu'une baraque,
C'est bien plus grand qu'un appart',

Même si on vit à vingt-quatre
Dans le squat!
On nous a coupé le gaz,
Y a plus d'porte, mais on s'en tape,
On se sent vraiment chez soi
Vive le squat!

Le chauffeur, voyant qu'Ézoah était bouleversée, ajouta avec fougue :

– Jo Naze est un des plus grands
Joueurs de blouse; et pourtant,
On l'entend peu. Si t'as l'temps,
Va l'voir en *live* : c'est géant!

Le paysan déposa ses passagers devant l'école – un curieux bâtiment qui ressemblait à un paquebot. On l'avait construit tout en long, avec le toit au rez-de-chaussée et les fondations à l'étage; il fallait un moment avant de comprendre qu'on n'avait pas affaire à un navire échoué. Certains visiteurs, venus d'autres mondes, devaient même se résoudre à faire le poirier pour s'en convaincre.

La fillette, elle, continuait de chantonner. Elle dansait avec son sac à merveilles, les yeux fermés, les bras tendus :

On coupe pas les ch'veux en quatre,
On les laisse pousser en vrac,
L'important c'est qu'on s'éclate
Dans le squat!

– Ézoah...

Yeah, yeah, yeah, dans le squat, hum!
Dans le sq...

– Ézoah, y a quelqu'un qui veut nous parler ! l'arrêta Sven en parlant plus fort.

Emportée par son élan, la fillette percuta un homme qui lui sourit.

– Hé, bonjour parmi nous ! lança le type en jogging baggy, T-shirt élimé et baskets, qui s'avançait à reculons vers les nouveaux venus. Je suis Bartoldo, le directeur de cette école. Mes élèves m'appellent Barty. Ça va ?

– Euh... oui, murmura la fillette, décontenancée.

– J'entends rien. Ça va ?

– Euh... oui.

– J'entends toujours rien. Ça va ?

– Euh... OUIII, BARTYYY !

« Il est peut-être un peu sourd », supposa Ézoah.

– Super, vous êtes su-per ! Alors, déjà, je suis vraiment désolé, les loulous. À votre âge, il faut aller à l'école ; sinon, vous ne pourrez jamais vous payer un carrosse-tracteur !

– Mais nous ne sommes pas d'ici ! protesta la fillette en parlant un peu plus fort que d'habitude. Nous venons d'un autre monde, d'une autre galaxie ! Nous voulons juste rencontrer Elder ! Est-ce que vous pourriez nous indiquer la route de la capitale ?

– Ma louloute, tous les enfants doivent aller à l'école. D'où qu'ils viennent. Vous allez voir, c'est super ! Vous irez à minuscule plus tard, quand vous serez vieux...

– Écoutez, c'est pas pour être vexante, nous avons autre chose à faire, et...

– Venez ! s'écria Barty d'une voix guillerette, sans prendre la peine de l'écouter.

Il prit Sven par la main et déclara :

– Je vais vous amener dans votre classe.

Ézoah voulut décamper. Cependant, elle pensa qu'il valait mieux rester avec Sven. Même si le garçon était parfois pénible, il pouvait se révéler utile. Comme elle, il venait de Terre ; en plus, il avait déjà vécu dans ce monde et il semblait avoir appris le dialecte de certains des... comment disait-il, déjà ? Ah oui, des toctoctones. Elle se résolut donc à le suivre dans l'école et s'aperçut qu'un léger son de cloche tintait en permanence.

Le directeur et ses deux nouveaux élèves empruntèrent une échelle qui leur permit d'atteindre la porte-fenêtre du premier étage.

– Voici votre salle de classe ! s'écria Bartoldo en les faisant entrer dans une pièce. Je vous laisse avec vos petits camarades. À tout à l'heure. Amusez-vous bien !

– On s'en va, souffla la fillette à son copain, dès que le directeur eut tourné les talons.

– Pourquoi ? demanda Sven. J'aime bien l'école, moi...

Et il s'avança dans une salle de classe carrément bizarre. Il n'y avait ni tables ni chaises. Que des matelas. Les élèves se levaient lentement en s'étirant lorsque Ézoah et son copain arrivèrent.

– Le cours de sieste vient de se terminer, expliqua une petite rousse, dont les cheveux étaient presque rouges.

– Dommage, lâcha la fillette, pour rester polie. J'aime bien la sieste.

Elle aimait vraiment la sieste. Mais elle n'avait pas du tout l'intention de dormir maintenant ! Au contraire, elle adressait de grands gestes au Suédois pour l'inciter à repartir illico : les yeux écarquillés, elle tordait régulièrement la tête vers l'épaule droite.

– Dans ce cas, tu viendras avec moi, demain, lui répondit la petite rousse. Nous aurons un cours de sieste approfondie.

– C'est quoi, un cours de sieste approfondie ? s'enquit Sven. Veux-tu parler d'une *rükhva* ?

– Euh... Peut-être... Je ne connais pas ce mot...

– Attends un instant !

Le garçon se tourna vers sa copine, qui continuait de s'agiter :

– T'as un problème, Ézoah ?

– Non, pourquoi ?

– Je sais pas, je te vois faire des gestes comme ça... Ça va ?

La fillette laissa tomber, et Sven put concentrer toute son attention sur la petite rousse.

– *Rükhva* est un idiome d'origine tunisienne, expliqua-t-il.

– Ne l'écoute pas, intervint Ézoah. Il est ffffffatigant.

– Oh, c'est très pratique, les gens fatigants, répliqua la petite rousse, qui ne semblait pas insensible au grand blond avec une chaussure rouge mercurochrome. Surtout quand on se prépare pour une sieste approfondie, c'est-à-dire dans des conditions extrêmes : quand il fait très froid, quand il y a un boucan infernal, quand tu as de gros soucis, quand tu viens de te réveiller, et même, le plus difficile : la sieste au lever du jour !

– Et qu'est-ce qu'on a raté d'autres, comme cours ? s'enquit Sven. Langue ancienne, histoire des civilisations paléolithique, pratique des mécaniques des fluides, théorie fondamentale de la génération spontanée des photons...

– Non, rien.

– Comment ça, rien ? Vous n'avez eu que cours de sieste ?

– Non, on a eu aussi cours de rien.

– Mais avec un prof de quoi ?

– Avec un prof de rien. On apprend rien avec lui. C'est la matière la plus importante.

– Vous avez un prof par matière ?

– Hum, vous êtes nouveaux, vous, n'est-ce pas ? Eh bien, oui, ici, c'est une école très spécialisée pour les enfants qui veulent rien faire, mais alors, rien de rien.

– Donc, toute la journée, vous faites rien ?

– Non ! On a aussi morale...

– Aaah ! s'écria Sven. La *moralia*, comme disaient les Romani, c'est *vitalus* !

– Aujourd'hui, nous avons appris deux règles d'or : « Ne fais pas aujourd'hui ce que tu pourrais faire demain », et : « Faire ou défaire, c'est toujours faire ; mieux vaut ne rien faire. »

Sven soupira. Une école où l'on apprenait à rien faire, il n'en avait rien à faire !

Soudain, un élève siffla :

– Attention ! Voilà le surveillant !

Aussitôt, tous ceux qui avaient entrepris de repousser dans un coin les matelas s'arrêtèrent et regardèrent leurs chaussures. Quand un grand homme de couleur bleue entra, les élèves se figèrent. Sages comme des images.

– Qu'est-ce que vous faisiez ? demanda le surveillant, soupçonneux.

– Rien, monsieur, dit la petite rousse.

– C'est sûr ?

– Oui, monsieur.

– Bien. Vous avez rien à faire, ici. J'aimerais que ce soit clair une fois pour toutes !

Sur ces mots, il pivota et sortit.

Sven se tourna vers sa copine, pour lui proposer à son tour de prendre la poudre d'escampette. Un bruit l'en empêcha : un autre homme, de taille très humble, venait de rentrer. Il avait la peau vert pomme, un costume rose et un balai à la main.

« Tous les hommes sont égaux, quelle que soit la couleur de leur peau, pensa le garçon. Mais y en a qui ont quand même tiré de drôles de numéros ! »

– C'est le prof de techno, souffla la petite rousse.

Sven battit des mains :

– Ah, la technoïa, comme disaient les Grecs ! Ça, c'est passionnant !

– Pfff..., commenta Ézoah.

Quelque chose en elle la poussait à rejoindre au plus vite Elder. Le temps pressait, mais, pour le moment, il y avait rien à faire.

– Bonjour à toutes et à tous ! s'exclama le professeur. Spécial bonjour pour les petits nouveaux que j'aperçois, et à qui je souhaite la bienvenue. En cours de techniques pour rien faire, nous avons déjà appris comment ne pas exécuter un ordre, comment dresser une liste de priorités pour ne pas la respecter, et comment ne pas nous faire remarquer quand une corvée risque de nous tomber dessus.

– C'était super dur, murmura un garçon à Ézoah.

« J'm'en fiche », songea la fillette, qui piétinait d'impatience.

– Aujourd'hui, nous allons apprendre à rien faire quand nous sommes obligés de faire quelque chose.

– Wouah... Ça a l'air compliqué !

– C'est compliqué, admit le professeur. Mais vous n'êtes plus des bébés, et vous devez vous en rendre compte tous les jours : on ne peut pas toujours échapper à l'action. Parfois, on vous force à faire des choses.

– Wououououououh ! hurlèrent les élèves.

– Je vous comprends. Mon rôle est de vous apprendre à bien réagir dans ces cas-là. Par exemple, Emma, supposons que tu sois obligée de balayer la cuisine. Comment réagis-tu ?

– Je refuse ! s'exclama une brunette dont la peau tirait sur le mauve.

– Hum... Tu sais que ce n'est pas l'idéal. Tôt ou tard, tu vas être obligée de le faire. Alors, quelqu'un a-t-il une idée pour aider Emma ?

– Puisque je peux pas refuser, j'accepte ! proposa Emma.

– Bonne réponse ! Mais comment fais-tu, après ?

– Il faut bizardouiller un balai qui travaille tout seul, suggéra Ézoah, pressée de passer à autre chose.

Le professeur sourit :

– À part les magiciens et les sorcières, peu d'habitants des sept mondes peuvent « bizardouiller » un balai, comme tu dis !

« Donne-moi ton balai et un gling qui fait chpof, tu verras », rétorqua la fillette en silence. Elle évita de le dire à haute voix, pour gagner du temps. Et aussi parce qu'elle réfléchissait. Le professeur venait de parler des habitants des sept mondes. Elle en avait déjà visité un, avec plein d'animaux dedans. Elle était allée à la capitale... et elle avait abouti dans le deuxième monde, qui, lui, était encore plus bizarre : tout y paraissait inversé. Mais ce monde semblait aussi avoir sa capitale, minuscule. C'était sans doute dans l'une des sept capitales que se trouvait Elder. « Pourvu que ce ne soit pas dans la septième ! », pensa-t-elle.

– Comme la plupart d'entre nous ne sommes ni magiciens ni sorciers, je vous propose d'apprendre aujourd'hui à balayer *entre* les poussières, poursuivit le petit homme vert. Ainsi, vous faites rien tout en faisant quelque chose qui sert à rien. Et surtout, vous évitez d'accumuler de la poussière dans un coin. Ça vous obligerait à prendre une pelle et à remplir la poubelle, donc à faire des choses !

– Beeeerk ! bêlèrent en chœur les élèves.

La suite du cours fut très instructive : on y apprit rien, mais beaucoup. Le professeur enseigna la bonne manière d'employer le balai pour viser à côté des moutons de poussière, ainsi que quelques astuces pour passer le balai sous les meubles sans déranger la poussière qui dort tranquillement (il suffit de balayer au-dessus du sol).

Puis le léger son de cloche cessa de tinter.

– Tous dans la cour ! s'exclama alors l'expert-balayeur. C'est l'heure de la pause-repas !

Dès qu'ils eurent descendu l'échelle derrière leur professeur, Ézoah et Sven s'entreregardèrent. Profitant de la cohue, ils se dirigèrent ensemble vers la sortie que personne ne gardait ; et ils s'éclipsèrent.

Sven retint Ézoah, qui était sur le point de prendre ses jambes à son cou.

– Ne cours pas, souffla-t-il.

– Pourquoi ?

– Parce que, quand on s'enfuit, il ne faut jamais courir.

– Ah ?

Le garçon hocha frénétiquement la tête.

– T'es sûr ? insista la fillette. Je croyais que...

– Je l'ai lu dans plein de livres : si tu cours, tu attires l'attention sur toi, et on te rattrape.

– D'accord, on marche vite, si tu préfères. Mais on marche où ?

Sven réfléchit :

– Si on retourne d'où l'on vient, on risque de se faire reprendre. Il vaut donc mieux aller dans l'autre sens.

Il tourna les talons... et se mit à marcher à reculons. Ézoah le regarda un moment sans comprendre. À son tour, le garçon la fixa et lui demanda :

– Ben quoi ? Tu n'as pas remarqué que les gens ici marchent à reculons ? Eh bien, moi, quand je vais dans un pays, j'essaye d'adopter les coutumes locales.

La fillette se prit la tête entre les mains. Le voyage n'allait pas être facile !

29.

La fuite en arrière

Il n'y avait pas trente-six routes. Juste un sentier, en fait, qui passait devant l'école en sinuant à travers champs et partait se fondre dans une forêt touffue. minuscule était forcément au bout de la route. Mais à quel bout ? Ézoah espéra qu'ils n'auraient pas à refaire le chemin en sens inverse !

Elle entra dans la forêt d'un pas résolu. La démarche de Sven était plus sautillante : fuir en arrière étant quand même trop lent, il avait fini par opter pour le pas chassé. Ainsi, il respectait à sa manière les habitudes locales (ne pas marcher nez en avant) tout en évitant de se casser la figure au premier piège venu.

Une surprise de taille attendait les enfants. Dans la première clairière venue, se dressait un buisson derrière lequel une demi-douzaine d'enfants de leur âge avaient pris place. Ils étaient assis à des pupitres sagement rangés devant un tableau suspendu aux arbustes.

– Vous aussi, vous venez pour l'école buissonnière ? demanda la fille à peau turquoise qui était devant le tableau.

– Euh... non. On ne fait que passer !

– Dommage ! Plus on est de buissonniers, plus on rit !

– Plus on est de *quoi* ? s'enquit Ézoah.

– Les buissonniers sont les habitants des buissons, affirma Sven. On parle parfois de buissonneurs, ou de buissonneux, mais c'est plus rare.

La fillette au tableau sourit :

– Pour être précis, les buissonniers sont les écoliers qui en ont assez de rien faire. Ceux d'entre nous qui ont appris quelque chose viennent ici l'enseigner aux autres.

– Belle remise en cause du concept d'*auctoritas*, commenta Sven avec une mine gourmande.

– Vous n'allez pas à l'école d'à côté ? s'étonna Ézoah.

– Oh, non, là-bas, on apprend rien. Ici, on apprend comment Elder se déplace de capitale en capitale...

– Oui, on est au courant, rétorqua la fillette.

– Extra ! Et qu'est-ce que tu peux nous apprendre en plus, sur le sujet ?

– Ben... Pas grand-chose, à part qu'Elder n'a pas l'air d'être dans la capitale du monde animal. J'espère qu'il sera à minuscule... et qu'il n'en sera pas parti quand nous y arriverons. En tout cas, j'aimerais le rattraper là-bas. Voilà pourquoi nous allons devoir partir... Tu viens, Sven ?

Le garçon sursauta. Il s'était dirigé à pas chassés vers un pupitre pour jeter discrètement un œil sur les notes qu'avait prises un grand garçon multicolore.

– J'arriiive, lâcha-t-il d'un ton traînant. Au fait, vous savez comment on va à la capitale ?

– Vous êtes dans la bonne direction, lui répondit la fille à la peau turquoise. Plus loin, vous tomberez sur les dynamiteuses. Vous pourrez leur demander des conseils.

– Merci ! lança Ézoah en attrapant Sven par le bras.

– Comme dirait Gougnafier de Pissembroche : « Amusez-vous bien » ! lança le garçon.

– WOUOUOUOUOUH ! rétorquèrent les élèves.

Sven était interloqué :

– Ben quoi ? Vous n'aimez pas l'immortel auteur de la Trilogie des QCM, avec *Et si c'était vrai ?*, *Et si c'était faux ?*, et *Et si ce n'était ni vrai ni faux ?*

– On ne s'amuse pas ! gronda le grand élève multicolore. Si on voulait s'amuser, on irait à l'école...

Ézoah tira un coup sec afin d'entraîner Sven hors de la clairière. Le Suédois avançait toujours à pas chassés, à travers les ronces et les orties qui avaient envahi le chemin par endroits. Plus ils avançaient, plus les arbres étaient hauts. Donc plus la lumière se faisait rare.

Cette atmosphère n'adoucissait pas les sentiments de la fillette à l'égard de Sven.

– T'es fou ! siffla-t-elle tout en progressant à coups de sac à merveilles quand les fourrés étaient trop denses. Tu veux que les toctoctones nous écharpent, ou quoi ? Tu devais bien imaginer que, si les élèves qu'on a croisés tout à l'heure sèchent l'école, c'est pour travailler, pas pour s'amuser ! On est dans le monde de l'inverse ou quoi ?

– Ouais, bon, pardon, moi aussi, il m'arrive de... HIIIIIII !

Ézoah leva les bras au ciel et énuméra :

– Alors, tant que je suis dans la liste des trucs qui m'agacent chez toi, j'aimerais te demander – un, d'arrêter de couper tes phrases pour crier ; deux, de ne plus employer de mots connus de toi seul ; trois, de ne plus citer des... HIIIII !

– Ha ! rétorqua Sven, livide. Je savais bien que tu serais de mon avis. Vive la maïeutique platonicienne !

– Sven... c'est pas le moment...

Une vieille femme voûtée, vêtue entièrement de noir, pourvue d'un chapeau pointu, l'air hagarde, venait d'apparaître. Elle resta immobile un moment. Puis elle s'avança vers les enfants. Ou plutôt, elle recula, puisqu'elle avança à reculons.

– La vache..., murmura Ézoah. Une sorcière !

D'autorité, la fillette reprit la main de son ami et fonça sur sa droite. Hélas, avec une vivacité sidérante, la vieille bondit souplement et leur barra le chemin, toujours de dos. Ézoah pivota et fila dans la direction opposée. La sorcière ne se laissa pas surprendre : un saut carpé, une rondade, et elle arriva devant les enfants, s'agrippa à un marronnier et exécuta un tour de branche, bras et jambes tendues.

– Wouah ! s'exclama Sven. Un soleil ! Figure de gymnastique utilisée par les gymnastes à la barre fixe, le soleil est...

– Boîte à camembert, Sven !

Et Ézoah fonça droit devant elle, le bras du garçon toujours solidement dans sa poigne.

– Arrêtez-vous ! cria la sorcière d'une voix chevrotante. Arrêtez-vous !

– Compte là-d'ssus, monstre poilu, grogna la fillette entre ses dents.

Hélas, elle sentit dans son dos un grand courant d'air : c'était la dame en noir qui tournait à toute vitesse autour de sa branche. Puis la femme s'envola plus haut que les arbres. Ézoah entendit un « jboïng » léger (« elle s'est steakée contre les nuages », pensa la fillette) ; et, avant que les fugitifs fussent parvenus au milieu de la clairière, la sorcière fusait déjà bras en avant. Un mouvement très souple plus tard – on aurait dit un nageur poussant contre le mur après son virage –, elle se réceptionnait devant les deux amis, bras écartés, visage grimaçant.

Ézoah pila. Repartit à droite, traînant Sven derrière elle.

– Pas... si... vite..., ahanait le garçon. J'en... peux... plus... C'est... pas... facile... les... pas... chassés...

La fillette ne lui répondit pas. Elle voulait garder des forces. Et il lui en restait si peu. Trop de sprints. Trop d'arrêts brutaux. Trop de courses à fond de train. Ézoah avait mal derrière un mollet. Encore quelques accélérations, et la crampe – la crampe bête et fatale, la crampe qui tue – la prendrait.

Sa poursuivante cavala le long de la clairière et s'arrêta entre les enfants et les fourrés.

Le découragement prit la fillette. Toutes ses feintes se révélaient vaines. À quoi bon continuer ? Ils ne réussiraient pas à décramponner cette sorcière.

Pourtant, ils ne pouvaient pas céder. Pas maintenant. Ils allaient s'accrocher. Ils le devaient. Sinon... sinon ils ne sauraient jamais pourquoi ils s'étaient retrouvés ici. Et ils se moqueraient bien de rencontrer Elder et de sortir de ce cauchemar.

Décidée à ne pas demeurer plongée dans le mystère, Ézoah repartit... mais Sven craqua. Trébucha. S'écroula. Et se remit à lui faire ses adieux.

– Merci, Ézoah... Ta rencontre a illuminé la fin de mon existence... Et comme le dirait Sextuplus Dactylographicum...

– Oh, tais-toi ! Relève-toi ! On va se séparer et courir dans des directions différentes !

– Trop tard ! Je meurs ! J'achève là cette belle aventure qui...

– Débranche tes piles une minute, Sven ! siffla la fillette.

Lentement, la vieille s'approchait d'eux derechef. Paniqué, le Suédois se serra contre les genoux de la fillette en récitant ses prières :

– Après ma mort, faites que je vive... Car le principe de la contradiction s'applique au possible et au réel, mais non pas à l'impossible : les impossibles sont des extra-existants, réduits à ce minimum, et qui, comme tels insistent dans la proposition.

– TAIS-TOI, SVEN ! cria Ézoah.

Elle ouvrit son sac à merveilles. Fouilla dedans nerveusement. Trouva l'espèce de caillou qu'elle avait ramassé sur le trampoline. Elle l'enveloppa dans une chute de tissu (un bout de robe qu'elle avait déchirée un jour), le connecta à sa console avec un fil arraché à son T-shirt, et proféra une formule qu'elle bizardouilla sur-le-champ :

– Bouclier de protection maximale !

Et des milliers de pétales de roses dégringolèrent du ciel sur la sorcière.

30.

La biche rugissante

– Wouah ! s'exclama la sorcière de sa voix chevrotante.

Elle avait l'air ravie. Mais Ézoah était furieuse. Ça n'était pas du tout ça, un bouclier de protection maximale ! Des pétales de fleurs, c'était même le contraire d'un bouclier de protection.

De nouveau, la fillette brandit le caillou et cria :

– Bouclier d'archiprotection supermaximale !

L'averse de roses s'amplifia. Les formes variaient d'un pétale à l'autre : courbes, carrées, déchiquetées, cylindriques... Les couleurs déclinaient une large palette de nuances, du rouge foncé au jaune pâle, en passant par l'orangé, le rose fluorescent, le mauve pâle. La texture et l'odeur, en revanche, ne changeaient pas : c'était toujours celle de roses délicates, au parfum à la fois élégant et puissant.

Ézoah ouvrit les yeux. Et constata, stupéfaite, que la sorcière s'était jetée par terre, dans le tapis de pétales de roses.

– C'est merveilleux ! gémissait la sorcière de sa voix cassée. J'adore ! Encore !

« Pourquoi pas ? pensa la fillette. Tant qu'elle s'occupe des fleurs, elle nous laisse tranquilles... »

Alors, elle enrichit sa formule :

– Mégabouclier d'archiprotection supermaximale !

Et l'averse redoubla d'intensité.

D'autres couleurs apparurent : caramel, grenat, prune.

D'autres odeurs aussi : vanille, agrume, miel.

Ézoah fut prise de vertige. Des images lui passèrent par la tête. Des idées sans lien entre elles : une flambée dans une cheminée... une poudrerie dans les grands bois... le sourire d'un bébé... et même une crique où la mer bouillonnait doucement, comme dans un jacuzzi (« quel beau lagon bleu limonade ! » pensa-t-elle).

Perdue dans ses émotions, la fillette faillit tomber. Heureusement, Sven la retint : il était resté blotti contre ses genoux.

– Merci, merci, mille fois merci ! s'écria la vieille en se relevant, les bras chargés de pétales. Vous m'avez procuré ma seule joie depuis que je suis devenue comme vous me voyez...

– Vous n'avez pas toujours été une sorcière ? supposa Sven.

– Non.

– Bien sûr ! s'exclama-t-il. Nous sommes dans le monde de l'inverse. Avant, vous étiez une princesse, c'est ça ?

– Pas vraiment. Avant, j'étais une biche.

– Impossible, affirma le Suédois d'un ton péremptoire.

– Pardon ?

– Vous devez vous tromper. L'inverse d'une sorcière, ce n'est pas une biche, c'est une princesse.

– Et pourtant, reprit la vieille avec un sourire contrit, il y a quelques lunerées de cela, j'étais une biche.

– Enfin, soyez logique ! Biche vient de *bestia*, qui veut

dire monstre ; et princesse de *princeps*, celui qui est premier, l'empereur. L'empereur n'est pas le contraire du monstre !

– Excusez-le, intervint Ézoah, il est toujours comme ça.

– Jeune homme, je vous assure que je passais mes journées à gambader et à éviter les promeneurs...

– Les chasseurs, corrigea machinalement la fillette.

– Non, les chasseurs nous protègent.

– Ah, pardon, j'avais oublié le coup de l'inverse... Mais attendez ! Comment des chasseurs peuvent-ils protéger les biches ?

– Oh, c'est très simple ! Ils vérifient que personne ne nous fait de mal et qu'on nous laisse tranquilles à certaines lunerées... Les promeneurs font que nous embêter ! Ils veulent nous capturer pour nous ramener dans leur maison ; ils veulent nous caresser – nous caresser ! Franchement ! Est-ce que nous, nous nous mettons en tête de leur brouter les cheveux chaque fois qu'ils passent dans les parages ?

La vieille secoua la tête et se tut. Ézoah en profita pour en venir au fait :

– Vous avez dit que vous avez été transformée en sorcière depuis peu, n'est-ce pas ? J'imagine que c'est l'une des bizarreries de ce monde !

– L'une des bizarreries ?

– Oui. Je viens du monde animal, et j'ai appris qu'il y avait de plus en plus de problèmes. J'étais étonnée de ne pas en voir ici...

– Tu viens du monde animal ! soupira l'ex-biche. Quelle chance tu as !

– Pas tant que ça... En fait, je m'appelle Ézoah (et le bébé qui dit des mots bizarres, là, c'est Sven), et je suis perdue dans ce monde. Il faut que j'aille à la capitale pour y rencontrer Elder. Vous le connaissez ?

– Elder, dis-tu ? Non, jamais entendu parler. Tu sais, moi, je n'ai jamais quitté cette forêt. Avant, j'étais une biche, donc je vivais au fond des bois, seule. Maintenant, je suis une sorcière. Tu connais des gens qui seraient ravis d'avoir une sorcière pour voisine ?

– Pas beaucoup, reconnut Ézoah.

Sven se mit debout, s'ébroua pour ôter les pétales qui dissimulaient ses blessures de guerre et, son blablivre à la main, s'enquit :

– Comment vous êtes devenue une... euh...

– Une vieille bonne femme toute moche, gentille et d'une agilité hors du commun – bref, une bonne sorcière du monde de l'inverse ? compléta la sorcière à sa place. Aucune idée. Il y a quelques lunerées de cela, j'ai senti une piqûre, j'ai été prise de frissons, et je me suis retrouvée dans cet état. Mais le pire, ce n'est pas moi.

– Ah ? fit la fillette, en éveil. Qu'est-ce que c'est ?

– Oooooh ! lâcha Sven. Une biche, une vraie biche !

Il se tourna vers la lisière de la clairière où était apparu un frêle animal d'une superbe couleur rousse, avec un museau tout fin, qui avait posé ses yeux mouillés sur le garçon, aussitôt en extase.

– J'ai toujours rêvé d'avoir une biche, confessa-t-il à haute voix. Les chats, les chiens, les hamsters, ça ne me disait rien. Même les mygales, on m'en a proposé – ça ne me tentait pas. Mais une petite biche pour moi tout seul, ça...

– Ne t'approche pas ! l'avertit la sorcière. Ce n'est pas une biche, c'est un ogre.

– Jolie-jolie-jolie ! minauda Sven sans écouter la rabat-joie.

La biche leva le museau. Poussa un rugissement démoniaque. Et fonça sur lui.

Lune prune naissante

Le chevalier incrusté

Le poussin dans un poing, Athör hésitait.

Il tentait de comprendre l'improbable : la chambre d'Elder avait bougé. Mais comment une chambre pouvait-elle bouger, par Odin ?

Comment, il n'en avait aucune idée. Seule certitude : elle avait bougé. Elle avait sacrément bougé. De l'autre côté de la lézarde, on devinait l'émeraude de la mer. Pas de doute, la chambre n'était plus là, par Thor.

- Bon, tu m'poses par terre, petit ? lança Tipoussin, flegmatique.

Le Viking le laissa tomber.

- Ne bouge pas d'un cheveu blond, lui intima le volatile.

Il se recula, prit cinq foulées d'élan sur les gravats, battit des ailes et gravit le colosse par la face arrière jusqu'à se retrouver au faîte de son casque. Accroché aux cornes qui saillaient du couvre-chef, l'aile gauche en visière, il scruta l'horizon.

- Alors ? s'enquit Jarmek.

- Que d'eau ! s'exclamèrent huit centimètres de dur à cuire. Que d'eau !

- C'est pas la question, signala Layla.

- Peut-être, mais y a quand même vachement d'eau, rétorqua Tipoussin. Et vachement pas de chambre. Elle est... Nom d'une coquille bleue ! Elle est trois étages plus bas !

Il se mit à sautiller sur le casque.

- Y a pas marqué « trampoline », là-haut, gronda Athör.

- J'm'en fiche, pépia le volatile. D'façon, chais pas lire !

Et soudain, il disparut. Ailes déployées à la manière des bras d'un plongeur, il s'était jeté dans le vide à la poursuite de la chambre mouvante.

- Tipoussin ! feula Layla.

Le volatile avait rabattu ses ailes. Il souhaitait s'écraser sur le plafond de la chambre du Gardien toutes serres dehors, de façon à profiter de sa vitesse pour s'ancrer profondément dans le plâtre. Il n'avait pas envie de se retrouver dans l'étendue émeraude qui clapotait au bas des montagnes. Juste avant le contact, il poussa un pépiement strident. C'était son cri de guerre. Un cri heureux. Depuis qu'il était arrivé au Donjon, il n'avait vécu que de la gnognote - du pissouillis de lombric, pour être exact. Trop peu pour un poussin d'action de sa trempe.

Cette fois, l'action commençait pour de bon. Enfin.

Mais elle commençait mal. Car la stratégie de Tipoussin ne fonctionna pas. Le plâtre était trop dur. Le volatile serra le bec pour ne pas lâcher un sifflement de douleur (il n'avait pourtant jamais mal, nom d'un Tipoussin !) et sentit qu'il glissait dangereusement vers le vide. Vite ! Il essaya de se retenir avec ses ailes. En vain : il ne trouvait pas de prises où s'accrocher.

Alors, serres rétractées, plumes inutilement déployées, il tâcha d'envisager sereinement la mort émeraude qui l'attendait. Là encore, il échoua : il se moquait de mourir, à condition d'avoir une fin grandiose ou héroïque, à la rigueur. C'est alors que la chambre, qui penchait vers le mur, s'inclina vers le Donjon.

« Sauvé ! » pensa Tipoussin.

Revigoré par ce répit, il se mit à creuser des sillons dans le plâtre pour s'y accrocher. Ses pattes s'agitaient, ses petites serres crissaient... sans résultat. Ce plafond, c'était du solide, de l'indestructible. Or, d'un coup, la chambre s'était mise à tanguer. Penchant légèrement en arrière, elle ballottait le volatile et le menaçait derechef de l'envoyer par cent lieues de fond. Soudain, elle se stabilisa et, dès qu'elle eut trouvé son équilibre, partit de l'avant.

Éberlué, Tipoussin vit la chambre percuter le mur. BAAAAM ! Le coup fit sauter le volatile en l'air. Il se raccrocha de justesse à une anfractuosité de la chambre... qui fonça de nouveau dans le mur.

– Mais t'es malade ! lui lança-t-il de sa voix fêlée.

À la deuxième tentative, le mur avait cédé. Il s'était troué pour laisser passer la chambre, qui s'approcha avec force de la paroi suivante. Tipoussin ferma les yeux. Des bizarreries, il en avait vu de belles, dans son existence. Pas à ce point. Lui qui se croyait revenu de tout, jamais il n'avait imaginé qu'une chambre pouvait voler...

Et pourtant, la chambre fusait. Explosait des murs sur son passage. Écrabouillait des meubles. Freinait d'un coup. Remontait d'un étage. Repartait à droite. À gauche. En bas. En haut. Brusquement, elle cogna contre un mur porteur, qui ne céda pas. Têtue, elle cogna deux fois. Puis trois.

« Si le Vieux dort encore, chapeau ! » ironisa Tipoussin. Il connaissait les pouvoirs de la transe – faut dire que des magiciens et des sorcières, il en avait côtoyé. Mais il fallait en tenir une sacrée pour rester plongé dans ses rêves malgré cette valse !

Vexée par son impuissance, la chambre prit son élan... et se fracassa une quatrième fois contre le mur. Le volatile ne résista pas au choc. Quand la chambre dérapa, il roula à terre, à moitié assommé par la violence des ébranlements.

Le souffle court, le bec grand ouvert, il contempla les dégâts autour de lui. D'énormes trous. Des pans de pierre détruits. Le Donjon était plus que délabré : en voie de destruction avancée.

Tipoussin sauta sur ses pattes. Il était là pour défendre le Gardien. Pas le moment de faillir à sa mission. Il devait voleter après la chambre, afin de vérifier si personne ne s'attaquait au Vieux. Il avisa la pièce qui remontait. Tenta d'anticiper en gravissant l'escalier pour lui sauter dedans. Raté : quand il fut sur place, la chambre était déjà deux étages plus haut. Il décida de s'avancer et de la reprendre au passage, quand elle redescendrait.

Pendant ce temps, les autres Envoyés s'entreregardaient, consternés.

ZzzennN avait les yeux fixés sur le casque d'Athör. Il murmura :

- Il s'est suicidé...
- Il s'est suicidé...
- Il s'est suicidé...
- Wouah ! s'exclama Jarmek. T'as parlé presque comme tout l'monde !
- Ben quoi ? rétorqua ZzzennN. Ça t'ar...
- ... t'arrive jamais de bég...
- ... de bégayer ?

- Bouge pas, toi ! lança Layla au Viking, reprenant les mots de Tipoussin.

Elle sauta sur ses épaules, pour voir ce qu'étaient devenus Tipoussin et la chambre d'Elder.

- Hé ! marmonna Athör. Y a pas non plus marqué « Terrasse panoramique » sur mon casque...

Une griffe apparut dans son champ de vision.

- Ça peut s'arranger, lui proposa Layla.

- Non mais ça commence à bien faire ! lança l'armoire à glace en envoyant valdinguer la tigresse à l'autre bout de la salle des Envoyés. Vous croyez quoi, là ? Que je vais me laisser commander sans rien dire ? Allez vous faire voir, par Ikeor !

La tigresse s'était relevée lentement. Elle essuya la poussière qui lui barbouillait le museau. Se redressa, moustaches frémissantes, poils hérissés. Fixa le Viking. Cracha. Et dit :

- Désolé, mon petit gars, mais ça, tu vas me le payer. Tu vas le payer super cher.

- Chuis coincé ! signala Black de sa voix suraiguë. Chuis encore coincé !

Mais, cette fois, personne ne rit.

Jarmek se dirigea vers lui pour l'aider à se dégager, tout en gardant l'œil rivé sur les deux adversaires.

- Vas-y, si t'es une vraie tigresse ! ricana le Viking. Prouve que tu en as dans le ventre !

La Pensée intrépide intervint :

- Je trouve cette remarque sexiste, raciste, fasciste et...

- La ferme, Zizounette ! siffla Athör.

- Je ne m'appelle pas Zizounette !

- Bon, tu te décides, la grande gueule ? mugit Athör.

- Non, déclara ZzzennN en frappant de son bâton les débris qui jonchaient le sol.

- Écoute, toi, le bègue, si tu veux que je te règle ton compte après elle, pas de souci. En attendant...

- En attendant Elder est en danger nous avons été envoyés pour le protéger tu souffres à l'évidence de ton état schizophrénique mais nous n'avons pas à subir collectivement les conséquences de ta fragilité psychologique et je n'accepterai pas que tu continues à menacer tes collègues l'un après l'autre d'abord Tipoussin ensuite Layla moi maintenant ce...

- ... cela suf...

- ... la suffit, bon!

Il désigna l'escalier et cria :

- Suivez cette...

- ... cette cham...

- ... chambre!

Layla et Jarmek bondirent vers les marches.

Athör regardait l'homme à trois bouches sans être certain d'avoir saisi tout ce qu'il venait d'entendre. La tirade était parvenue en vrac jusqu'à son cerveau protégé par un casque et une boîte crânienne extrêmement solide.

- Remets-toi devant le mur! exigea ZzzennN sur un ton toujours égal et mesuré. Je veux...

- ... veux que la Pensée intrépide monte sur tes épaules et décrive précisément l'empla...

- ... l'emplacement de la chambre à nos collègues et amis qui la poursuivront dans l'escalier.

Éberlué par tant d'irrespect, le Viking baissa la tête. La Pensée soupira en se serrant la feuille :

- Jamais je ne pourrai m'appliquer ma crème anti-pucerons tranquille!

- Chuis coincé ! rappela Black. Chuis toujours coincé !

- Mais t'en as pas marre, toi ? hurla le Viking, pas mécontent de pouvoir enfin passer ses nerfs sur quelqu'un. Décoince-toi toi-même, au lieu de nous prendre le casque avec la saga de tes bêlements !

Il piétina avec férocité les bris de plafond qui emprisonnaient le chevalier blanc. Puis il alla se positionner devant la paroi et laissa la Pensée intrépide grimper le long de ses côtes.

- Comme ça, je ne suis pas trop lourde ? demanda la fleur.

- Ha, ha, grogna Athör qui crut à une blague.

- La chambre est à moins trois étages ! cria la plante.

Des bruits retentirent dans l'escalier du Donjon. Le message avait été bien reçu.

ZzzennN profita de ce répit pour se pencher vers Black. L'explosion de colère d'Athör avait pulvérisé certains blocs. Il en avait réduit d'autres en petits fragments, que l'homme à trois bouches entreprit de repousser pour dégager le chevalier.

Une porte explosa.

- C'est pas la peine de tout casser ! signala la Pensée. La chambre est encore descendue de huit étages. Elle est à moins onze.

Des griffes crissèrent sur les marches de marbre.

- Attention au trou ! feula au loin la tigresse.

BONG !

- Aïe ! Ils peuvent pas prévenir quand ils font des travaux ? protesta le semi-borgne. Comme si c'était le moment !

- Chambre à moins deux ! lança la fleur. J'aperçois Tipoussin, il a l'air en vie !

- Ouais, j'ai l'air en vie mais pas de jeux de mots faciles, les gars, hein! cria le volatile. Il y a des dames, parmi nous, ha, ha!

- Chambre à moins quinze!

Nouveaux crissements.

- On se partage! lança Layla. Je me mets à moins sept et je prends les étages inférieurs. Jarmek, toi, tu prends de moins sept au sommet.

- Entendu!

- Chambre à... à plus sept environ!

- QUOI? rugirent les poursuivants.

- Ben, la chambre est au-dessus du Donjon, expliqua la Plante. Elle est suspendue dans le vide!

Soudain, un gros craquement se fit entendre. Athör se mit à trembler.

- J'ai peur! gémit-il. Qu'est-ce que c'est?

La Pensée se retourna :

- C'est Black! Il est libéré!

Puis, pivotant, elle reprit sa litanie :

- La chambre est toujours à environ plus sept! Euh... plus douze, maintenant!

Le chevalier blanc et poussiéreux embrassait ZzzennN et dansait de joie. Il courut vers Layla et Jarmek qui revenaient, épuisés, de leur poursuite inutile; et il les serra contre lui.

- La chambre est dans les nuages! annonça la fleur. Tipoussin doit être en plein ciel! Et arrête de trembler comme ça, s'il te plaît, Athör!

- Mais j'ai peur... J'la sens mal, c't' histoire... J'ai l'vertige!

- Tu ne vois rien, Athör, tu ne peux pas avoir le vert...

- J'ai beaucoup d'imagination, ça suffit pour avoir l'vertige! J'veux descendre!

Black se précipita vers la vigie et son hunier pour leur donner l'accolade à leur tour, quand, soudain, la fleur hurla :

- Attention ! La chambre revient très fort !

Athör fonça en arrière. La Pensée resta accrochée à lui comme un lierre à son chêne. Les Envoyés reculèrent précipitamment au milieu de la salle... sauf Black, qui ne comprenait rien à ce qui se passait.

C'était pourtant simple : à force de s'allonger, de se rétracter et de se déformer dans tous les sens, la chambre du Gardien était devenue mobile. Elle était montée dans des étages qui n'existaient pas. Et maintenant, fatiguée, elle venait naturellement reprendre sa place. Mais, emportée par son élan, elle percuta le mur de la salle des Envoyés. L'enfonça, fit reculer la pièce en partie dans le vide. Envoya Tipoussin, accroché au plafond, faire une série de galipettes spectaculaires dans la salle des Envoyés - sans plafond, elle.

Un bruit de tonnerre éclata lorsque le choc eut lieu. Un énorme nuage de poussière s'éleva.

Quand il commença de se dissiper, Tipoussin, qui avait été éjecté du plafond de la chambre jusqu'au milieu de la pièce, s'épousseta les plumes en rigolant :

- Wouh, ça balance ! Au moins, avec vous, on ne s'ennuie pas !

- Tipoussin ! feula Layla. T'es là !

- Ben ouais, poupée, pépia l'oiseau. Fourre-toi dans l'crâne qu'y'a pas qu'les œufs qui sont durs : les poussins aussi sont durs... à cuire, ha, ha !

- Et Black ? Où est-il ? Quelqu'un l'a vu ?

- Chuis coincé ! répondit une voix étouffée et suraiguë. Chuis encore coincé !

Derrière une brume de poussières en suspension, dépassait légèrement l'armure de l'homme deux fois plus large (et profond) que haut. Apparemment, il s'était pris la chambre mouvante de plein fouet lors de son retour, et il était désormais incrusté *dans* le mur.

« C'est pas vrai ! rugit Layla entre ses crocs. Mais c'est pas vrai ! »

31.

Le général dégradé

Ézoah n'hésita pas un demi-instant.

Pour sauver son ami, elle jeta son bizardouillage à faire pleuvoir des pétales de roses sur la biche. Elle voulait gagner du temps. Ralentir le monstre avant de créer un nouveau zarbidule. Raté : l'animal barrit de colère mais ne ralentit pas sa course. Sven essaya d'accélérer son sprint lent à pas chassés sans y parvenir. C'est alors que la sorcière bondit et pointa l'index sur le monstre.

– *Vade retro !* cria-t-elle.

La biche se figea dans les airs. Elle resta un moment en suspension puis retomba sur le côté en grognant. Elle finit par se relever et recula sans se presser.

– Je vous retrouverai ! promit-elle. Et je vous grignoterai jusqu'au dernier ! Ça fait si longtemps que je rêve de croquer un peu de chair humaine fraîche ! Je vais v...

Elle s'interrompit, fit un brusque écart et bondit de nouveau vers le petit Suédois. La sorcière la visa derechef, le doigt et le bras tendus. Cette fois, la biche ne se figea pas seulement dans les airs : elle se recroquevilla jusqu'à former une sorte de boule de poils ; puis elle fusa hors de la clairière et disparut.

Le garçon regarda la dame en noir avec stupéfaction :

– Vous êtes super forte ! On dirait pas que vous étiez une biche, avant !

– Que veux-tu ? soupira la sorcière. On apprend à se débrouiller... Il faut bien que ça serve à quelque chose d'être vieille et moche ! Allez, venez, inutile de traîner dans les parages. Je vais vous remettre dans le droit chemin...

Pendant qu'ils gagnaient les fourrés (Sven persistait à marcher en crabe), Ézoah demanda :

– Vous la connaissiez, cette fausse biche ?

– Pas personnellement. Mais on l'entend rugir de temps en temps.

– Dans le monde plein d'animaux, exposa la fillette, j'ai rencontré un ourson qui se transformait en grizzli, et des tabourets en steakeurs. Un steakeur, Sven, c'est...

– Je sais, un monsieur qui fait des steaks.

– Pas du tout. C'est quelqu'un qui donne des coups.

– Oui, ben, je vois pas la différence ! Comment tu veux faire un steak sans donner des coups ?

– De toute façon, ces mondes ne sont pas compliqués. Ils sont un général qui est devenu colonel.

– P... pourquoi tu dis ça ?

– Parce qu'ils sont dégradés, ha, ha, ha !

Sven était secoué de convulsions. Les lèvres serrées pour garder un semblant de dignité, il lâchait par instants des « humfff-humfff » et émettait d'étranges raclements de gorge.

La sorcière s'était arrêtée de marcher pour observer ce curieux phénomène. Sven voulut lui faire profiter de son jeu de mots – elle n'avait sans doute pas l'occasion de rencontrer des esprits aussi vifs et pétillants que le sien. Mais il n'y eut pas moyen. Son explication se perdit dans des rires convulsifs.

Le garçon se trouvait tellement drôle qu'il n'arrivait même plus à s'exprimer. Pis : en tentant d'exposer les motifs de son hilarité, il avait ouvert la bouche. Et ses gargouillis à peu près contrôlés devinrent de tonitruants éclats de rire. Le pauvret hurlait à pleins poumons, susurrant à certains moments : « Grâce ! pitié ! clémence ! je n'en peux plus ! » ; et, à d'autres : « Excellent ! dégradé ! colonel ! »

La sorcière et la fillette s'entreregardèrent. Ézoah secoua la tête : Sven n'était pas désagréable tant qu'on ne cherchait pas à le comprendre.

Lorsqu'il retrouva son souffle, la fillette le releva d'une main ferme et s'enquit auprès de la vieille femme :

– Vous pouvez nous indiquer un chemin vers la capitale ?

– Oui, nous allons arriver dans une clairière qui...

Sven explosa :

– Hi, hi, hi ! Excusez-moi, mais... Hé, hé hé ! Un général ! Dégradé ! Vous avez compris la subtilité ?

« Il y a des rires communicatifs, pensa Ézoah. Et il y a celui de Sven. Tout le contraire du rire contagieux ! »

– Donc nous allons arriver dans une clairière..., reprit la fillette, agacée que son copain ne sache pas mieux se tenir devant les gens.

– Oui, là-bas, il y aura deux maisons. Ne...

Un rugissement interrompit la vieille dame. Devant les voyageurs, au milieu des fourrés sombres de la forêt, se découpait une zone lumineuse – sans doute la clairière dont avait parlé la sorcière. Et, à l'orée de cette clairière, se dressait la silhouette d'un animal attendrissant.

Celui de la biche rugissante, qui avait retrouvé et sa forme initiale... et les enfants par la même occasion.

32.

L'ogre têtu

Les voyageurs observèrent la biche immobile, qui les toisait, elle aussi, l'œil furieux, l'attitude provocante. L'animal avait promis qu'il n'en avait pas fini avec eux. Il tenait ses promesses.

– Je m'en occupe, chuchota la sorcière. Je vais l'attirer loin de vous. Pendant ce temps, pour sortir de la forêt, continuez tout droit, jusqu'aux deux maisons. Là, vous pourrez prendre un passage rapide. Mais surtout n'entrez pas dans celle qui...

– AAAAAAAAAAAAAAAAAAAAAAAAAAH ! huuuuuuuuuuuurla Sven.

La biche venait de bondir vers eux. La vieille s'interposa, dégaina son index et s'exclama :

– Hé, du calme, gros méchant ! Suis-moi bien sagement !

L'animal était incapable de lui désobéir. Cependant, il pouvait lui résister. Ce fut donc en grognant et en freinant des quatre sabots qu'il s'enfonça avec elle entre les arbres.

– Au revoir, madame ! lança Ézoah. Merci !

– Merci pour les roses, répondit la sorcière en lui adressant un geste de la main.

La fillette la regarda s'éloigner et constata avec soulagement que la seconde attaque de la biche avait au moins eu un avantage : Sven avait arrêté de glousser.

– Bon, tu te dépêches ? lui lança-t-elle en pressant le pas vers la clairière.

Là, comme la sorcière l'avait annoncé, il y avait deux maisons. L'une était un joli chalet fleuri, entouré d'un jardinet charmant. L'autre était une imposante bâtisse délabrée, aux murs gris et aux fenêtres cassées, d'où émanaient de sourds grincements et des crissements stridents.

– À toi de jouer, Sven !

– P... pourquoi à moi ?

– Parce que c'est toi qui as empêché la sorcière de terminer sa phrase. Elle allait nous dire dans quelle maison aller quand tu t'es mis à crier.

– Je n'ai pas crié, rectifia le garçon. J'ai émis un son à valeur d'avertissement, c'est très distinct. De toute manière, il est évident qu'il faut aller dans le chalet plutôt que dans le château tout moche.

– Pourquoi ? Dans le monde où tout est à l'envers, ce qui semble inoffensif est dangereux ; et ce qui semble dangereux est inoffensif. Regarde la sorcière et la biche...

Sven soupira et agita son livre comme pour purifier l'air de l'ânerie qu'il venait d'entendre. C'était son tour de paraître consterné.

– Voilà bien les femmes ! Elles nous demandent notre avis, puis elles veulent imposer le leur... Au lieu de regarder mes cheveux, Ézoah, réfléchis ! Ou, en tout cas, essaye... Nous savons que, dans ce monde, tout – ou presque – est inversé, dès qu'on voit un truc moche, on pense : c'est joli, et vice-versa, n'est-ce pas ?

– Oui, je viens de te l'expliquer.

– Alors, il faut aller plus loin ! Si quelqu'un veut nous piéger, il a intérêt à nous montrer quelque chose de dangereux, puisque nous penserons immédiatement que c'est là qu'il faut aller ! Subséquemment, nous devons entrer dans le joli chalet, où nous trouverons sans doute...

– Personne ne veut nous piéger, Sven, l'interrompit la fillette. Subdécadent...

– Subséquemment, tu veux dire...

– Arrête de dire à ma place ce que je veux dire, ou je te steake !

Le garçon sifflota :

– Fut, fut, fut... Faudrait voir à y arriver, d'abord...

– On essaye ?

– Non, non ! C'était juste une remarque de logique que je faisais...

– ALORS, TAIS-TOI ! Et écoute-moi bien, parce que je suis pressée, je veux voir Elder, et je ne vais donc pas perdre des lunes et des lunes à m'expliquer ! Si nous voulons nous en sortir, nous n'avons pas le choix : il *faut* aller dans ce château moche qui fait peur.

Sven grimaça. Réfléchit un moment. Conclut :

– Comme j'aime à dire, ce raisonnement est structurellement très antisubjectif, mais il se tient. Allons donc dans le château tout pourri : ce que femme veut, Sven veut !

Il se dirigea vers la grande bâtisse inquiétante, puis se retourna. Ézoah s'était penchée pour ramasser deux bouts de bois, qu'elle glissa dans son sac à merveilles.

– Tu ne vas pas te mettre à collectionner aussi les bouts de bois ! s'épouvanta-t-il.

– Je ne collectionne pas, lui répondit-elle. Je ramasse juste des trucs qui peuvent servir.

– Et ces bâtons, là, ils vont servir à quoi ?

La fillette rouvrit son sac et contempla un long moment ce qu'elle venait d'y fourrer.

– Je ne sais pas encore..., avoua-t-elle, perplexe. Peut-être à sauver un petit garçon qui rêvait d'avoir une biche à lui tout seul ?

Sven rougit et rugit :

– Alors là ! C'est petit, comme attaque ! C'est mesquin ! Tu devrais avoir honte ! J'ai eu la gentillesse, que dis-je, la bonté de te faire des confidences, et toi, tu t'en sers pour te gausser de moi ! Fi, mademoiselle ! Fi !

Mais Ézoah n'avait pas attendu la fin de la tirade pour se diriger d'un pas décidé vers l'espèce de manoir en ruine.

33.

La vamp Grenadine

« Crrriiic », fit le portail en fer forgé lorsque Ézoah le poussa. Il parut hésiter un moment, puis il s'étala devant la fillette avec un fracas épouvantable. Sven en profita pour pousser un nouveau son à valeur d'avertissement, tandis que sa copine serrait son sac à merveilles contre elle.

– Au moins, si y a quelqu'un, il sait qu'on est là, commenta Ézoah.

Les deux amis avancèrent dans l'allée qui menait à la bâtisse. Sous leurs pas, les gravillons émettaient de drôles de bruits, qui ressemblaient à des craquements de feuilles mortes.

À quelques pas de la porte, la fillette avisa un trou large et peu profond.

– Je n'aurais pas commencé les travaux par le jardin, commenta-t-elle. La façade me paraît plus urgente...

Sven se mit à glousser.

– On est dans le monde de l'inverse, Zozo, lui rappela-t-il.

– Je ne m'appelle pas Zozo.

– On est quand même dans le monde de l'inverse. Donc, s'il y a un trou, c'est qu'il y a un plein !

Pour prouver ses dires, il sauta dans le trou : dans le monde de l'inverse, on ne peut pas tomber dans un trou. Et pourtant, il se vautra dedans. La logique du monde de l'inverse pouvait être plus compliquée... ou plus facétieuse que ne le supposait le petit Suédois.

La porte d'entrée s'ouvrit d'un coup. Sur le seuil apparut une silhouette sombre.

– Entrez ! s'écria-t-elle. Vous êtes les bienvenus ! Mais... jeune homme, vous vous êtes fait mal ?

Sven était en train de se relever péniblement.

– Non, il a l'habitude, commenta Ézoah d'une voix coupante.

Elle prit la main du garçon pour s'enfuir avec lui. La créature qui leur avait adressé la parole était effrayante. Sven l'en empêcha et souffla :

– T'as peur ?

– Un pppeu..., bégaya la fillette.

– C'est bon signe ! On est donc sur la bonne voie !

Paniquée, Ézoah mit un moment à se souvenir que, ici tout était à l'envers.

– Le pauvre chéri a l'air très pâle..., poursuivit la silhouette. Je suis inquiète...

– Tout va bien, affirma le garçon en passant négligemment un doigt sur ses précédentes blessures de guerre. J'en ai vu d'autres...

– Bien sûr... mais un peu de rouge n'a jamais fait de mal à personne. Venez !

Sven s'avança, entraînant sa copine. La silhouette referma la porte derrière lui.

La fillette sursauta. Elle n'était pas à l'aise, ici. La bâtisse était plongée dans l'obscurité. Quelques fines trouées de lumière grise tombaient des lucarnes brisées, en haut des portes-fenêtres. Mais ailleurs, les rares rayons du soleil étaient bloqués par d'épais rideaux.

Ézoah avait beau écarquiller les yeux, elle n'arrivait pas à voir avec précision à quoi ressemblait son interlocutrice. La silhouette était à l'évidence drapée d'une cape noire ; son visage, dissimulé sous un capuchon, laissait deviner des traits jeunes et ultramaquillés.

La fillette se demandait si elle avait eu raison de ne pas suivre les conseils de Sven. Il flottait dans l'air un parfum de thym et de lavande. Or, si ce qui était agréable était dangereux, cela voulait dire...

Elle décida d'arrêter de raisonner à la manière de son copain. C'était vertigineux. Elle allait se laisser porter par ses intuitions. Et après ? On verrait bien !

– Merci de nous accueillir, dit-elle poliment. Je m'appelle Ézoah, voici Sven, et nous aimerions aller à minuscule pour rencontrer Elder. Est-ce que...

– Mets-toi à l'ombre, veux-tu ? ordonna la silhouette au garçon.

Sven obéit. Il n'était pas très rassuré ; cependant, il aimait rencontrer des personnages nouveaux, qui lui permettaient d'enrichir sa culture. De surcroît, il trouvait toujours touchant que l'on s'intéressât à lui.

– C'est ce que je craignais, murmura la créature. Tu es très pâle. Trop pâle.

– Comment vous pouvez voir ça ? protesta le garçon. Il fait noir !

– Oh, mes yeux sont habitués, tu sais... Je vis ici depuis siii longtemps...

– Vous êtes un vampire ? demanda Sven dans un filet de voix.

– Non, une vamp !

La silhouette défit sa cape. Et le garçon resta bouche bée. Devant lui se dressait la femme la plus torride qu'il avait jamais vue. Il plissa les yeux, ébloui par les feux de la vamp.

La créature n'avait pas de jambes : elle avait des flammes. Elle n'avait pas de seins : elle avait des concentrés de fournaise. Elle n'avait pas une robe rouge transparente : elle avait une langue ardente qui dansait autour d'elle. Elle n'avait pas des traits à couper le souffle : elle avait une auréole incandescente qui ondulait, donnant l'illusion d'un visage. Elle n'avait pas des yeux brillants : elle avait deux tisons sanguins. Et elle ne souriait pas : elle donnait une envie irrésistible de se jeter dans son bûcher, d'y plonger, d'y suffoquer, de s'y noyer et d'y rester englouti à jamais.

– Rentre ta langue, Sven ! siffla Ézoah, que cet étalage avait laissée de glace.

La vamp referma sa cape.

– Vous voyez pourquoi je reste calfeutrée chez moi ? J'aime beaucoup la compagnie, mais, quand je m'exposais au soleil, les hommes avaient tous des réactions étranges...

– Gneu..., grogna le garçon. Gneu beuâââh...

– Oui, mon joli...

– Gneu beuââââââââh ! insista-t-il.

– Oui, tu es si pâle... Mais la vamp Grenadine va t'arranger ça. Suivez-moi !

La créature entraîna les enfants dans les couloirs poussiéreux de son vaste refuge. Ils arrivèrent dans une petite salle au plafond voûté. Ézoah réessaya de sensibiliser la vamp à son problème :

– Vous savez, on ne va pas pouvoir rester longtemps. On est à la recherche d'Elder, et...

– Ça aussi, dit la créature, c'est l'une des raisons pour lesquelles je vis à l'écart. Je sens que les femmes – et même les petites filles – sont jalouses de moi.

– Je ne suis plus une petite fille depuis longtemps... et je ne suis pas jalouse !

– Dans ce cas, laisse-moi m'occuper de ton petit copain...

– Ce n'est pas mon petit copain !

– ... d'accord ? Il est beaucoup trop pâle !

– Il n'est pas pâle, il est Suédois !

La vamp se dirigea vers deux placards métalliques. Elle ouvrit le plus petit en gloussant :

– Tu vois ? Tu es jalouse ! Il n'y a pas de quoi ! Je ne vais lui faire que du bien, n'est-ce pas, mon joli ?

– Gneu beuââââh...

– Oui, c'est ça, mon grand. La vamp Grenadine va te faire une petite transfusion, et...

– QUOI ? cria Sven, soudain refroidi.

Effrayé, il avait donné un gros coup réflexe dans le plateau que la vamp venait de sortir du placard. Un gros verre plein d'un liquide rouge – « beaucoup trop rouge et trop épais pour être de la grenadine », pensa Ézoah – vola à travers la pièce. Une seringue hypodermique très imposante aussi.

– Une transfusion ? trompeta-t-il. Pas question. Je vais très bien. Je suis très bronzé. Mon teint est vif. Je n'ai besoin de rien. Désolé pour le dérangement. Tu viens, Ézoah ? On s'en va !

La fillette n'attendait que ça ! Elle n'aimait pas du tout cette créature beaucoup trop autoritaire à son goût. Attrapant la main que le garçon lui tendait, elle sortit de la pièce en courant.

– Oh, ça ne va pas se passer comme ça ! siffla la vamp derrière eux. Vous avez gâché ma bonne grenadine. Heureusement, il m'en reste un peu...

Elle ouvrit le deuxième placard métallique, révélant un stock impressionnant de seringues et de poches transparentes où clapotait un épais liquide rouge. Elle préleva deux grosses poches, une seringue, et cria :

– Je vous transfuserai, vous m'entendez ? Je vous transfuserai de gré ou de force !

La colère bouillonnait dans ses veines. Elle avait proposé de rendre service à un gamin qui était entré spontanément chez elle. Elle ne lui voulait aucun mal. Et lui n'avait rien trouvé de mieux que d'exploser ce verre de grenadine qu'elle avait mis tant de temps à remplir ! Ensuite, il s'était enfui comme un malpropre – en grande partie à cause de la petite cruchouille qui l'accompagnait. Pas question d'accepter cela, foi de Grenadine ! Elle allait leur donner une leçon dont ils se souviendraient.

Et elle se lança à leurs trousses.

34.

La course à l'impasse

– Tu pourrais pas courir normalement ? souffla Ézoah.

Elle en avait plus qu'assez que son copain la ralentît à cause de ses maudits pas chassés ! Mais Sven était têtu :

– Normalement, je ne cours pas ! Je marche, moi...

La fillette se contenta de tirer un coup sec sur le bras de son copain. Déséquilibré, il glapit.

– Tu vois ? commenta-t-elle. Si tu courais normalement, tu n'aurais pas failli tomber...

Elle courait au hasard. Le soir était tombé sur le château. Plus une goutte de soleil ne perlait par les rideaux. Les lucarnes semblaient s'être encrassées d'un seul coup. Apparemment, la vamp pouvait donner des ordres à son drôle de refuge. Cela risquait de compliquer la tâche des fuyards. D'autant qu'Ézoah avait choisi de ne pas se diriger vers la porte d'entrée. Dans le monde de l'inverse, le chemin le plus court était sans doute le plus long.

La fillette avait donc emprunté le couloir en sens inverse. Il était en pente et paraissait s'enfoncer sous terre. Elle s'était volontairement engagée dans ce labyrinthe de couloirs qui sinuaient, quitte à s'y perdre.

Tous les dix pas environ, des embranchements s'offraient aux fuyards. Ézoah les prenait – tantôt à droite, tantôt à gauche. Sur son chemin, elle vit que, dans les parois, certaines portes étaient ouvertes, révélant des pièces vides dont les fenêtres donnaient sur un magnifique parc avec lac, grands ifs, pelouse impeccable et même, touche improbable, orchestre symphonique installé sur une estrade. La fillette n'osa pas imaginer ce qu'un tel décor pouvait signifier dans le monde de l'inverse...

Sven ahanait derrière elle, la suppliant sans cesse de ralentir. Comme à son habitude, il n'en pouvait plus, il allait mourir, il était ravi de l'avoir rencontrée, mais, quand même, quel dommage de périr si jeune !

– De *quoi* ? demanda Ézoah.

– De périr... C'est comme... mourir mais c'est... plus chic... Allez, quoi... va moins vite...

La fillette décida de l'aiguillonner :

– T'es fatigué ? T'as besoin d'une transfusion ?

Elle avait visé juste. En se souvenant de la seringue monstrueuse, le garçon trouva les ressources nécessaires pour accélérer à nouveau.

Les fugitifs avaient un atout dans leur manche : la vamp n'avait pas les capacités de la sorcière. Elle pouvait ordonner à la lumière de se tamiser ; toutefois, elle était incapable de courir aussi vite que ses proies.

C'est alors qu'elle s'aperçut que les intrus avaient pris beaucoup d'avance. Beaucoup trop. Elle ne les repérait plus qu'à l'oreille. D'un coup, elle arracha sa cape et la jeta. Elle devint tout feu tout flammes. Elle sentit la fureur rugir en elle. La rage attisait son désir de transfusion. Elle arracha sa robe. Elle n'était plus une vamp. Plus qu'un désir : la vengeance.

Quelques couloirs plus loin, Ézoah éprouva ce changement. La température avait monté en flèche.

– Mais qu'est-ce qui se passe ? chuchota Sven.

– Il faut qu'on trouve une sortie très vite, lâcha la fillette. Sinon, on est cuits !

Elle bifurqua et regarda droit devant elle. Deux portes pas comme les autres apparurent, au bout du couloir. Deux portes différentes de celles qu'elle avait croisées jusqu'alors. Deux portes plus solides. Et, parmi elles, une porte barrée par un écriteau sur lequel était marqué : « IMPASSE ».

– On y est ! cria-t-elle à Sven. On a gagné !

Une excitation nouvelle s'empara d'elle. Elle avait donné une bonne leçon à cette pimbêche de vamp. Elle l'avait battue sur son terrain. Elle sentait son haleine brûlante.

La fillette fonça vers la porte marquée IMPASSE et tira sur la poignée. La porte résista. La chaleur devenait étouffante.

Ézoah se retourna. La vamp était là, à dix pas à peine, chevelure flamboyante, yeux injectés de sang, de l'écume rouge au coin des lèvres. La fillette tira de nouveau. Sven la saisit à la taille pour joindre ses forces à celles d'Ézoah.

La poignée craqua. Tomba. Le battant s'ouvrit. La vamp éclata d'un rire qui sentait le soufre. Elle jubilait. La porte qu'avait ouverte la petite pimbêche donnait sur un mur.

Lune prune ascendante

Les cyclopes tueurs

- Par la grande coquille ! s'exclama Tipoussin. Faut t'détendre ! T'es trop coincé, comme gars, Black !

Il donna une grande claque sur l'armure du chevalier incrusté dans le mur. Le choc fit vibrer la paroi.

- Oui, chuis encore coincé ! confirma le petit costaud de sa voix couinante. Et y a plein d'poussière, là, j'vois rien... J'peux plus bouger ! Aidez-moi, quoi !

- On va s'occuper d'toi, promit le volatile. D'autres blessés ?

Ce fut ZzzennN qui lui répondit :

- Non, tout va...

- ... va à peu...

- ... près bien.

- À peu près ?

L'homme à trois bouches étendit son bâton à l'horizontale, comme pour protéger ses compagnons :

- J'entends un...

- ... bruit de pas qui...

- ... qui ne me plaît pas.

Tous tendirent l'oreille.

- J'entends rien ! affirma Black.

- Il voit rien, il entend rien, il se coince partout..., soupira Layla. Quelqu'un peut m'expliquer ce qu'il fiche ici?

- Les pas approchent, signala Jarmek. Une personne dans l'escalier... Non, deux... Deux personnes massives...

Tipoussin se réjouit :

- Chic! Des tueurs! J'ai cru que j'allais m'ennuyer!

Les Envoyés prirent position autour de la pièce, de manière à ne pas être surpris, le cas échéant, par une attaque ciblée.

ZzzennN se plaça devant la porte.

Tipoussin, impatient d'en découdre, se cala derrière lui.

Jarmek se posta légèrement en retrait.

La Pensée intrépide se tapit dans un coin, ramassée sur elle-même, prête à bondir.

Layla s'installa à la porte du Gardien, moustaches frémissantes, poils hérissés, crocs apparents, toutes griffes dehors.

Athör, un peu perdu par l'évolution de la situation et ses propres mutations, s'était adossé contre Black. Il faisait craquer cervicales et articulations de poignets pour parer à toute éventualité.

Quant au chevalier, il émettait régulièrement ses bulletins de santé qui ne réservaient guère de surprises : il ne voyait rien, il n'entendait rien, il toussait et, surtout, il était coincé.

- Ne nous énervons pas trop vite, suggéra ZzzennN. Nos visiteurs sont peut...

- ... peut-être des envoyés des sept Sages qui viennent nous...

- ... nous ravitailler.

Layla fronça les sourcils. Elle avait flairé une odeur qui ne lui plaisait pas. Une odeur qu'elle n'avait jamais pu sentir : celle des cyclopes.

Elle n'avait pas compris comment le Gardien avait réussi à civiliser ces créatures. Celles-ci n'existaient pas depuis très longtemps. Elles étaient apparues avant les troubles des mondes. On racontait qu'elles avaient perpétré plusieurs massacres avant que le Gardien, encore vaillant quoique déjà affaibli, y eût mis bon ordre. Depuis, le vieillard était même parvenu à faire des cyclopes des créatures presque comme les autres. N'était-ce pas un cyclope qui gardait le Donjon ?

Pourtant, la tigresse se méfiait de ces créatures. Elle leur trouvait l'air sournois. Fourbe. Faux. Et elle avait un mauvais pressentiment.

La porte de la salle des Envoyés s'ouvrit d'un coup. Deux cyclopes entrèrent en souriant.

- Que ve...

- ... venez...

- ... nez-vous faire ? s'enquit ZzzennN en redressant son bâton.

Le sourire des cyclopes s'accentua.

- Ceci ! répondit l'un d'eux en dégainant la massue monumentale qu'il portait au côté.

Il arma son coup.

Jarmek s'élança le premier. Anticipant le geste, il s'était instantanément jeté en l'air et, exécutant une pirouette acrobatique, il porta un fouetté spectaculaire au visage de l'assaillant. Celui-ci rugit puis s'effondra, les mains sur sa mâchoire cassée.

- Qu'est-ce qui s'passe, les gars ? couina Black.

Personne ne lui répondit. Car, dès que Jarmek était tombé, le deuxième cyclope avait tiré un coupe-chou d'une longueur phénoménale. Et, avec une précision chirurgicale, il avait coupé le semi-borgne en deux, puis quatre parts égales.

Le bâton de ZzzennN partit trop tard pour sauver Jarmek, mais il atteignit son but : la tête de l'assassin. Sous la violence du coup, celle-ci explosa.

- Pouah! grogna Tipoussin en essuyant les morceaux de cervelle sanguinolents qui lui étaient tombés sur les plumes.

Placé à présent en première ligne, il fonça sur le cyclope à la massue, qui avait du mal à se remettre debout. Par réflexe, la créature attrapa la petite bête qui lui montait dessus. C'était sans compter la puissance du volatile. D'un coup de tête au foie, il coupa la respiration de la brute, qui se laissa tomber. D'un mouvement rotatif, Tipoussin réussit à se dégager avant que le géant ne s'écrasât sur lui.

Il crut qu'il était libéré... mais le cyclope s'était contenté de feindre l'évanouissement. Il se retourna, agrippa le corps de l'oiseau d'une main, et sa tête de l'autre. Il n'alla pas plus loin. Un froufroutement plus tard, sa tête partait en arrière, et il roulait au sol.

- Rappelle-moi ce que tu étais venu faire ici, chiendent? cracha la Pensée intrépide en se redressant.

ZzzennN s'était penché au-dessus des morceaux de Jarmek.

- Notre ami a donné sa vie pour le Gardien, constata-t-il sobrement.

- T'étais un vaillant, petit, déclara Tipoussin en s'adressant directement au défunt.

Layla s'avançait vers la fleur, le regard noir :

- Tu l'as tué?

- Oui, lui répondit la plante. Émanation toxique. Mortelle.

Paralysie des centres nerveux. Puis destruction de l'appareil musculaire. Et enfin nécrose de la chair.

- Mais c'est crétin ! feula la tigresse. Fallait juste le neutraliser ! Tu m'expliques comment on fait, maintenant qu'on ne peut plus l'interroger, pour savoir qui l'a envoyé au massacre... et pourquoi ?

La Pensée soutint son regard. Puis baissa la corolle et murmura :

- Ah ouais... Désolée.

- Racontez ! gémissait Black. Allez quoi, racontez ! J'vois rien ! Chuis coincé ! J'entends juste des trucs !

Athör donna un grand coup de pied dans l'armure et résuma :

- Deux cyclopes ont attaqué. ZzzennN en a décérébré un. La Pensée intrépide en a gazé un autre.

- Hé, c'est pas une raison pour me taper dessus, je...

- Tais-toi, le couineur, Jarmek est mort ! Ces chacals de cyclopes l'ont coupé en quatre !

- Oh, la vache ! Oh, la vache !

- TAIS-TOI ! rugit le Viking. FAUT RESTER DIGNE !

- Oh, la vache ! Oh, la vache !

Le colosse nordique martela l'armure sertie dans le mur, qui vibra :

- TU VAS TE TAIRE ?

- Oh, la vache ! Les gars, j'vois des cyclopes !

Layla sursauta :

- Des cyclopes ? Où ça ?

- Là ! Dans la chambre d'Elder ! Y en a des milliers qui arrivent !

- Des milliers ?

- En tout cas, y en a au moins plusieurs !

Soudain, le refuge du Gardien se remit à vibrer.

– La chambre bouge ! glapit Black. Elle se déforme...

Les Envoyés étaient à présent tous tournés vers le mur qui les séparait du Gardien. En effet, la paroi s'était tordue. Elle avait repoussé son plafond et gagné un mètre de hauteur. On sentait qu'elle tentait de s'allonger. Et, brusquement, elle y parvint ! Un « zwiiip » plus tard, la chambre avait grandi d'une vingtaine de mètres... et Black aussi. L'armure du chevalier était écartelée. On la devinait sur le point de craquer.

– Hé..., lâcha l'Envoyé dans un souffle. Les gars, je... j'étouffe...

– Où en sont les cyclopes ? s'enquit Layla d'un ton sec.

– Ils... ils ont reculé avec la chambre. Il y a un trou dans le plancher... Ils ne peuvent pas passer... S'il vous plaît, libérez-moi, je...

Sans un mot, la Pensée s'était glissée près du mur. Rampant le long de l'énorme Black, elle grimpa le long de la paroi.

– Qu'est-ce que tu fais ? demanda la tigresse.

– Je me rachète, lança simplement la plante.

Et elle se faufila par une ouverture que la déformation avait pratiquée entre le mur et le plafond de la planche du Gardien.

– Attends-moi, j'arrive ! annonça Tipoussin.

Mais un craquement terrifiant figea les Envoyés sur place. La chambre avait repris sa forme précédente. Black aussi – enfin, à peu près : il était méchamment cabossé.

– Oh, la vache ! gémit Black. Ça fait super mal !

Athör lui tambourina dessus.

– Pensée, ça va, poupée ? s'inquiéta Tipoussin.

- Non, ça ne va pas du tout ! répondit le chevalier à la place de la plante. Il y a huit cyclopes... Ils sont tout près du lit du Gardien. Et, oh là là ! Il y en a un qui est vraiment ultra-moche !

« Par les moustaches de la Mère Tigresse ! gronda Layla en elle-même. Qui m'a donné un zozo pareil ? »

- Le cyclope ultramoche est tout près de la Pensée..., poursuivit Black. Il est pas content et... oh, la vache ! La bataille vient de commencer !

35.

Les serpents de terre

Le regard d'Ézoah allait du mur à la vamp Grenadine. Jusque-là, elle s'en était sortie ; et voilà qu'elle tombait sur un cul-de-sac brûlant ! Impossible de revenir en arrière. La vamp barrait le chemin. Elle flamboyait, écarlate.

– Alors, mes agneaux, tout ça pour quoi ? demanda-t-elle d'une voix doucereuse. Toute cette course, toute cette émotion, tous ces sentiments négatifs pour quoi, finalement ? Pour rien. Je vous ai promis de vous transfuser, je vais vous transfuser.

Elle fit jouer le piston de sa grosse seringue et lança en souriant :

– Allons, qui commence ? La petite peste ou...

Elle entrouvrit sa cape :

– ... le garçon ?

– Gneu beuâââh ! lui répondit Sven, qui suait à grosses gouttes.

Le garçon s'avança d'un pas.

La femme sourit et planta sa seringue dans l'une des poches pour en aspirer le liquide.

– Approche, mon joli... Approche de ta Grenadine bien aimée...

La fillette réagit enfin. Elle rattrapa son copain par le revers de sa veste.

– Par-là, Sven ! souffla-t-elle.

Et elle ouvrit la deuxième porte – celle sur laquelle rien n'était écrit –, qui n'offrit pas de résistance. L'ouverture donnait sur un grand trou noir.

Sentant un courant d'air frais, la vamp leva la tête. Fronça les sourcils. Grimaça. Grinça des dents. Et siffla :

– Mais c'est qu'on est têtue, petite sotte ! Et moi qui croyais qu'on était devenue sage ! Je vais sévir !

La vamp tremblait. Elle ne se contrôlait plus. Du rouge vif, elle était passée au cramoisi. Elle brûlait littéralement de colère. Soudain, ses vêtements prirent feu. Elle n'était plus qu'un brasier fulminant. Des fumerolles s'élevaient de sous ses pieds. Des étincelles jaillirent. Des escarbilles fusèrent autour d'elle.

Sven la regardait, fasciné. Ézoah le tira vers elle :

– Viens ! Tu ne vois pas qu'elle va exploser ?

Le garçon se retourna.

– Gneu beuâââh ! borborigma-t-il.

La fillette constata avec horreur que ses prunelles brûlaient du même feu que la vamp. Elle comprit qu'il était sous l'emprise de la créature ; aussi décida-t-elle pour eux deux que mieux valait tomber n'importe où que de brûler vif.

Elle donna donc un grand coup sur la veste du garçon, qui tomba sur elle et la précipita dans le vide. L'instant d'après, une énorme explosion retentissait.

Pendant qu'ils tombaient, les enfants crurent qu'ils allaient fondre : la température, déjà difficile à supporter, devint si torride qu'elle leur coupa la respiration. Heureusement, ils étaient déjà loin. Ou plutôt : ils étaient déjà profond.

Pourtant, ils ne tombaient pas à pic. Enfin, pas tout à fait. En réalité, ils dévalaient une pente *presque* verticale et parfaitement lisse, roulaient sur eux-mêmes et semblaient ne jamais devoir s'arrêter. Dans un éclair de lucidité, Ézoah se rappela la chute qui l'avait menée à l'Hôtel bleu. Celle-ci était beaucoup plus longue... et se déroulait dans le noir complet, ce qui était encore plus effrayant. Sur quoi allaient-ils tomber ?

Sur un filet visqueux. Un truc qui plia souplement sous le poids des enfants, puis remonta sans se presser, à la verticale, dans l'obscurité totale.

Une grosse voix s'éleva :

– Sssssssssssssa va ? On vous dérange pas ?

Les enfants sentirent que le filet, constitué de grosses cordes vivantes, les enveloppait et les entraînait vers une paroi.

– Allez, casssssssssssssssez-vous ! grogna la voix. Et dites à vos petites copines qu'on veut pas d'elles dans le coin. C'est compris ?

La fillette sentit que le filet s'éloignait. Mais une corde vivante revint et siffla sur sa tête. Quatre émeraudes scintillèrent un bref instant tout près de l'intruse. Des yeux en losange, répartis de part et d'autre d'une extrémité pointue. Ézoah cria de peur. Ce qu'elle venait de découvrir... c'était un mélange inédit entre un ver de terre et un python. Et il était disponible en quatre exemplaires !

– Les gratte-terre ne passsssssssssssssseront pas ! lança l'animal. Sssssssssssoyez assssssssssssssez ssssssssympa pour communiquer le messsssssssssssssssage !

Et il disparut.

Ézoah haletait. Claquait des dents. Tâchait de retenir les sanglots qui lui montaient à la gorge.

– C'était quoi ? murmura son copain.

– Un... un serpent de terre, je crois... Avec un drôle de message sur les gratte-terre...

Un lourd silence accueillit cette supposition.

– Et on est où ? demanda Sven en tâtonnant autour de lui. T'as une idée ?

La fillette essaya à son tour de regarder avec ses mains.

– Dans un tunnel souterrain, apparemment, suggéra-t-elle.

– Qu'est-ce qu'on fiche ici ? J'ai l'impression d'avoir dormi pendant des années... et en même temps d'être épuisé... J'ai mal partout... et nulle part en même temps...

– Tu te souviens de la vamp Grenadine ?

– Vaguement...

– Elle voulait nous transfuser ce qu'elle appelait de la grenadine !

– Oui, et on a voulu prendre une impasse, c'est ça ?

– Sauf que l'impasse était vraiment une impasse, compléta Ézoah. Le monde de l'inverse a l'air d'avoir quelques problèmes de logique. Ce qui est logique, car les mondes se détériorent.

Sven se frotta le visage et, voulant s'asseoir, se cogna la tête :

– Aïeuh... Il est ridicule, ce tunnel ! Il est grand comme un kraglass !

– Laisse-moi deviner : un kraglass, c'est un tout petit tunnel ?

– Hé ! bravo ! Comment t'as deviné ?

– Le talent, Sven. Le talent...

– Hum, si tu le dis... Non, pas les cheveux ! Laisse mes cheveux tranquilles ! Et répète ce que tu baragouinais avant cette inqualifiable agression : l'impasse était vraiment une impasse, et l'inverse est logique car il n'est pas logique, c'est ça ?

– Oui.

– D'accord. J'avais donc compris que je n'avais rien compris.

Ézoah éclata de rire.

– Je ne vois pas ce qu'il y a de drôle, protesta Sven, très sérieux.

– Pour une fois que ça marche dans ce sens ! s'écria la fillette. Mais je veux bien résumer : j'ai fini par trouver une sortie, où on a croisé des espèces de serpents de terre. Sur le coup, je les ai pris pour des petits limaçons géants.

– Des petits limaçons géants ? Ha, ha, très drôle ! Tu sais, Ézoah, quand tu le veux, tu as le sens de l'oxymoron rigolo !

Le petit Suédois émit un gargouillement bizarre, puis marmonna :

– Des limaçons... Petits, hein, mais géants... Hi, hi... Hi, hi, hi !

Et il hurla son hilarité à gorge déployée.

– Non, intervint la fillette. S'il te plaît, maîtrise ton rire, c'est tellement pénible !

– C'est très antisubjectif, comme jugement..., grommela le garçon en essayant de se contenir.

– Ça veut dire quoi ?

– En réalité, ça ne *veut* rien dire. C'est ringard de vouloir dire quelque chose. Aujourd'hui, il faut laisser la place à l'imaginaire !

– Tu es insupportable, Sven. In-sup-por-table.

Le garçon émit un petit gloussement, partagé entre l'inquiétude et l'autosatisfaction :

– Je sais. Elles disent toutes ça.

– Bon, je vois ce qu'il me reste à faire, conclut sa copine. Trouver une sortie ou t'esssscrabouiller.

– Je propose qu'on trouve une sortie, suggéra Sven.

36.

Les fillettes dynamiteuses

Ézoah prit la tête de l'expédition. Elle se mit à ramper dans le boyau. Désormais, elle ne se souciait plus de ce que penserait Maribel de sa tenue. Elle ne pourrait pas cacher qu'elle était tombée dans des trous. Qu'elle avait rampé dans des boyaux obscurs. Qu'elle avait dû déchirer son T-shirt pour sauver sa peau. Parfois, la vie exigeait des sacrifices. Et tant qu'à faire, Ézoah préférait sacrifier ses vêtements !

La fillette n'avait jamais été très intéressée par la mode. Sa mère adoptive était beaucoup plus versée qu'elle dans ces choses-là. Ou plutôt, elle l'avait été : depuis quelque temps, elle laissait Ézoah tranquille sur ce sujet. Sauf quand l'envie lui prenait de jouer à la maman. Alors, elle entraînait sa fille dans un grand magasin et lui proposait de choisir ce qui lui plaisait. Ézoah choisissait au hasard. De toute façon, elle savait que sa mère avait déjà décidé ce qu'elle allait lui offrir : un vêtement durable qui corresponde à sa personnalité. En gros, quelque chose qui puisse se laver facilement et qui ne fasse pas trop garçon.

En rentrant du Corte Inglés, Ézoah remerciait bien sagement Maribel, qui lui ébouriffait les cheveux avec tendresse en murmurant :

« Ah, ma chérie ! Comme j'aimerais avoir plus de temps pour m'occuper de toi ! Quel dommage que les journées n'aient que vingt-quatre heures... »

Le problème, ce n'était pas que les journées n'eussent que vingt-quatre heures mais plutôt que, pour passer du temps avec quelqu'un, il faut choisir de le faire.

Soudain, la fillette sentit un mouvement devant elle. Elle se jeta au sol. Sentit quelque chose qui passait au-dessus d'elle. Et BOUM !

Ézoah se retourna difficilement. Elle s'aperçut que son copain luttait avec une fille de son âge. Elle portait une salopette bleue toute tachée et un casque de chantier pourvu d'une grosse luciole frontale. À la main, elle tenait une mallette d'outils, et ne paraissait pas particulièrement agressive. C'était surtout Sven qui, paniqué, s'accrochait à elle.

– Lâche-la ! suggéra la fillette.

– Je ne peux pas ! Elle me colle !

La nouvelle venue lui mit un bon coup de casque. Le garçon partit en arrière en gémissant :

– Adieu, re-adieu, Ézoah ! Et bonne chance dans ta quête ! Puisse ta *moïra* t'entraîner vers...

– Hé, tu reveux un coup de casque ? proposa la nouvelle venue.

– Non merci...

– Alors, tais-toi.

Le garçon s'allongea, ne bougea plus et ne pipa mot.

– Bravo ! s'écria Ézoah. Sven ne parle que pour dire des âneries incompréhensibles ou pour faire ses adieux... ce qui revient au même !

La fillette au casque sourit :

– C'est un garçon, n'est-ce pas ? On ne peut pas lui en vouloir...

– Bien vu ! renchérit Ézoah.

– Mais qu'est-ce que vous faites dans ces souterrains ?

– Euh... C'est une histoire compliquée. Disons, en gros, que nous cherchons minuscule.

– Ce n'est pas compliqué du tout ! protesta Sven en agitant son blablivre dans la pénombre. J'étais dans une montgolfière quand mademoiselle a cru judicieux de choir sur mon aéronef. Or ça, tout fier destrier des airs qu'il fût, celui-ci n'en était pas moins fort jeune...

– Tu n'es pas très, très loin de minuscule, dit la fillette à Ézoah. D'ailleurs, si tu as un instant, j'ai juste un petit truc à vérifier, puis je te montrerai le chemin.

– Je n'ai pas fini mon histoire, signala Sven. Si elle ne vous intéresse pas, merci de me le signaler afin de m'éviter de gâcher ma salive.

– Elle ne nous intéresse pas, confirma la nouvelle venue.

– C'est bien ce qui me semblait... Puis-je te demander quel est ton prénom ?

– Tanita. Et maintenant, puis-je te demander de te taire ? Merci.

– Je n'ai pas dit oui. Non, pas les cheveux, pas-les-cheveux !

– Alors, tu vas te taire ?

Sven acquiesça en silence.

– Comment tu as deviné, pour les cheveux ? s'étonna Ézoah.

– Pfff..., lâcha Tanita. Les garçons, tous les mêmes !

Elle posa sa mallette près de Sven et lui dit :

– Tu la surveilles sans bouger d'ici, d'accord ? Je reviens.

– Attends ! intervint Ézoah. On a croisé une espèce de serpent de terre, tout à l'heure. Il nous a demandé de transmettre un avertissement. Je crois qu'il ne voulait pas de gratte-terre...

La fillette au casque s'était figée.

– Vous en avez croisé un ? s'enquit-elle.

– Non, ils étaient quatre.

– Je vois... Bon, je sais ce que je voulais savoir : ce boyau est habité. Il va falloir obtenir une autorisation de relogement.

– Pardon ?

– Un instant...

Tanita reprit sa mallette et tapota la tête de Sven :

– Gentil garçon ! Tu as été très sage.

– Je ne te permets pas de...

– Chut ! Je ne t'ai pas autorisé à reparler.

Elle se tourna vers Ézoah :

– Vous n'êtes pas d'ici, hein ? Tiens, je vais passer devant, suivez-moi. Je vais t'expliquer ça en chemin.

Elle se remit à progresser dans le boyau en éclairant loin devant elle.

– Je fais partie d'une compagnie de dynamiteuses, raconta-t-elle. Sans nous, très peu de gens pourraient se loger. Vous avez peut-être remarqué que, dans ce monde, tout ce qui est au-dessus de quelques mètres du sol s'envole. On peut construire des maisons, mais pas des immeubles : ils iraient rebondir sur la barrière de nuages. C'est pourquoi il faut creuser sous le sol pour bâtir ce qu'on appelle des gratte-terre.

– Étonnante coïncidence ! s'exclama Sven. Dans le

monde dont nous sommes originaires, nous avons des gratte-ciel qui...

– Ézoah, laisse passer ton copain devant toi, d'accord ? Quand il est plus près de moi, il est moins bruyant, c'est mieux.

La fillette rit doucement et obligea Sven à la doubler, ce qu'il fit en maugréant.

– Voilà..., murmura la dynamiteuse en souriant. Tu sais que tu es beau, quand tu te tais, toi ? Oh, comme il est chou ! Il rougit ! Ça te rend encore plus craquant, tu sais ?

– Et donc pour aller à minuscule..., intervint Ézoah.

– On approche, laisse-moi terminer. Je disais donc que je construis des gratte-terre. Enfin, moi, je me contente de creuser des trous à la dynamite. Mais avant de les creuser, je dois vérifier s'il y a déjà des occupants. C'est pour ça que, depuis quelques lunerées, on a créé un réseau de tunnels sous terre : ça facilite nos inspections.

– Et il n'y a que des filles dans ton genre qui font ce boulot ? s'enquit Ézoah.

– Ouais. C'est un boulot de filles, ça. Il faut un bon relationnel.

– Pourquoi ?

– Ben, la plupart du temps, les endroits qu'on veut dynamiter sont déjà occupés par des serpents de terre qui se sont construit des palais égoïstes rien que pour eux. Dans ces cas-là, je me fais délivrer une autorisation de relogement, qui dit qu'on a le droit de détruire les habitations des serpents à condition de leur réserver un appartement dans les gratte-terre. Quand j'ai obtenu ça, je m'assure que le trou a bien été vidé, et je fais tout sauter.

Tanita se retourna :

– Ça va, vous suivez ?

Sven opina vigoureusement.

– Tant mieux. On arr...

Un gros coup de trompe coupa la fillette en pleine phrase.

– Roulez-vous en boule ! cria-t-elle, radieuse. Vite ! Y a du dynamitage dans l'air !

37.

Les trolls couturiers

Après le coup de tonnerre, il y eut juste un bruit. Un bruit sourd. Tap, tap, tap, guère davantage.

Puis un grondement s'éleva. Quelque chose comme : Brooom. De plus en plus puissant. BROOOOOM.

– Attention ! hurla Tanita. C'est du lourd ! C'est du très lourd ! Au moins du deux cents bâtons...

Ézoah serrait ses genoux contre sa poitrine. La terre tremblait. Pourtant, au-dessous du grondement, elle entendait une sorte de piaillement doux et continu. Elle secoua la tête pour ôter les cheveux qui lui obstruaient les oreilles. Et elle comprit : la mélopée était émise par Sven, qui refaisait ses adieux et priait à sa manière.

– Et la vie est semblable aux mots qui n'existent pas, gémissait le garçon. Tantôt vocable imprononçable, tantôt signe sans signifié connu, tantôt mot-valise où le sens de... aïe ! Mais aïe, j'ai dit !

Une pluie de petites pierres venait de s'abattre sur les enfants.

– Oh là là ! cria Tanita, surexcitée. Ils vont trop vite, arrêtez-les, mais arrêtez-les ! C'est subliiime ! Ce « brom,

brom, brom »... Oui ! Brom, brom, brom ! Je suis sûre que c'est le Destruktora Bomb System qui a frappé ! J'adooore !

Pour la première fois de sa vie, Ézoah regretta de ne pas être complètement folle. Avec deux fêlés à côté d'elle, elle se sentait encore plus étrangère dans ce monde étrange. Si seulement elle avait été folle au milieu des fous, si seulement elle avait pu prononcer des phrases incohérentes, elle aussi, elle n'aurait pas tant craint que la terre ne lui tombât sur la tête et ne l'engloutît !

Or, elle était incapable de s'adonner à ces petits jeux. Elle essaya bien de prononcer quelques mots au hasard – « tournevis », « clef à mollette », « pince-monseigneur » lui vinrent aux lèvres –, mais elle ne croyait pas assez à leur effet magique et protecteur. Elle ne s'entendait même pas.

Ses murmures étaient couverts par les grondements de terre (« broooooooooooom, broooooooooooom, broooooooooooom »), les pleurnichouilleries de Sven (« Platon distingue les choses et le pur devenir, aïe, puissé-je atteindre le pur devenir sitôt quitté le monde des choses, ouille ») et les mugissements de Tanita (« hoye ! hoye ! hoye ! » criait à présent la fillette, l'index et l'auriculaire dressés devant sa lampe frontale qu'elle agitait en tout sens).

Il pleuvait de la terre et des gravillons sans discontinuer. De temps en temps, un morceau de glaise plus massif que les autres tombait sur les enfants. Ézoah se demanda si elle allait mourir ensevelie sous les décombres.

Puis le silence revint, à peine troublé par les litanies monocordes de Sven. Aussitôt, Tanita hurla : « OUAIS ! », et un chœur de « OUAIS » lui répondit. À travers le réseau de tunnels, des milliers de dynamiteuses saluaient la performance de leurs collègues. La fillette au casque ôta son casque, s'essuya le visage couvert de poussière, se tourna vers les enfants et leur demanda :

– Alors, vous en avez pensé quoi ? Sincèrement, hein...

À tout hasard, Ézoah leva l'index et l'auriculaire de la main droite, comme elle avait vu faire Tanita. Celle-ci lui adressa un sourire éclatant.

– Je ne te demande pas ce que t'en as pensé, Sven, commenta-t-elle en fixant le garçon, redevenu muet. Ça aussi, c'est un truc de filles, tu peux pas comprendre. Allez, on prend la prochaine à droite, et c'est bon !

Ils prirent bien la prochaine à droite, mais la route jusqu'à la sortie était longue... et elle montait dur ! À intervalles irréguliers, d'autres canalisations croisaient la route des enfants.

– Tout droit ! toujours tout droit ! répétait Tanita.

D'autres blondinettes – des dizaines et des dizaines, constata Ézoah, sidérée – passaient en courant et croisaient le trio en les saluant de « hoye ! hoye ! hoye ! » accompagnés du même geste : index et auriculaire tendus.

Les fillettes étaient vêtues de jolies robes en coton, aux motifs vichy ou fleuris pour nombre d'entre elles. Sous leur casque-luciole, elles arboraient des coiffures impeccables – souvent des tresses ou des couettes. Chacune avait sa mallette à outils... et son lot de taches, poussière et paquets de crasse collé partout où elles n'étaient pas protégées (donc des socquettes aux genoux, des mains aux coudes et de la base du cou à la frange).

La plupart filaient sans s'arrêter ; mais certaines prenaient le temps d'échanger quelques mots avec Tanita.

– T'as vu quand ils ont fait brom, brom, brom ? lança l'une.

– J'les ai r'connus tout d'suite ! affirma Tanita. C'était énorme, énooorme... Ça m'a rappelé leurs premières explosions, tu sais, quand ils faisaient tactactac, nanaw, brom !

– Ouais, moi aussi !

– Hoye, hoye, hoye ! intervint Sven qui pensait maîtriser ce nouvel idiome et le geste qui va avec.

Les deux gamines le fixèrent, stupéfaites.

– C'est des nouveaux, expliqua Tanita, la surprise passée. Enfin, surtout lui. Bon, à plus...

Les fillettes agitèrent leur casque-luciole en secouant la tête avant de continuer leur chemin.

– C'était pas bien, mes « hoye » ? s'étonna le garçon.

– Si, si... Allez, on se bouge !

Un long moment – en tout cas, un moment qui lui sembla long –, Sven eut peur de ne plus voir de la lumière que des bouts de luciole, comme lorsqu'ils croisaient des fillettes dynamiteuses ou que Tanita se tournait vers lui. Et il eut peur de rester sous terre, et il le fit savoir, et Tanita lui dit de cesser ses gémissouilleries, et Ézoah gloussa, ravie de constater qu'elle n'était pas la seule à avoir du mal à imposer le silence au beau Suédois.

Heureusement, quelques instants plus tard, les enfants aperçurent un point clair au bout du tunnel.

Et Sven en oublia de hoyer.

– Je vois la lumière ! murmura-t-il. Platon soit loué ! Je vois le pur devenir des choses !

Tanita s'arrêta derechef pour l'observer, interloquée. Le bavard continuait de braver son interdiction ? Elle s'était montrée clémente trop longtemps, elle allait devoir sévir, à présent !

Mais Sven ne prêta pas attention à son regard courroucé.

Porté par sa découverte, il se sentait aspiré par l'air libre. Son blablivre à la main, il doubla sa guide au joli prénom, et rampa à toute vitesse vers le jour en criant de plus en plus fort :

– Je vois le pur devenir des choses ! JE VOIS LE PUR DEVENIR DES CHOSES !

Ézoah et Tanita s'entreregardèrent, consternées. Bientôt, le garçon disparut dans la clarté... et, juste après, un hurlement caractéristique retentit :

– Au secours ! Le pur devenir des choses... c'est un troll ! C'est des tas de trolls ! Ézoaaaaah !

– Je crois qu'on ferait mieux de le rejoindre au plus vite, commenta Ézoah.

Les fillettes pressèrent le mouvement.

Bientôt, devant elles, s'étendit une vaste prairie qui bordait un étang aux dimensions impressionnantes. En face, les rives apparaissaient au loin, presque fantomatiques. La distance estompait leurs contours.

Sur le lac, on avait édifié de nombreux ponts élégants, très fins, aux lignes pures, agréables... et au trajet carrément pas normal. Certains n'aboutissaient nulle part. D'autres – des ponts peints dans des couleurs criardes, surtout en rouge « très pompier », jugea la fillette – plongeaient dans l'eau. D'autres encore faisaient un demi-tour sur eux-mêmes. Nombre d'entre eux avaient des formes figuratives : tel pont ressemblait à un pied avec un casque au-dessus ; tel autre était un pont en forme de pont (hormis le fait qu'il ne menait nulle part et avait une petite touffe de poils au-dessus)...

Sur la prairie, travaillaient un nombre impressionnant de trolls ultramusculeux, en T-shirt blanc et pantacourt moulant. Regroupés par couleur de pantacourt et par nuance de rouge à lèvres, ils devisaient gaiement qui en ravaudant, qui en cousant des ourlets, qui en raccommodant des fermetures Éclair.

– Salut, les choupinets ! lança l'un d'eux en avisant les nouveaux venus. Vous prenez une aiguille ?

Perdue dans la contemplation des créatures, Ézoah secoua la tête. Les trolls ne ressemblaient à rien de ce qu'elle connaissait. Il y avait du géant velu, en eux : le crâne des plus grands devait culminer à deux mètres cinquante, et leurs barbes fournies traînaient parfois sur le sol. Ils avaient aussi la carrure massive et difforme, pour le commun des mortels, qu'ont les bodybuilders : pas un endroit de leur corps qui ne fût pas pourvu de muscles surdimensionnés. Ils auraient aussi pu passer pour des motards en grande tenue : combinaison de cuir moulant leur silhouette carrée, bracelets de force aux poignets et visages burinés par une longue exposition au soleil et aux intempéries.

Mais c'est là que les choses commençaient de clocher. En s'approchant de l'un d'eux, la fillette s'aperçut que ces gros lourdauds sentaient super bon. De leurs cheveux émanait un parfum sucré et paisible, entre lavande et camomille, qui lui rappelait les sels de bain de Maribel. Les corps des trolls exhalait un arôme doux de tarte aux pommes. Et leurs tenues étaient émaillées de détails inattendus : tel portait des dentelles noires aux revers des manches ; tel autre, au torse de taureau, arborait sur son poitrail un collier de perles en bois, où pendouillait un cercle de bois frappé des mots suivants : « Pour mon Choupinet, ta maman qui t'aime très fort ».

– Il a de la chance, hein ? chuchota un troll en avisant le regard curieux qu'Ézoah avait posé sur le médaillon.

La fillette acquiesça.

– Il a une mère comme ça, murmura-t-il en embrassant les doigts de sa main droite avant de se remettre à coudre.

Car le plus stupéfiant, c'étaient ces expressions appliquées qui passaient sur le visage des costauds tandis qu'ils cousaient, tricotaient ou s'escrimaient devant un ouvrage au crochet, à la dentelle ou au point de croix.

Ézoah pensa que c'était normal, dans le monde de l'inverse, que des trolls massifs fussent aussi inoffensifs. Par contre, ce qu'elle vit en levant les yeux la surprit.

– Ils ont l'air bizarres, souffla-t-elle à Tanita alors qu'un fou rire cristallin courait doucement dans la prairie, chaque créature s'y mettant à son tour.

– Mais non, répliqua celle-ci, ils sont très trolls, c'est tout !

– Je parlais pas des trolls, rectifia la fillette. Je pensais aux ponts.

– Tu les trouves bizarres ? Pourquoi ?

– Ben... Aucun ne mène sur l'autre rive. J'imagine que, avant, ils reliaient les deux rives ; et, depuis quelques lunerées, ils se sont mis à délirer ?

– Hein ? Pas du tout ! Ils ont toujours été comme ça ! Un pont qui irait d'une rive à l'autre, ça n'aurait aucun intérêt ! On a une insulte, chez nous, pour ça : les gens un peu balourds, on les traite de « gros ponts », par opposition aux ponts comme ceux que tu vois, fins, racés, sexy, quoi !

« Bien sûr, on est dans le monde de l'inverse ! » pensa Ézoah. Elle ne s'y ferait jamais !

Cependant, un détail la chiffonnait :

– Tu trouves ces ponts sexy ?

– Pas toi ? s'étonna Tanita.

– Euh... Peut-être, mais, dans ce cas, comment va-t-on sur l'autre rive ? Il faut faire le tour ?

– Pour aller à minuscule ? Oh, non, il suffit de demander aux trolls couturiers. Ils se feront un plaisir de vous envoyer en l'air !

38.

La déclaration de beauté

– Bonjour ! lança Ézoah au premier troll venu. Il paraît que vous propulsez les gens sur l'autre rive...

Le troll lui sourit et se gratta l'oreille droite :

– Oui, j'adore ça !

– Eh bien, justement, mon copain et moi aimerions bien aller là-bas...

– Volontiers ! Quand voulez-vous partir ?

– Tout de suite... si possible !

– Ah, désolé. Là, je suis en train de recoudre une série d'élastiques qui se sont détendus.

La fillette haussa les épaules :

– C'est pas grave, j'attendrai. Vous en avez pour longtemps ?

– Hum, difficile à dire, comme ça... Si j'ai l'inspiration, oui, ça peut prendre plusieurs lunerées.

– Et vous n'allez pas vous accorder une pause entre deux élastiques ?

La créature grimaça et se gratta l'oreille gauche :

– Je suis vraiment désolé, mais je ne peux rien vous promettre. J'ai du travail.

– Bon... tant pis !

Le deuxième troll venu était lui aussi disposé à propulser Ézoah MAIS pas dans l'immédiat : il avait un travail urgent à finir.

Le troisième troll venu était partant, comme les précédents, MAIS il n'était pas très en forme. Pour la sécurité de ses passagers, il préférait se reposer jusqu'à une lune indéterminée, de peur de ne les envoyer qu'au milieu du lac.

Au quatrième troll venu, Ézoah en avait ras-le-bol. Elle aurait aimé bizardouiller un zarbidule pour passer ce lac. Cependant, cela lui semblait au-delà de ses forces. Le lac était trop grand. Construire un bateau et concevoir un système de propulsion lui demanderait trop de temps.

Voyant son désarroi, Tanita proposa de lui donner un coup de main. Elle s'approcha d'un gros troll à la barbe pailletée. Il avait un superbe T-shirt orné d'une fleur sous son perfecto. Une fleur bleu vif dont un pétale s'était détaché y poussait sur fond rose pâle, avec une inscription :

Chacun sa fleur, chacun son jardin,
Passe le pétale à ton voisin !

– Salut ! lança-t-elle. On se connaît ?

– Euh... J'crois pas...

– Tanita, de Gratte-terre & Co.

– Enchanté !

– J'ai deux passagers pour toi. Ils voudraient que tu les propulses vers minuscule.

– Ah, avec plaisir ! J'aime beaucoup propulser.

– Merci ! s'exclama la fillette. SVEN !

– Tut, tut, tut, ne nous emballons pas, jeune fille, rectifia la créature. Il faut d'abord que je finisse ma...

– Tu n'as pas l'air d'avoir compris, intervint Tanita. Je t'ai demandé si on se connaissait.

– Ben oui... Un peu... Tu t'es présentée, et...

– Je te rappelle que suis chargée des prospections de terrains libres par Gratte-terre & Co.

Elle ouvrit sa mallette et en sortit un petit bâton de dynamite ainsi qu'un briquet.

– Tu vois ce que je veux dire ?

– Oui, tout à fait, dit le troll.

Il lui sourit et se replongea dans sa couture.

– Non, je pense que tu n'as toujours pas compris, grommela Tanita.

Et elle rapprocha le briquet de la mèche.

– Ne t'énerve pas, ma sœur ! lâcha le troll sans cesser de sourire. Songe à la douceur de vivre là tous ensemble... La nature est magnifique, nous sommes ses enfants, et...

Tanita battit son briquet et la flamme jaillit. À deux doigts de l'explosif.

« Elle est folle, ça se confirme ! » pensa Ézoah.

Un doigt et demi.

– Tu veux que je les propulse maintenant, c'est ça ? devina le troll en reposant son ouvrage.

Un doigt.

Tanita acquiesça avec enthousiasme :

– Ouiii ! J'avais peur d'être obligée de devoir faire des trous pour tester cette prairie, mais je pense que je reviendrai plus tard...

– SVEN ! cria derechef Ézoah.

Le garçon était en train de montrer son blablivre à une jeune trollette court vêtue et puissamment charpentée.

– Quoi ? grogna-t-il.

– On y va !

– Pfff... On peut pas être tranquille deux minutes... À plus ! J'espère qu'on se reverra...

– Moi aussi, lui répondit la trollette avec un sourire très charmeur.

Le garçon partit à reculons, renonçant au pas chassé pour profiter plus longtemps de cette vision, ô combien agréable, d'un sourire de fille qu'il avait conquise.

L'instant d'après, il hurlait.

Car Ézoah était de nouveau pressée. Elle avait hâté la séparation avec Tanita. Elle aurait aimé disposer de plus de temps pour en savoir davantage sur cette fille. Elle aimait le caractère trempé et le matériel de bricoleuse que ne quittait jamais la dynamiteuse. Mais elle avait assez lambiné en route. Il était temps de trouver ce fameux Elder. Si d'aventure il était à minuscule, elle ne voulait pas le rater d'un rien, parce qu'elle avait bavardé alors qu'il était (peut-être) à sa portée !

Le troll avait donc saisi la fillette dans son énorme bras droit, et Sven dans son énorme bras gauche. Il prit son élan. Il fit tournoyer les enfants dans les airs, puis les jeta en criant :

– Bon voyage !

Le voyage ne fut pas bon.

Loin de là.

L'air glacé, les turbulences, les secousses liées à un lancer tonique, certes, mais manquant quelque peu de souplesse... les reproches auraient pu être nombreux, n'eussent été deux qualités : la rapidité et la précision.

Les enfants atterrirent en effet pile au milieu d'un couloir en sable doux, qui amortit considérablement le choc et leur permit de ralentir leur course en douceur. Quand il se releva, Sven tanguait et boudait à la fois. Il commença de marcher à côté d'Ézoah, le visage fermé, la mine sombre, les traits figés dans un rictus glaçant.

– Elle s'appelait comment ? s'enquit la fillette.

– Qui ça ?

– Ta trollette chérie.

– C'est pas ma trollette chérie. Tu n'es pas obligée d'être insultante.

– Je l'insulte pas ! Je voudrais juste savoir ce qu'elle a d'assez exceptionnel pour que tu tires une telle tête alors qu'on est sur le point d'arriver au bout de notre expédition...

– J'aime discuter avec les gens, rétorqua Sven. Et, en discutant, je m'attache. Ça n'a rien de scandaleux.

– Enfin, tu t'attaches surtout aux filles.

– Non, je m'attache aux gens ouverts, intelligents, disponibles, riches de leur différence. Pas aux petites cheftaines montées en graine comme cette Tanita, par exemple...

– Ah, ça, elle t'a coupé le sifflet !

– Exactement. Elle m'a empêché de m'exprimer.

– Moi aussi, parfois, je t'empêche de t'exprimer.

– Oui, mais toi, c'est pas pareil.

– Ah bon ? Pourquoi ?

– Oh, fais pas ton innocente, ça va...

Ézoah posa la main sur le bras de Sven :

– Attends, là ! Je fais pas mon innocente ! Qu'est-ce que tu veux dire ?

– Comme si tu ne le savais pas !

– Mais je ne le sais pas ! Enfin, peut-être que je le saurais si je comprenais de quoi tu parles !

– Eh bien, même si c'est structurellement très antisubjectif, toi, tu es belle, voilà ! Et maintenant, on va le voir, ton Elder ?

Sven s'était dégagé et avait avancé de quelques pas.

Ézoah, elle, s'était figée.

– P... pardon..., bégaya-t-elle. Tu peux répéter ce que tu as dit ?

– Tu es belle, et c'est pas une insulte, au cas où tu ne serais pas au courant !

La fillette écarquilla les yeux. Puis les referma.

– Wouah ! Merci, Sven. Tu sais que tu peux être gentil, quand tu veux ?

– Je ne suis pas gentil, grommela le garçon. Je suis anti-subjectif, c'est pas pareil. Tu viens ?

Il désignait une grande route qui partait du bord du lac et s'enfonçait vers un réseau labyrinthique de rues bordées de deux rangées de murs très hauts.

– Oui, j'arrive, j'arrive... T'es sûr que c'est par là ?

– Certain : l'endroit a l'air gigantesque. Ça doit donc être minuscule.

Brusquement, la fillette n'était plus si préoccupée à l'idée de voir Elder.

Elle avait déjà eu des déclarations d'amour. Beaucoup. De toutes sortes : enflammées, vulgaires, poétiques, troublées, pas claires, ratées...

À sept ans, comme toutes les petites filles de sa classe, elle ne comptait déjà plus les petits camarades qui lui avaient promis de l'épouser si elle acceptait de les embrasser sur la bouche. Elle n'avait jamais accepté, parce qu'elle ne trouvait pas ça très intéressant.

À huit ans, ça ne s'était pas arrangé. Elle avait même eu, quelques mois auparavant, une histoire avec un certain Alejandro : la veille de son déménagement, ce garçon était rentré de l'école avec elle ; il l'avait raccompagnée jusque dans sa rue en la tenant par la main ; il lui avait dit : « Je t'aime »... et il s'était enfui en courant

Sur le coup, la fillette s'était dit : « Dommage qu'il parte ! » À la vérité, elle n'avait pas beaucoup prêté attention à lui jusqu'à cette après-midi d'automne ; mais le regret de ne pas l'avoir connu davantage, d'être passée à côté d'une histoire, était resté vif un long moment. Puis il s'était atténué. Elle l'avait presque oublié. Elle ne savait pas exactement ce qu'elle avait raté. Peut-être une occasion de combler un peu le vide de sa vie. Peut-être davantage...

En tout cas, depuis qu'Alejandro avait disparu, ne lui donnant même plus signe de vie, elle s'était sentie attirée par lui comme un papillon par une étoile. Ce qui n'avait aucune importance, désormais, puisque le soleil s'intéressait à elle.

Ézoah prit donc encore un moment pour savourer sa première déclaration de beauté. Qui plus est, faite par un top-model suédois. La grande classe.

Elle fixa le ciel, ses quatre lunes ascendantes et la cinquième, prune, en forme de V ouvert, qui poignait. Elle tenta de photographier dans son cerveau le sentiment d'euphorie qu'elle éprouvait. Puis elle rejoignit son copain dans les faubourgs de la capitale en pensant, revigorée : « Elder, à nous deux ! »

39.

Le monstre câlin

La capitale – s'il s'agissait effectivement de cela – était déserte. Les rues : des couloirs vides. Les panneaux indicateurs : blancs. Alentour : personne. Ce qui confortait Sven dans sa certitude d'être à minuscule : cet endroit sinistre était digne d'être la capitale du monde de l'inverse.

Cependant, la certitude du garçon inquiétait Ézoah. Si la capitale était bel et bien déserte, alors non seulement ils ne trouveraient personne pour leur indiquer où se trouvait Elder... mais Elder lui-même ne serait pas là.

Soudain, une silhouette étrange surgit au détour d'un couloir.

– Arrête ! chuchota Sven, encore plus blême qu'à son habitude. Y a un monstre, Ézoah !

– Ben alors, ton gling ne fait plus chpof ? rétorqua la fillette sans ralentir. Un monstre, dans le monde de l'inverse, c'est forcément une bonne nouvelle !

– Non, non, là, j'le sens mal, j't'assure ! Il est trop moche, ça rigole plus...

– Je vois pas pourquoi !

– Il a trois yeux... cinq bras... des milliers de pois roses sur sa peau verte... des millions de pustules... des milliards de dents… Il est très laid, il pue – je le sens d'ici –, et… aaaaah ! Il nous a vus ! On va mourir !

– Sven, je te préviens, si tu me fais tes adieux, je te tue.

– Ne te donne pas cette peine : le monstre va s'en charger !

– Madame, monsieur, bonjour ! lança la créature avec jovialité. Si je peux faire quoi que ce soit pour vous être utile, n'hésitez pas à me le réclamer : je suis à vot' service !

– Tiens, qu'est-ce que je te disais ! lança Ézoah à Sven.

– Gnagnagna, commenta le garçon.

– Est-ce que vous pourriez nous indiquer où se trouve Elder ? demanda la fillette.

– Ah, ça, non ! Mais je peux vous faire un câlin, en revanche !

– C'est très gentil de votre part…

– Non, vraiment, n'hésitez pas : ça me fera plaisir, insista le monstre en s'approchant encore. À vot' service !

– Je n'en doute pas, rétorqua Sven, qui se boucha le nez et recula d'un pas. Simplement, vous puez, vous êtes moche, vous suintez, et…

– Aucune importance, dit la créature en souriant. Je veux bien vous faire un câlin quand même. À vot' service !

– Non merci, trancha Ézoah. Nous cherchons Elder. Si vous ne pouvez pas nous aider, laissez-nous tranquilles.

– Oui, à vot' service, mam'selle ! Mais d'abord, je vais vous faire un câlin.

Le garçon se frappa le front :

– Voilà pourquoi c'est un monstre à pois : dans le monde de l'inverse, cela indique qu'on est rayé – et c'est pour ça qu'il se répète !

Sven essaya de rire de sa découverte. Raté.

Car le monstre s'était approché; et, de près, il était terrible : une espèce de liqueur épaisse aux relents de colle forte coulait sur sa peau.

Agacée de ne pas s'être assez méfiée de la créature malgré l'avertissement de Sven, la fillette avait plongé la main dans son sac à merveilles. L'heure était au bizardouillage d'urgence !

Elle plongea dans un bout de circuit électronique une aiguille subtilisée à un troll couturier, qu'elle monta en dérivation avec une allumette, un éclat de verre rouge ainsi qu'une dent de lait. Elle prit le garçon par la main et l'entraîna sur sa droite. Le monstre se dirigea vers eux, tout sourires, jusqu'à ce que la fillette projetât son zarbidule par terre, avec force.

D'un coup, la créature parut désorientée. Elle battit des cinq bras, agita ses yeux, puis s'éloigna en regardant autour d'elle, perplexe.

– On est invisibles ? s'enquit Sven.

– Ça va pas la tête ? protesta sa copine. Je fais pas de la magie, moi : je bizardouille !

– Et qu'est-ce que tu as... bizardouillé, alors ?

– Un bouclier qui empêche les monstres de sentir notre présence. Mais il a une durée de vie limitée. Alors... dépêchons-nous de déguerpir avant qu'il ne revienne !

Les enfants prirent le pas de course et s'enfoncèrent davantage dans ce qui leur semblait être minuscule. Peut-être Elder les attendait-il au prochain tournant...

40.

La blablatte

Ézoah et Sven étaient parvenus en courant (enfin, Sven en pas-chassant) à un carrefour. Toujours personne en vue.

Deux couloirs bordés de hauts murs s'offraient aux enfants. Ils convinrent de prendre la plus étroite. Si la capitale était très grande car elle s'appelait minuscule, ce qu'elle avait de plus important ne pouvait se situer que dans la plus tortueuse de ses venelles.

Or, celle où s'étaient engagés les deux amis était parfaitement tortueuse, idéalement pouilleuse et absolument horripilante. Ils sentaient qu'ils avaient fait le bon choix.

Bon signe : le couloir ne déboucha sur rien, à perte de vue. Au bout du boyau, il n'y avait qu'une étendue de terre parsemée çà et là de cailloux, sous un ciel sale et gris.

– C'est triste comme un parking pour anges, commenta à mi-voix Sven.

À plusieurs dizaines de mètres, un pan de mur en ruine était troué par une solide porte et bardée de serrures, cadenas, verrous impressionnants. Apparemment, elle était fermée. La peinture du battant métallique était écaillée, dévoilant une surface rouillée.

– Wouah, une grande porte pas belle sur un mur pas beau ! résuma Ézoah. Puisque, ici, tout est à l'envers, on doit être au cœur de minuscule.

Les enfants s'entreregardèrent. Serrèrent le poing. Ils avaient gagné. Ensemble, ils avaient trouvé le bout du monde de l'inverse.

D'elle-même, en se dirigeant vers la grande porte de minuscule, Ézoah se mit à fredonner le refrain qu'elle avait chanté dans la pièce interdite du Casino des moutons :

Je pars au bout des mondes.
Aussi loin que je le peux !
Aussi loin que je le veux !
Je pars au bout des mondes...

Sven la rejoignit à la reprise. Il chantait très faux. Cela n'avait aucune importance. Les enfants s'approchaient au ralenti, savourant leur victoire commune.

Lorsqu'ils atteignirent la porte, qui se révéla légèrement entrebâillée, le garçon tendit l'index vers Ézoah :

– À toi l'honneur !

La fillette s'inclina... et repoussa la porte d'un coup d'épaule.

– T'es folle ! s'exclama Sven. On veut pas rester ici éternellement ! Elder n'est pas dans la capitale, il faut aller voir ailleurs !

Ézoah observait avec étonnement le garçon.

– Ben, c'est ce que j'ai essayé de faire ! expliqua-t-elle. Pour quitter le monde de l'inverse, on doit sans doute fermer le passage, et non l'ouvrir...

Le petit Suédois réfléchit, puis admit, d'un ton presque admiratif :

– Pas antisubjectif du tout, dis donc... Sauf que ça ne fonctionne pas, puisqu'on est là.

Il observa la porte de plus près.

– Elle n'est pas très bien fermée, constata-t-il.

Il essaya de la fermer mieux. Fit la courte échelle à la fillette pour qu'elle vérifiât les verrous. Poussa le battant. La secoua. En vain. Puis avisa un anneau sur la porte.

– Un cadenas ! murmura-t-il. Il manque un cadenas...

– Là ! s'écria Ézoah qui scrutait les alentours.

Près de la porte, elle venait de repérer l'éclat métallique d'un cadenas. Elle le ramassa, le posa sur la porte, essaya de le fermer. Mais le cadenas était de ceux que l'on ne peut fermer qu'avec une clef. Et soudain, Ézoah bondit en arrière, horrifiée : il y avait un énorme cafard sur l'objet qu'elle avait attrapé !

L'insecte stridulait, hystérique.

La fillette n'était pas au bout de ses surprises : son copain aussi s'était mis à striduler. Il se pencha pour récupérer le cafard.

– Arrête, Sven ! protesta Ézoah. Un cafard, c'est immonde !

– C'est pas un cafard, c'est une blablatte très mignonne ! affirma le garçon, qui posa l'insecte sur son blablivre et se remit à striduler.

– J'te dis qu'c'est un cafard !

– Un cafard qui parle blabla, on appelle ça une blablatte, quand on a un peu de vocabulaire ! Tu te souviens du blabla, quand même ?

– Oui, la blablaothèque où tous les blablivres sont pleins de blablas, et blabla...

– Eh bien, à force de lire du blabla, il faut croire que j'en ai appris les rudiments. Dire que je ne m'en étais pas rendu compte !

– JE M'EN FICHE ! JETTE CE CAFARD TOUT DE SUITE !

– Calme-toi, Zozo...

– NE M'APPELLE PAS ZOZO !

L'insecte stridula avec conviction. Sven éclata de rire.

– QU'EST-CE QU'IL Y A, ENCORE ? rugit Ézoah, hors d'elle.

– Oh, rien, rien...

– Comment ça, RIEN ? Ne dis pas RIEN ! Cet immondice t'a dit QUELQUE CHOSE !

– C'est juste que... juste que...

Le petit Suédois était hilare. Il essuya les larmes qui coulaient de ses yeux avant d'expliquer :

– Cette blablatte fait des blablagues en blabla...

– Et alors ?

– Eh bien, elle vient de m'en raconter une où... hi, hi, hi ! C'est excellent !

Le garçon riait sans pouvoir s'arrêter.

– Raconte ta blague, qu'on en finisse ! exigea-t-elle, furieuse. Je te préviens, je n'aime pas qu'on se moque de moi !

– Je voudrais bien, mais c'est... Hi, hi, hi ! C'est intraduisible !

– RACONTE, je te dis !

– Eh bien, attends, euh... Blablablablabla, blaBLA, blablablablablabla, BLA, blablablablabla, blabla ! Ha, ha, ha ! Hou, hou, hou !

Le visage de la fillette se ferma et se tourna vers la porte. Sven ne l'intéressait plus. Il était bien mignon, mais elle voulait trouver Elder. Assez perdu de temps.

Elle repoussa derechef la porte. Ramassa le cadenas qu'elle avait lâché et que son copain avait débarrassé du cafard. Elle le plaça à un anneau, sur la porte. L'accrocha à un anneau placé sur le chambranle... mais pas moyen de fermer le cadenas. Elle s'acharna dessus. Puis changea de stratégie et posa la main sur la surface écaillée comme elle l'avait fait au casino. Sans effet.

Vite ! Un bizardouillage ! Elle fouilla dans son sac à merveilles. Saisit plusieurs bouts de trucs. Les abandonna dans son fouillis. Elle ne *voyait* pas. N'avait pas l'inspiration. Sentait que ses zarbidules seraient inutiles face à cette porte. Sven lui posa une main sur l'épaule.

– Restons ici ! suggéra-t-il. Nous construirons une cabane pour toi, une cabane pour moi, et une autre pour la blablatte.

Ézoah était partagée entre agacement et inquiétude :

– Mais on ne peut pas rester ici ! Il n'y a rien !

– Et alors ?

– Eh bien, qu'est-ce qu'on va manger, par exemple ?

– Rien, donc beaucoup : on est dans le monde de l'inverse, ne l'oublie pas !

Le bedon de la fillette gargouilla : monde de l'inverse ou pas, elle avait déjà faim à l'idée qu'elle allait avoir faim ! D'ailleurs, maintenant qu'elle y pensait, depuis quand n'avait-elle pas mangé ? Son dernier festin lui semblait remonter aux cacahuètes grignotées au bar de l'Hôtel bleu...

Elle se tourna vers le garçon pour protester. Celui-ci s'était désintéressé d'elle. Accroupi, il blablattait avec le cafard stridulant. Il observait son palais. Ézoah aperçut au milieu des cailloux une petite grotte impeccable, éclairée par des rangées de vers luisants, qui faisaient pousser des cris d'admiration à son copain.

Elle abandonna. Pivota et se dirigea vers l'étendue de rien. Elle contourna le mur. De l'autre côté de la grande porte, il n'y avait rien. Elle s'éloigna, la gorge serrée. Elle ne savait pas où elle allait. Mais elle ne pouvait pas rester là, à regarder un beau gosse minauder devant un cafard. Elle devait trouver Elder. Seule, s'il le fallait.

– AAAAAAAAAAAAAAH ! hurla Sven. ÉZOAAAA-AAAAAAAAAAAH !

– C'est ça, marmonna la fillette. Hurle toujours, tu m'intéresses !

Le garçon ne s'en priva pas :

– J'ai trouvé la clef ! La clef du cadenas ! La clef qui permet de fermer le cadenas de la porte qu'on doit fermer si on veut l'ouvrir !

Ézoah marqua un temps d'arrêt. Ce qui permit à Sven de la rejoindre, après un grand sprint un peu lent à pas chassés.

Le garçon, hors d'haleine, émit quelques râles pour s'expliquer, avant de renoncer à parler. Il se contenta de lui montrer une grosse clef rutilante. La fillette lâcha :

– Tu penses que c'est la clef qui nous manque pour...

Sven acquiesça vigoureusement, le souffle court :

– La... blablatte l'a trouvée en bas du mur... elle croyait que... que c'était une sculpture postsymbolique... elle veut bien me la... prêter le temps... qu'on franchisse la porte...

La fillette prit la clef. Elle hésita. Et si, pour la première fois depuis qu'elle l'avait rencontré, Sven avait fait preuve d'esprit pratique ? Son cœur s'emballa.

– Viens ! s'écria-t-elle en prenant le garçon par la main.

– Dou… ce… ment…, supplia Sven, au bord de l'asphyxie.

Mais la fillette fonçait vers la porte. Tremblant d'excitation, elle introduisit l'objet dans le cadenas. Il rentrait !

Elle piqua un gros, gros bisou, sur la joue de Sven et lui lança :

– Tu vois ! Quand tu veux, tu peux être utile !

Elle attrapa le garçon par la manche. Sven eut le temps d'entendre une dernière stridulation avant de basculer dans le noir ; et il devint tout triste car il n'avait plus le cafard.

La fillette, elle, regarda le ciel au moment où elle tourna la clef. Elle se disait que, plus tard, bientôt, peut-être, elle marcherait avec Sven dans la lumière des lunes, et Elder serait avec eux.

Lune rayée naissante

La bataille de la Pensée

C'est le silence qui se remarquait le plus.

Dans la chambre du Gardien et la salle des Envoyés, tout le monde s'était tu. Les champions venus protéger le vieillard retenaient leur souffle, l'oreille collée à l'armure du chevalier blanc. Dans la chambre, même Black avait coupé le son ; et la Pensée intrépide regardait sans un mot les silhouettes des cyclopes s'approcher d'elle.

Ce n'étaient pas des cyclopes moyens, hauts de deux mètres, laids à faire peur, musclés de l'orteil aux mandibules. Ceux-ci mesuraient trois mètres au bas mot. Et ils étaient encore plus impressionnants que leurs semblables miniatures. Leurs bras : des chênes massifs. Leurs cuisses : des baobabs. Leurs troncs : d'énormes malles d'ébène.

Et, face à ces huit monstres, stupéfaits de découvrir un dernier rempart entre le Gardien et eux, la Pensée, gracieuse et fluette, qui les observait froidement, consciente qu'ils seraient sans doute la dernière image qu'elle emporterait au paradis vert où, dit-on, finissent toutes les plantes.

Tant pis. Quand ils l'auraient fauchée, elle aurait tout loisir de se souvenir de ses vertes années. De la rosée du matin.

De la caresse du soleil. Dans l'immédiat, elle allait faire ce pour quoi elle était ici : tuer.

Et, si besoin, être tuée.

La Pensée rompit cette paix précaire en faisant craquer ses pétales. Et tout s'enchaîna.

- Qu'est-ce qui s'passe? cria Tipoussin en martelant l'armure du chevalier avec son bec, à la manière d'un pivert.

Black s'éclaircit la voix, qui devint cristalline :

- Malepeste! Huit féroces guerriers observent la Pensée! Oncques ne vit plus hideuses créatures. Bardées de fer, caparaçonnées de cuir et armées de gourdins, elles toisent leur adversaire comme s'il n'était qu'enfant de lombric.

- Mais je vais le zigouiller! menaça Athör en martelant l'armure du chevalier. Dis juste ce qui s'passe!

- Me frappe pas, je sais pas dire juste! protesta Black. Dans la vraie vie, je raconte des histoires! On m'a envoyé là parce que personne ne voulait venir, c'est tout!

- T'énerve pas, petit, reprirent huit centimètres de dur à cuire d'un pépiement plus posé. Raconte comme tu peux, on te coupera quand tu nous déplumeras les ailes.

- Eh bien, euh...

Le chevalier, au bord des larmes, reprit son style fleuri pour narrer ce qui suit :

- Immenses sont les... Immenses sont les... les... Non, je sens que je vous embête...

- RACONTE! feula Layla en faisant crisser une griffe affûtée sur le dos du chevalier.

- Immenses sont les colosses, huit est leur nombre, souple et fine et rapide leur adversaire qui... La peste soit du coquin! Un fieffé malfrat l'ayant menacée, la voilà qui se jette sur lui. Elle feinte, fuse, brandit son pétale droit et... quelle maîtresse femme! La luronne, qui s'est hissée le long de cette montagne inhumaine, a commis l'irréparable - voir, dans la même série, du même auteur, l'excellent récit qui...

- RA...

- ... RACON...

- ... CONTE! tonna à son tour ZzzennN.

- Elle lui a tranché la tête, le sang pisse partout!

- Ben voilà, commenta Tipoussin. Tu vois que tu peux, quand tu veux!

- Mais un deuxième félon, la stupeur à peine dissipée, se jette sur notre courageuse alliée, s'en saisit, la menace d'un... Oh, il prend une feuille de la gente fleur dans ces gigantesques étaux qu'il est presque disconvenant d'appeler « mains » tant le mot semble faible en regard de l'énormité de la chose. Sans doute conviendrait-il mieux de...

- RACONTE! cria Athör. Ou je vais te...

- Ah! Rendons grâces, les amis! Rendons grâces! Force reste à la Pensée! Oui, le drame le plus joyeux qui soit survient à l'instant même! Le cyclope a relâché la demoiselle en fleur. Il a porté au visage les battoirs qui lui servent de poigne et, sous le regard ébahi de ses partenaires en félonie, il tombe à genoux. Il s'effondre sur le sol. Il soubresaute. Et il ne bouge plus, youh-ouh!

Layla tapa un coussinet contre une serre de Tipoussin.

- Le coup du gaz toxique! commenta-t-elle en frémissant des moustaches. Bien vu!

- C'est une belle plante, notre Pensée! se rengorgea Tipoussin en sautillant de joie. Quand j'pense que j'voulais l'app'ler Pistilette ou Zouzinette, au début! Bombinette lui convient vachement mieux!

- Chuuu...

- ... uuuuu...
- ... uuuuuuuuuut ! Les coupa ZzzennN.
- Ouais, on n'entend plus rien, nous ! protesta le Viking.

Ils étaient tous positionnés autour de Black, serres, griffes ou poings crispés, mâchoires serrées, visages tendus. Et le chevalier triomphait :

- Oh, mes enfants, quelle victoire ! Quelle grande victoire pour nos mondes ! Quelle victoire exceptionn... Merde, il reste encore six salopards !
- Hé, Black ! souffla Tipoussin. Surveille comment tu causes ! Y a quand même des dames, parmi nous.
- D'un pas gourd et massif, un représentant de l'engeance honnie des cyclopes se presse vers le lit du Gardien. Mais - la lune grenadine soit louée -, la Pensée a vu le malfaisant !
- Ouais ! s'exclama Athör.
- Chuuut ! grondèrent les autres.
- La voilà qui se jette à terre et insinue son corps souple de liane vivante entre les jambes gigantesques de la créature cyclop...
- COUPE LES DÉTAILS ET RACONTE ! rugit Tipoussin.
- La Pensée saisit son adversaire par la jambe, elle s'enroule autour de lui, et soudain, elle... elle fait n'importe quoi !

Un gros son sourd retentit. Le Donjon trembla et le ciel, déjà gris, sembla s'obscurcir davantage.

- Qu'est-ce qui s'passe ? glapit Layla, en frappant l'armure avec ses coussinets. Mais qu'est-ce qui s'passe ?
- Elle a tiré sur la jambe du type, elle l'a fait tomber, un autre cyclope s'approche, la Pensée s'accroche, son corps se tend, elle soulève le salopard...

- Black! protesta Tipoussin. Les dames!

- Attends, c'est dingue, elle... En fait, j'vois plus rien! Si! Elle tourne sur elle-même! Elle tourne de plus en plus vite! Elle n'a pas lâché le cyclope! Elle est devenue toute floue! Elle va décoller, elle... Elle l'a lâché! Le mec s'est agrippé à son pote, mais il va trop vite, il l'entraîne avec lui, et, soudain, c'est le dr...

Un bruit impressionnant de verre brisé. Puis un cri. Deux en fait. Puis un plouf.

Et le silence.

- Par la miséricorde du sycophante mollichon! glapit Black d'une voix toujours suraiguë.

Pendant qu'il était incrusté dans le mur, le chevalier avait subi les déformations de la chambre. Il était désormais quatre fois plus large que grand. Mais sa voix était restée la même!

- La Pensée tourne encore sur elle-même, mais elle redevient nette, poursuivit-il. Elle vient de projeter le cyclope à la manière d'une fronde, l'outrecuidant a entraîné son complice avec lui, et les deux malfrats ont fait exploser les vitraux avant de s'écraser dans la mer. Oncques ne vit... La vache, oh la vache! Y en a un qui veut buter le Gardien!

- QUOI? rugirent les Envoyés.

- Oui-da, messires, tel est le triste propos du méchant être que voilà! D'un geste prompt et sournois, il... Aïe! Me frappez pas, chuis coincé, quoi, à la fin!

- RACONTE!

- Ben le cyclope tout moche a viré les tentures et... Oh, y a le Gardien, les gars! Je vois le Gardien! C'est lui! Il a changé, depuis le temps! Il a pas l'air en super forme, mais, malgré tout ce boucan, il dort!

- Il ne dort pas, gronda Layla. Il est sûrement en transe!

- Ah *ouais* ? rétorqua Black. Ben puisque tu sais tout mieux qu'moi, t'as qu'à raconter !

Un froissement de tentures volant dans les airs et un bruit de choc parvinrent aux Envoyés.

- Raconte, Black ! supplia Tipoussin.

- Non, non, c'est terminé. Madame la tigresse sait tout mieux que moi.

- Excuse-toi, Layla, murmura le volatile.

- Moi ? M'excuser ? Pourquoi ? Comme s'il pouvait s'empêcher de parler, celui-là...

- Bien sûr que je peux m'empêcher de parler ! fanfaronna le chevalier blanc. Si je veux, je ne piperai phrase. D'ailleurs, quand je suis arrivé ici, je ne parlais pas, et je me demande si je n'avais pas raison. Mais bon, j'ai pensé que si je continuais à me taire, vous croiriez que je boude, alors j'ai émis quelques propos. Désormais, je ne prononcerai plus un... Ventre-saint-gris ! Le monstre lève sa rapière...

- Sa *quoi* ? grogna Tipoussin.

- Sa rapière ! La lame qu'il tient dans sa dextre !

- Dans sa *quoi* ?

- Dans sa dextre, dis ! Tu écoutes ou quoi ?

- Ouais, mais j'comprends que dalle ! lança l'oiseau, agacé.

Le conteur poursuivait déjà :

- La senestre en balancier, le diabolique personnage se prépare à frapper violemment le Gardien. Non, il a levé la tête. Car la Pensée, comprenant le noir dessein du vilain, a pivoté, s'est saisie d'un autre cyclope, et... Oh ! Ooooh !

Les Envoyés perçurent des cris graves et puissants.

- La vache ! commenta simplement Black. La vache, la vache, la vache ! Il se passe un TRUC !

- Ce type me tue..., souffla Layla en grinçant des crocs. Je ne peux pas rester là, je...

Enrageant, impuissante, elle se heurta contre la paroi, qui ne vibra seulement pas, malgré la puissance du choc.

- La Pensée a projeté un autre cyclope sur celui qui s'apprêtait à perpétrer un crime infâme ! annonça Black. Elle a suivi le mouvement ! Elle est sur eux. Elle...

Cette fois, des hurlements de douleur interrompirent le conteur, qui reprit dès qu'il put se faire entendre :

- Triste nouvelle pour les amateurs de cyclopes, mais trop bonne pour les autres : d'après ce que je vois, la fleur a semé une graine dans l'œil de chacun des monstres et ils n'y voient plus... Ils donnent de grands coups d'épée au hasard. La Pensée esquive une botte réflexe portée par le plus massif des deux, et... Oh ! Oooh !

De nouveaux hurlements. Des râles. Puis :

- Ils viennent de s'embrocher. Ça saigne ! C'est trashouille ! Je vais vomir ! Il y a une fleur qui sort de l'œil de chacun des cadavres !

- Bravo, poupée ! lança Tipoussin à l'adresse de la combattante. Continue ! On est avec toi ! Ils vont en prendre de la graine, ha, ha !

- Tu crois vraiment que...

- ... que c'est le moment de...

- ... de plaisanter ? s'enquit ZzzennN.

- Woh, l'autre ! lâcha le volatile en haussant les plumes.

- Le Gardien dort toujours ! signala Black.

- Il dort pas, il est en transe, lui rappela la tigresse.

- Hé, mais j'en ai marre, à la f... Tudieu ! L'avant-dernier cyclope s'est jeté sur la Pensée. Elle se retourne. Trop tard ! Le monstre lui a coupé les feuilles !

Athör redoubla de pleurs :

- Non! Veux pas! Veux pas qu'on coupe les feuilles de la Pensée!

Layla s'approcha de lui et lui sauta sur le dos et lui passa une patte autour du cou :

- Ça repoussera, promit-elle. Tu sais, c'est une fleur, et...

- Merveille, la Pensée reprend le contrôle de la situation! annonça Black. Elle s'est glissée jusqu'au cou de son ennemi, et elle a fait un nœud avec sa tige! La voilà qui serre de plus en plus fort! Le monstre grimace, tire la langue, rougit, blêmit... Sa tête retombe!

- Tu vois? dit la tigresse au Viking. Tout s'arrange!

- Non, tout s'arrange pas du tout! Le dernier cyclope vient de... vient de... vient de trancher la corolle de la Pensée.

Un ricanement rocailleux accueillit cette nouvelle. Athör s'effondra en larmes, répétant :

- Je l'savais! Je l'savais!

- Le traître ne perd rien pour attendre! promit Black. Sur mon honneur de chevalier conteur, je laverai la sève de notre amie dans le sang. J'en fais serment!

- Allons, Athör! dit la tigresse. Le chevalier va venger notre amie.

- Mais elle est morte!

- Elle savait ce qu'elle risquait... Elle a été courageuse...

- *Très* courageuse, renchérit Tipoussin en bondissant sur l'épaule du Viking.

- Mais elle est *morte*! insista celui-ci.

- Elle s'est...

- ... s'est bat...

- ... battue comme...

- MAIS-ELLE-EST-MORTE ! martela Athör, coupant l'homme à trois bouches.

- Hé, les gars..., intervint Black dans un filet de voix. Faudrait me décoincer vite fait, là... Y a le dernier cyclope qui vient vers moi... Il me menace de la rapière qu'il tient dans sa dextre...

- La quoi qu'il tient dans quoi ? redemanda Tipoussin.

- Il me nargue ! continua le chevalier, trop en colère pour lui répondre. Je le hais ! Il me sourit ! Je le hais ! Il me fixe avec son œil jaune ! Je le hais ! Il agite son épée ! Je le hais !

- Black va mourir..., prophétisa le Viking.

- Il se met en garde ! déclara le conteur. Je le hais, je le hais, je le... Ouf, il se détourne ! Je le hais quand même ! Il se dirige vers le Gardien !

- HEIN ? glapirent les Envoyés en chœur.

- Il est devant le lit ! Il est au chevet du Gardien ! Il lève son épée !

- Le Gardien va mourir ! annonça Athör, paniqué.

- Fais quelque chose, Black ! cria Tipoussin.

- Chpeux pas ! couina le chevalier. Chuis toujours coincé !

Désespérée, Layla bondit contre le mur.

Qui ne frémit pas.

Rien à faire. Athör avait raison. Le Gardien allait mourir.

41.

L'homme troué

De l'autre côté de la grande porte, se dressait un village sans rien de particulier... *a priori*. Quelques rues, des maisons avec des cheminées sur les toits. Ézoah avait l'impression de se trouver dans un dessin qu'elle faisait quand elle était petite. Elle jeta un coup d'œil vers le ciel. Non, il n'y avait pas de soleil jaune qui souriait avec des yeux verts et une bouche rouge. Juste cinq lunes, et une sixième, encore indistincte : elle était en train d'apparaître dans les hauteurs du ciel gris.

À bien y regarder, toutefois, le village n'était pas aussi normal qu'il le semblait. Les maisons n'étaient pas complètes. Certaines avaient des fenêtres sans mur, d'autres des murs sans fenêtre ; certaines avaient plusieurs étages mais pas de rez-de-chaussée, d'autres des rez-de-chaussée d'où partaient des escaliers ne donnant sur rien. Les plus impressionnantes étaient constituées d'un vaste vide au dessus duquel s'élevaient des étages partiels... et des toits complets. Impossible de comprendre comment elles tenaient debout !

Sven s'en moquait. Il appréciait ce calme, qu'il jugeait mérité après la tempête des dernières lunes. Aussi, quand il vit Ézoah se diriger à pas vifs vers l'entrée du village, la suivit-il sans pas-chasser mais len-te-ment.

– Ben, qu'est-ce que t'as ? demanda la fillette.

– J'en ai marre. Je pense que je vais m'arrêter ici.

– Quoi ? Mais pourquoi ? C'est à cause de moi ?

– Oui. Entre autres. Tu as pris la grosse *caput*, *capitis*, comme disent les Latins.

– Pardon ?

– Tes chevilles enflent, Ézoah, traduisit le garçon. Tu t'y crois trop. On fait toujours comme tu décides. À cause de toi, j'ai quitté la blablatte dans son palais alors qu'on avait encore beaucoup de choses à se dire. Je ne crois pas que tu le fasses par méchanceté. C'est dans ton caractère. Par conséquent... sincèrement, j'ai été ravi de te rencontrer, mais je crois que nos chemins vont se séparer ici.

Ézoah ferma les yeux.

– Sven, on est arrivés ici grâce à toi..., murmura-t-elle. On a encore changé de monde. Tu n'es pas pressé de trouver Elder et de rentrer chez toi ?

– Non.

– Ça alors !

– J'ai tout mon temps, insista Sven. En plus, je suis fatigué. Pas toi ?

La fillette hésita.

Personne ne l'attendait. Maribel et Xabi, s'ils s'apercevaient de son absence, penseraient qu'elle était chez une copine – ça les arrangerait bien. Mais elle était pressée parce que les mondes étaient inquiétants et qu'elle avait peur de se retrouver nez à nez avec une catastrophe ou un monstre auquel elle ne saurait pas échapper.

Néanmoins, Sven avait prouvé qu'il pouvait être précieux. Sans lui, elle ne serait pas arrivée ici. Elle devait continuer avec lui.

– D'accord, lâcha-t-elle en rouvrant les paupières. On s'arrête un peu dans ce village, pour que tu te reposes. Et dès que tu es dispos, on repart ensemble. Ça te va ?

Un sourire éclaira le visage du garçon.

– Ça me va, annonça-t-il.

Son blablivre sous le bras gauche, il s'empressa de saisir la main qu'Ézoah lui tendait.

À cet instant, une femme traversa devant eux. Elle était bizarre. En fait, elle n'était pas entière.

Son corps était constitué de morceaux non assemblés. Sa tête était à peu près complète, mais elle n'avait pas de cou. Plus bas, elle avait un tentacule à la place des bras, puis un trou, puis un bout de torse, puis un trou, puis l'autre tentacule. Idem pour les jambes : l'une n'avait pas de cuisse, l'autre était incomplète depuis la rotule jusqu'à la cheville.

– Bonjour ! lança Ézoah en lui adressant un grand geste.

La femme lui rendit son salut et poursuivit son chemin. La fillette la rappela :

– Excusez-moi, est-ce que vous pourriez nous indiquer la direction de...

Son interlocutrice se retourna. D'un geste élégant du tentacule droit, elle parut indiquer sa tempe. Puis elle décocha une sorte de sourire désolé aux enfants et s'éloigna.

– Qu'est-ce que...

– Ses oreilles, intervint Sven. Ou plutôt ses trous : elle nous a montré qu'elle n'avait pas d'oreilles.

– Elle a perçu ta question grâce aux vibrations de l'air. Elle a senti que tu l'interpelais. Et elle t'a répondu à sa façon.

– Et pourquoi elle n'a...

– Pas parlé ? Parce qu'elle n'avait qu'une lèvre. Pas de bouche.

Ézoah rougit, comme si elle avait été prise en faute. Elle n'était pas très à l'aise avec les handicapés. Elle ne comprenait pas comment on pouvait s'organiser sans voir, entendre ou même bouger... Elle pensa que, si ses bizardouillages continuaient à fonctionner, un jour, elle aurait peut-être une idée pour inventer un zarbidule utile à tous.

– T'es drôlement observateur, murmura-t-elle à Sven.

– Qu'est-ce que tu crois ? Quand on sait vraiment lire, on ne lit pas que les livres, on lit aussi la vie.

La fillette en resta bouche bée :

– C'est de toi, cette phrase ?

Le petit Suédois n'eut pas le temps de lui répondre : un halètement puissant s'approchait dans leur dos.

– Vous pouvez pas faire attention ?

L'instant d'après, un nain passa au sprint devant eux. Vêtu d'une tenue de sport maculée de sueur, il portait un bandeau qui lui ceignait une partie de la tête. Mais ce n'était pas un nain : quand Ézoah le vit mieux, elle s'aperçut que c'était un cul-de-jatte qui faisait son footing en glissant sur ses tentacules.

Sven était enthousiaste :

– Quelle vitesse ! C'est sûrement le champion du monde ! Enfin, un champion de ce monde, bien sûr...

Il relâcha sa copine, qui n'aurait pas vu d'inconvénient à rester quelques secondes de plus blotti contre un garde du corps de cette trempe.

– C'est bizarre qu'ils aient tous des tentacules, non ? s'écria Ézoah.

– Pourquoi ? T'as bien des mains, toi !

– Ben, justement...

– T'as vu leurs maisons ? Et leur sol plein de trous ? Des tentacules sont super pratiques pour se glisser partout, s'accrocher... Tu sais, c'est le principe postdarwinien de l'autopoïèse maturano-varélienne : l'évolution est le résultat d'une interaction entre un organisme et son environnement. Par exemple, on peut dire que nous avons découvert le rock'n'roll parce que nous avions des oreilles pour l'entendre, et que nos oreilles se sont habituées à ce son rythmé et tonique...

La fillette connaissait assez Sven pour ne pas chercher à le comprendre. Elle reprit sa progression vers Elder main dans la main d'un beau Suédois. Elle avait connu des moments pires, dans sa vie.

– Tiens, salut, vous ! leur lança un passant qui apparut au détour d'une rue. Quelle chance de vous croiser ici ! Je ne suis arrivé que depuis quelques jours, et je tombe déjà sur vous ! Alors, qu'est-ce que vous devenez, depuis le temps ?

– Euh... On ne s'est jamais rencontrés, je crois, dit prudemment Ézoah.

– Tant mieux ! J'adore croiser de nouvelles têtes. Sinon, à quoi bon se promener dans la rue ? Autant rester chez soi et se promener dans sa chambre !

– Je suis bien de votre avis ! dit Sven.

– J'aime surtout discuter avec des gens différents, expliqua l'homme. Or – j'espère que je ne vous vexerai pas –, je vous trouve très différents.

– C'est réciproque, précisa Ézoah, les dents serrées.

– Vraiment, vous me trouvez différent ? Vous avez l'œil ! Ici, personne ne remarque que je ne suis pas du coin.

– Super... Bon, Sven, on y va ?

– Vous allez où ? s'enquit le passant, comme s'ils avaient été les meilleurs amis des mondes.

Dans la vraie vie, la fillette lui aurait répondu que ça ne le regardait pas. Elle ne parlait pas aux inconnus. Mais elle n'était pas dans la vraie vie. Elle ignorait dans quel monde étrange elle avait encore débarqué. Des conseils de toctoc-tones ne seraient pas inutiles.

– Nous cherchons Elder, déclara-t-elle.

– Ah...

Soudain, l'homme parut se métamorphoser. Là où il était troué, il devint plein ; et, là où il était plein, il devint troué. L'expression de son visage avait changé. Avenante un instant plus tôt, elle était devenue presque menaçante.

Sven le regardait avec de grands yeux.

– Désolé, murmura l'homme. Je suis un peu malade depuis quelques lunerées... Je ne sais pas ce que j'ai...

– Et vous nous disiez, pour Elder...

L'hurluberlu coupa court :

– D'où je viens, ce genre de considération ne nous intéresse pas.

Ézoah ne comprenait pas quelle mouche l'avait piqué.

– D'où vous venez ? répéta-t-elle. Et vous venez d'où ?

– De Mi-ami.

– C'est la capitale de ce monde ?

– La capitale ? répéta l'homme en ricanant. Nous n'avons pas besoin de ce genre de titre, nous. À Mi-ami, nous vivons très bien sans ces honneurs dérisoires. Nous savons juste être des gens amicaux... ou pas, cela dépend des moments. Quant à être une capitale, pour quoi faire ? Nous laissons ces amusements aux gens de peu.

Et, sur ces mots, il tourna le dos aux enfants. Puis il se mit à courir en se retransformant et en criant :

– Hé, j'y crois pas ! C'est toi ? Je pensais pas tomber sur toi ici ! Je viens d'arriver, et j'arrête pas de rencontrer des gens que j'ai envie de connaître... Qu'est-ce que tu fabriques ici ?

Il disparut au coin de la rue, filant vers son nouvel objectif.

Ézoah regarda Sven avec un sourire en coin :

– Tu sais quoi ? Je suis plutôt contente d'être *très* différente de lui...

Le garçon ne lui rendit pas son sourire. Il était pensif.

– J'ai besoin de m'asseoir, annonça-t-il.

Il désignait un banc... qui n'avait pas de pieds. Le siège semblait flotter dans l'air. Pourtant, quand Sven posa prudemment ses fesses dessus, le banc ne s'effondra pas.

– Tu peux t'asseoir, toi aussi, lança-t-il à sa copine, grand seigneur.

La fillette se pencha pour observer l'objet. Elle passa la main dessous. Ne rencontra pas d'obstacle. Se résolut à s'installer et entreprit d'arracher un bout du banc légèrement décollé, afin d'enrichir sa collection de merveilles à bizardouiller.

– Il n'y a pas que l'action, dans la vie, pontifia le petit Suédois. La réflexion, ça compte, aussi.

– Oui, mais ce serait bien si on ne réfléchissait pas trop longtemps, signala Ézoah.

– Nous ne sommes plus dans le monde de l'inverse, poursuivit le garçon sans l'écouter. C'est une évidence. Et comme on n'a pas assez de non-sens pour faire la route dans l'autre sens, nous allons continuer d'explorer ce monde.

– Sven...

– Clarifions la situation et tâchons de déterminer ce qui caractérise ce monde. Je dirais que, ce qu'il y a le plus, jusqu'à présent, c'est ce qui manque.

– SVEN...

– Tu as remarqué que le curieux personnage que nous avons croisé n'était pas complètement achevé ? De même, ce banc ne tient à rien. Quant au village où nous sommes, aucune pancarte n'en indiquait le nom à l'entrée. Je propose d'appeler ce monde le monde du... Aïe !

Le garçon venait de tomber par terre. La fillette bondit sur ses pieds : les pieds du banc étaient en train de se matérialiser de chaque côté, alors que la partie supérieure, sur laquelle s'étaient assis les enfants, disparaissait.

– Mais c'est très périlleux, ces farces ! s'exclama Sven.

– Viens ! s'exclama Ézoah d'un ton impatient, en attrapant son copain par la main. Ce monde ne tourne pas rond, il faut y aller !

– Aller *où* ?

– Chercher notre nouveau copain !

42.

La première fois

Sven voulut se dégager… mais il ne réussit pas à empêcher Ézoah de le tracter vers l'avant.

– Tu as un copain, ici, toi ? s'étonna-t-il, l'air pincé.

– Pour l'instant, non ; bientôt, oui, j'en aurai un. *Nous* en aurons un.

– Et si tu stipulais un peu les prémisses de ta pensée ?

La fillette devina ce qu'il voulait dire.

– Je suis arrivée dans un monde plein d'animaux, vu ? expliqua-t-elle. C'était le premier monde. Toi, tu as débarqué dans un monde où tout était inversé. C'était le deuxième monde. Ici, nous sommes dans un autre monde où il manque plein de bouts de trucs. C'est le troisième monde. Donc…

– Donc *quoi* ?

– Donc il doit y avoir un troisième enfant comme nous ! Allez, Sven, réveille-toi !

Elle pressa le pas. Aucune flèche nulle part. Pas moyen de savoir s'ils se dirigeaient vers la capitale – là où ils avaient le plus de chances de rencontrer Elder.

La fillette s'arrêta pour jeter un coup d'œil sur le seul panneau, posé dans un jardin, indiquant que le potager était divisé en deux : il était mi-figue, à droite, mi-raisin, à gauche. Un triangle d'avertissement annonçait : « DANGER RELATIF ! RISQUE DE MI-GRAINES PERSIS » Un grand trou avait avalé le coin inférieur droit.

Ézoah réaccéléra.

– On avait dit... qu'on ne courrait pas..., lâcha Sven, essoufflé.

– On ne court pas, rétorqua-t-elle, on se dépêche. Elder ne nous attendra pas éternellement. On n'a plus le ch...

– Si !

Soudain, Ézoah sentit qu'elle butait sur un p'tit trou. Son copain avait réussi à se dégager au moment où elle tirait sur son bras pour se rétablir. Badaboum ! Son T-shirt jaune et son jean, déjà salis par le kraglass et ses diverses chutes, s'offrit quelques taches supplémentaires. Plus un accroc.

Ézoah observa Sven, étonnée. Il avait croisé les bras, avec un air bougon sur le visage.

– On a le choix, déclara-t-il. Et mon choix est le suivant : je ne bouge pas d'ici. Je rentre dans la première maison venue, et je m'installe pour discuter avec... Wouah ! T'as vu ça, Zozo ?

– Ne m'appelle pas Zozo ! glapit la fillette.

Qui fixa, furibonde, son copain.

Lequel avait une mine ravie comme il n'en avait plus arborée depuis qu'ils avaient quitté le monde de l'inverse.

Devant Sven se dressait une grande façade ornée d'un bas-relief représentant des livres. Ils étaient tombés sur une bibliothèque !

– Incroyable, elle est ouverte ! s'écria le garçon en appuyant sur la poignée et en réussissant à entrebâiller la porte. C'est super rare, dans les bibliothèques !

– Elle est à moitié ouverte, répliqua le tout petit homme troué qui attendait les lecteurs, une fesse posée sur un tabouret à deux pieds.

– Comment ça, à moitié ouverte ? s'exclama le garçon. Comme dirait Gougnafier de Pissembroche, dans *La Prochaine Fois*, « Il faut qu'une bibliothèque soit ouverte ou fermée » – « sinon, c'est n'importe nawak », ajoutait-il dans *La Fois d'après la prochaine fois*. Je cite de mémoire, hein...

– Gougnafier de Pissembroche, dites-vous ? Je ne connais pas, il faudra que vous me donniez les références... Mais je suis ravi de vous accueillir dans cette bibliothèque : vous êtes des étrangers, n'est-ce pas ?

– Oui, gronda Ézoah. Ça se voit tant que ça ?

Le petit homme troué acquiesça :

– Quelque peu, quelque peu... Disons que vous êtes bien pleins.

Il se caressa le trou qu'il avait juste au-dessus de l'œil droit pour accompagner sa déclaration.

– Que puis-je pour vous ? Avez-vous des trous particuliers dans votre culture ?

– Nous cherchons des informations sur Elder, répondit la fillette.

– Ha... Elder ! J'ai un demi-rayon sur le sujet. Mais où l'ai-je mis ? Voyons voir... J'ai un trou, là... Non, je sais !

Le petit homme sauta sur ses pieds et se dirigea vers le fond de la bibliothèque.

– Faites attention, dit-il en évitant un monticule de gravats, entre deux rayonnages à moitié vides. Il y a plein de pleins, par ici, on peut se faire mal en tombant dessus. On attend d'avoir les budgets pour installer des panneaux.

– Et les trous ? s'enquit le garçon.

Le bibliothécaire grimpa sur une échelle à laquelle il manquait un barreau sur deux.

– Oh, on a l'habitude, des trous, ici... Là, tenez !

Il tendit un livre à son visiteur, qui sourit jusqu'aux oreilles et lut à haute voix :

– *Elder, sa vie, son*... Son quoi ?

– Son œuvre, sans doute. Ah, ça, il faut vous y faire ! Ici, il y a beaucoup de trous. Je refuse d'acquérir les livres pleins. Je les laisse aux lecteurs sans imagination. Ils ne sont pas dignes de fréquenter les bibliothèques.

Sven ouvrit le livre à l'avant-dernière page et parcourut la table.

– Il manque pas mal de chapitres, constata-t-il.

– Ça fait plaisir de parler à un connaisseur ! commenta le petit homme. Plus il manque de chapitres, plus j'aime. Les plus beaux livres sont les trous avec rien autour, n'est-ce pas ?

– C'était très intéressant, voulut conclure Ézoah, en appuyant sur l'imparfait. Mais nous ne voudrions pas vous retarder dans votre trav...

– Vous ne me retardez pas le moins du monde ! Justement, j'avais un trou dans mon emploi du temps !

– « Elder et les *nana* mondes », lut Sven. Il y a combien de mondes ? Le livre est troué à cet endroit.

– Tout le monde sait qu'il y a sept mondes ! rappela Ézoah.

– Zozo, tu ne crois pas que... aïe ! pas les cheveux ! pas-les-che-veux !

– Je m'appelle Ézoah, rectifia la fillette en guise d'explication.

– Enchanté, dit le bibliothécaire. Moi, c'est Mek, demi-frère de Jarmek, champion du monde.

– Champion du monde de quoi ?

– Champion du monde des trous. Ah, c'est quelqu'un, mon double frère !

– Votre...

– Double frère. Facile : si je suis son demi-frère, c'est donc qu'il est le double de moi, n'est-ce pas ? Sinon, nous ne serions pas frères !

– Très juste, commenta Sven d'un ton convaincu. Mais, si ce n'est pas indiscret, il est champion du monde en quelle discipline ? Pas seulement en golf, j'imagine, même si on est dans le monde des trous...

– Je n'ai jamais entendu parler du golf. Par contre, Jarmek est un roi dans pas mal d'autres disciplines, sans vouloir le vanter. C'est un très bon acrobate. Il n'est pas mauvais en lutte, nunjitsu, ba qua guan, iaïdo, aïkido, hung-gar, kung-fu, jeet-kune-do, savate, bu-jutsu, kiripinar, arnis, savate, erlang men, hap-ki-do...

– Pratique-t-il l'oshiki-ushi ?

– Ah... non, je ne crois pas.

– C'est un art martial très influencé par les Takeda, annonça doctement Sven à Ézoah. Son grand maître reste Tanomo Chikamasa, qui est né en 1825 et a péri en 1905.

– Ça me fait une belle cuisse, grommela la fillette.

– Au tir à l'arc, mon double frère se débrouille aussi, poursuivit Mek. C'est donc lui qui a été envoyé pour défendre le Gardien des mondes.

– Elder ? intervint Ézoah.

– Lui-même !

– Elder est le Gardien des mondes ! Je le savais ! Tu entends ça, Sven ? Vous en êtes sûr, au moins ?

Mek paraissait amusé par l'enthousiasme de la fillette :

– Oui, oui... En tout cas, c'est lui que Jarmek est allé défendre.

– Pourquoi ? Il était attaqué ?

– Pas vraiment, murmura le petit homme. Enfin, si, il est attaqué par l'âge, c'est évident. Vous avez vu comme notre monde se dégrade ? Ces trous qui, par moments, deviennent pleins... Bref, pour retrouver sa forme habituelle, le Gardien a besoin par moments de se mettre en vacances de vie. Il entre en transe...

– Comment ? demanda Ézoah.

– Navré de te décevoir, petite...

– Je ne suis plus petite depuis longtemps : j'ai huit ans !

– ... hélas, il y a des choses que même un bibliothécaire ignore !

– Et pour entrer en transe, Elder a besoin de Jarmek ? voulut savoir Sven.

– Pas pour entrer en transe : pour le protéger. Car, pendant qu'il est en transe, il sent ce qui se passe autour de lui mais il ne peut pas réagir.

– Il entre souvent en transe ?

– C'est la deuxième fois. La première fois, cela lui a fait du bien. À nous aussi. Il réagissait plus vite quand les mondes avaient un problème. Et puis, les mondes ont recommencé à se dégrader. Encore plus fort. Le Gardien a laissé filer.

– Donc, bientôt, ça va aller mieux ? supposa Ézoah.

Le bibliothécaire secoua la tête :

– Certains murmurent qu'il est trop vieux. Que plus personne ne peut rien pour lui. On dit même qu'il vaudrait mieux qu'il ne se réveille pas... Enfin, tant qu'il est en transe, il a besoin de protection. Quand il se réveillera, mon double frère reviendra.

Il regarda le plafond avec un mélange de tristesse, d'inquiétude et d'espoir.

– Je touche du bois, dit-il en agrippant un barreau de l'échelle. Elder a convoqué un champion de chacun des mondes pour une lunerée. La sixième lune s'est levée depuis que la mission de Jarmek a commencé. Il ne tardera plus trop... si tout se passe bien.

Il essuya une larme qui perlait à son demi-œil droit.

– Bon, je vous laisse feuilleter ces livres. Si vous avez des questions, vous savez où me trouver...

Il s'éloigna vivement vers l'entrée.

Pour masquer sa gêne, Sven rouvrit le livre, le feuilleta et en lut des passages au hasard :

– « Pour les essentialistes postmodernes, la cosmomythologie de la gnose d'un eldérisme conscientisé n'aurait aucun. »

– Aucun *quoi* ? s'enquit la fillette en s'asseyant sur un fauteuil à moitié défoncé.

Sven la regarda, stupéfait.

– C'est carrément la question à laquelle je ne m'attendais pas, avoua-t-il. D'ailleurs, je ne sais pas : y a un trou à la fin de la phrase. À première vue, ça pourrait aussi bien être « signifié » que « haricot ».

Il tourna quelques pages et lut :

– « Les préhistoriens estiment que chaque enfant à l'origine d'un monde était dépositaire d'un pouvoir spécifique qui lui permettait de *nananana*, à condition de *nana-nana*. »

Il leva les yeux vers Ézoah, qui grimaça en s'enfonçant davantage dans le fauteuil :

– Y a un trou...

– Deux, corrigea le garçon.

– Non, dans mon fauteuil, y a un trou... C'est pas grave. Je trouve qu'on a appris assez de choses pour le moment.

– Ah bon ? Lesquelles ?

– Un, le Gardien s'appelle Elder et il est en transe. Deux, il va se réveiller à la fin de la lunerée. J'ai l'impression qu'il faut qu'on l'ait rejoint à ce moment. Et je suis sûre que ce ne sera pas facile...

– Faux et faux, répondit Sven. Combien de fois je vais devoir te répéter que la vérité est antisubjective ?

Bien qu'Ézoah eût fermé les yeux, Sven dégaina son pouce.

– Un, le Gardien est *peut-être* Elder, et *peut-être* est-il en transe. C'est ce qu'affirme ce Mek-là. Il faut se méfier de la rumeur. Et s'il s'agissait d'une fausse information pour redonner un peu d'espoir aux gens ? Deux...

L'orateur agita son index :

– ... Mek affirme qu'il va se réveiller à la fin de la lunerée. Au fond, qu'en sait-on ? Rien. Hume a montré comment nous raisonnons à partir de l'habitude : nous avons l'habitude de voir le soleil se lever, nous en déduisons qu'il se lèvera demain. Mais rien ne le prouve. Elder peut se réveiller avant ou... Ézoah ? Tu m'écoutes ?

Sven constata que sa copine s'était endormie au milieu de son exposé en serrant son sac contre elle.

D'abord, il trouva cela vexant – même s'il ne doutait pas

qu'elle eût cédé à la fatigue plutôt qu'à l'ennui de l'entendre parler. Malgré qu'elle en eût, elle était encore très jeune. Mignonne à croquer, mais encore jeune.

Ensuite, le garçon comprit que la situation était surtout gênante. Il ne lui restait plus qu'une option : faire semblant de ne pas trouver qu'Ézoah était lourde, remercier Mek au passage et lui demander s'il ne connaîtrait pas un coin où ils pourraient se reposer au calme.

Le petit Suédois inspira un bon coup. Fit craquer ses cervicales. S'assouplit les poignets. Expira à fond. Ébouriffa les cheveux de sa petite Zozo. Puis se pencha vers elle, tremblant d'émotion.

Les filles, Sven connaissait. À dix ans, quand même... Il avait une certaine expérience.

Mais pas cette expérience-là.

C'était la première fois qu'il prenait *vraiment* une fille dans ses bras.

43.

Le garçon semi-idéal

Ézoah s'étira dans son lit. Un rayon de lumière s'était glissé par la fenêtre entrouverte pour caresser la peau mate de son visage.

Elle entrebâilla les paupières. Les écarquilla aussitôt. Elle n'était pas chez elle.

Un coup d'œil par la fenêtre lui avait suffi pour reprendre contact avec la réalité. Et quelle réalité ! La fillette n'avait pas été réveillée par le soleil, mais par les six lunes qui brillaient de mille feux dans le ciel de Mallemonde.

La sixième lune, qu'elle avait à peine aperçue jusque-là, était incroyablement belle. Elle ressemblait à une gigantesque goutte d'eau à la surface ivoire striée de noir. L'astre paraissait tourner sur lui-même, comme s'il avait cherché à hypnotiser Ézoah.

La fillette se leva d'un bond : Sven ? Où était-il passé ?

– SVEN ! cria-t-elle.

Un autre lit était à moitié défait à côté du sien.

Elle attrapa son sac à merveilles. Le soupesa pour vérifier si rien ne manquait – non, tout était là... et même plus. Ouvrit la porte de la chambre. Déboucha dans un couloir où s'alignaient des portes avec des numéros dessus : au moins, elle savait qu'elle avait abouti dans un hôtel. Certaines chambres étaient fermées par des portes tellement trouées qu'il y avait plus de vides que de pleins dans le battant.

La fillette aperçut des créatures trouées qui somnolaient encore. Sur sa droite, elle avisa un escalier étroit en colimaçon.

« Le buffle à cornes chromées n'aurait pas pu monter ici non plus ! » pensa-t-elle en sautant sur la rampe vertigineuse pour descendre plus vite.

Et soudain, elle décolla ! Il y avait un trou dans la rampe – par chance, la rambarde remontait légèrement juste avant. Ézoah serra son sac à merveilles contre elle. Se retrouva tête en bas. Puis retomba à plat ventre sur un gros pouf en forme de pastèque géante. Il se dégonfla lentement sous la fillette, qui eut l'impression de se faire gober par le pouf. Elle battit des pieds, manquant d'air.

– Doucement, doucement..., lança une voix qu'elle connaissait bien.

Celle de Sven.

Elle cessa de se débattre lorsqu'elle sentit qu'on lui saisissait les jambes et qu'on tentait de l'extirper du siège piégé.

Quand elle émergea, elle regarda autour d'elle, le souffle court. Posant la main droite sur son épaule, deux livres coincés sous son bras gauche, le garçon s'écria :

– Permettez-moi de citer le grand Thor Hushovd : « Pour une entrée, c'est une entrée ! » Madame et monsieur, permettez-moi de vous présenter Zoz... je veux dire Ézoah !

La fillette était encore trop étonnée par son vol plané pour envisager la sanction que le « Zoz » imposait pourtant.

Une femme sans nez, vêtue de deux demi-chemises la toisait avec un grand mépris. Elle portait des demi-lunes carrées et foncées (« sans doutes des demi-lunes de lune », pensa Ézoah) sur son crâne. À son côté était assis un homme doté d'un visage réduit à un menton, deux joues et une bouche, et d'un corps à peine schématique : on distinguait un vague tronc et deux voûtes plantaires un peu plus bas. Et cependant, il pouffait comme s'il n'avait jamais rien vu de plus drôle qu'une petite humaine entière.

– Ha, ha, ha !

– Enchantée, prétendit Ézoah.

L'homme s'esclaffa de plus belle :

– Ha, ha, ha, ha, ha !

« Super ! pensa la fillette. Une pimbêche qui a un creux à la place du nez, et un type sans cervelle ! »

– Je serais bien restée discuter, affirma-t-elle, mais il faut qu'on y aille, maintenant !

– Ha, ha, ha, ha, ha, ha, ha, ha !

– Tu viens, Sven ?

Elle se dirigea vers la sortie d'un pas décidé.

Un groom, dont la livrée était dépourvue de boutons, s'interposa entre la fillette et la sortie :

– Une mi-minute, mademoiselle, dit-il. Il faut régler votre mi-nuit à ma femme, à l'accueil s'il vous plaît. Je vous rappelle que toute mi-nuit commencée est due.

Ézoah se tourna vers Sven, qui était resté immobile. Payer ? Elle n'avait pas de quoi ! Et d'ailleurs, c'était quoi, « avoir de quoi », ici ? Peut-être que si elle inventait un perforateur de tableaux de maîtres... un poinçonneur automatique de pétales de lilas... Mais saurait-elle en bizardouiller un, comme elle avait réussi à improviser une araignée à faire les lits ?

– T'inquiète ! s'exclama Sven. C'est pas compliqué de payer, ici...

Il se pencha vers elle et lui souffla :

– Je me suis levé tôt pour pouvoir lire... et aussi observer comment vivent les gens, ici. Et comment ils payent.

– Quoi ? T'es levé depuis longtemps ?

– Ben oui... Moi, les matelas troués, j'ai du mal. J'ai eu droit à un semi-petit déjeuner : il y avait du beurre, et pas de pain ; du chocolat chaud, et pas de bol...

– Pourquoi tu ne m'as pas réveillée ! On est super pressés !

Le garçon fixa la fillette avec un air entendu :

– Ça, c'est ce que tu dis parce que tu as dormi comme une souche. Si je t'avais réveillée avant, tu m'aurais dit : « Mais pourquoi tu m'as réveillée ? J'aurais été beaucoup plus efficace si tu m'avais laissée dormir une heure de plus... »

Et, sans attendre sa réaction, il entraîna Ézoah devant le guichet de réception.

– Bonjour, charmante tenancière, minauda le beau Suédois. Nous eussions souhaité laisser séance tenante quelque obole afin de signifier à ce digne établissement notre reconnaissance et participer à la pérennisation de sa subsistance.

Perplexe, l'employée le regarda, la bouche à demi ouverte.

– Nous voudrions payer, traduisit la fillette.

– Ah, c'est vous, la chambre double demi-tarif « jeunes »... Voici la note.

Elle leur tendit aussitôt une facture à la mode de ce monde-ci : sur le petit bout de papier, figurait le nom de l'hôtel (« Au Trou Normand »). Puis un gros trou.

– C'est ça qu'on vous doit ? demanda Ézoah.

La réceptionniste lui sourit sans dire ni oui ni non.

– Tenez ! lâcha Sven en posant une somme imaginaire sur le guichet.

La femme grimaça :

– Vous n'auriez pas l'appoint ?

– Désolé... Regardez, je n'ai que ça, sinon.

Il prit son portefeuille. En sortit un billet de vingt euros et quelques pièces.

– Oh, non, non, non ! protesta l'employée en rougissant. Pas de ça entre nous. C'est juste qu'il faut que je vous rende la moitié, et...

– Voyons, gardez tout ! La moitié des bons comptes fait la moitié des bons amis !

– Merci beaucoup, monsieur ! Je vous souhaite une bonne moitié de lunerée dans le monde troué...

– À vous et à votre moitié aussi, dit le garçon en se tournant vers le groom qui s'approchait du comptoir en souriant.

Sven ramassa ses euros et reprit les deux livres qu'il avait posés sur le comptoir – Ézoah reconnut le blablivre et aperçut un trou dans l'autre ouvrage.

Le petit Suédois décocha un clin d'œil à sa copine, à moitié médusée par ce qu'elle venait de voir.

C'est sûr, Sven pouvait se montrer utile. Débrouillard. Intelligent. Si seulement il n'avait eu qu'une moitié de bouche !

44.

La dame du demi-monde

Ézoah avait retenu la leçon. Au coin de la rue du Trou Normand, elle entra dans une boulangerie pour s'offrir avec rien un pain de mie complet avec des trous au milieu.

– C'est pour que le pain respire, lui expliqua la vendeuse.

Comme Sven n'arrêtait pas de la féliciter chaleureusement pour la façon dont elle avait rien payé, la fillette finit par comprendre qu'il en voulait un bout.

– T'aurais pu t'en acheter un, signala-t-elle toutefois.

– Ça va pas ? Tu me prends pour le roi du pétrole ou quoi ? Depuis que j'ai payé l'hôtel, je n'ai plus rien.

Ézoah fixa son copain. Mais il n'avait pas l'air de plaisanter. Il était bizarre à sa façon. C'était moins visible que les habitants du monde troué. Grâce à leurs tentacules qu'ils paraissaient pouvoir allonger à volonté, ceux-là grimpaient dans leurs maisons trouées. Battant l'air de ces membres souples sifflant comme des fouets, ils étaient capables de franchir de grandes distances sans effort apparent et à des vitesses hallucinantes.

Sven, lui, était différent *à l'intérieur*. Pas sûr que ce fût préférable.

– Bon, dit-elle en enfournant une bouchée, il faut faire vite.

– On ne parle pas la bouche à moitié pleine, rétorqua Sven. C'est à moitié poli.

La fillette ne l'écoutait plus. Elle était repassée en mode « efficace ». Celui qui exigeait de ne tenir compte des interventions du Suédois que de façon très aléatoire.

– Nous avons deux objectifs, annonça la fillette. Trouver l'enfant qui se cache dans ce monde et mettre enfin la main sur Elder. Au fait... où Mek nous a-t-il dit que son double frère avait été convoqué ?

Le garçon prit un air malicieux :

– Avant que tu ne t'endormes comme un bébé et que je sois obligé de te porter jusqu'à l'hôtel, tu veux dire ? Eh bien, je crois qu'on a oublié de le lui demander. Mais je pense savoir où il se trouve. Ou plutôt, où il ne se trouve pas ! Tu as vu comme Mek était inquiet pour Jarmek ? Si celui-ci avait été envoyé tout près, il serait allé le voir !

Presque à regret, Ézoah dut admettre que le raisonnement de son copain se tenait.

– Donc il ne nous reste plus qu'à dénicher notre futur copain, et nous irons à la capitale rencontrer Elder, conclut-elle.

– Pourquoi veux-tu trouver un autre copain ? s'étonna Sven.

– Tu n'aimes plus rencontrer d'autres gens ? rétorqua la fillette.

– Euh... si, mais...

– Je crains que, sans lui, nous n'arrivions pas jusqu'à Elder, expliqua-t-elle. Si je n'avais pas rencontré un blablateur de première, je ne serais jamais passée dans ce monde.

Le garçon rougit :

– Tu... tu penses vraiment ce que tu as dit ?

– Oui, tu peux être utile.

– Non, pas ça... Tu penses sincèrement que je suis un bon blablateur ?

– Excellent, Sven. Voire trop excellent.

Le petit Suédois devint écrevisse et souffla :

– C'est sympa. Merci. Merci aussi à mes parents, bien sûr, sans qui je n'aurais jamais eu l'occasion de devenir aussi cultivé. Merci aussi à Nasser, il sait pourquoi. Merci aussi à...

– Hé, boîte à camembert ! l'interrompit la fillette.

Et elle aborda une vieille dame très élégante qui passait.

L'étrange dame était à moitié pleine, à moitié vide : en fait, elle était coupée au milieu. « Elle a une très jolie coupe », songea Ézoah. Le demi-visage de la demi-créature, aux traits agréables, au maquillage soigné laissait entrevoir un caractère tranché, mais entier.

– Bonjour, madame, dit-elle avec le sourire de bébé qu'elle savait prendre lorsque les circonstances l'exigeaient.

– Bonjour, jeunes gens ! Ah, je suis ravie de rencontrer des personnes pleines : c'est si rare, de nos jours. Les gens ont d'autres goûts... Ils ne sont plus attirés que par le vide. Enfin, même si vous n'êtes pas du demi-monde comme moi, vous êtes au moins pleins, c'est déjà ça...

– Justement, nous cherchons un ami qui nous ressemble : il est, euh, plein comme nous.

– Ah... Il a combien de bouches ?

– Pardon ?

– La dernière personne pleine que j'ai rencontrée était très bien de sa personne. Il portait un bâton et parlait avec un écho très prononcé. Il avait...

– Je le connais! l'interrompit la fillette. C'était un gros cochon, non?

– Euh... Il paraissait très correct, au premier abord...

– Non, je veux dire : c'était un animal avec une queue en S, n'est-ce pas?

– Eh bien... humf... c'était un humain avec trois bouches. Pour le reste...

– Ah! fit Ézoah, déçue. Ce n'est pas celui auquel je pensais.

– Voyons, quel âge a votre ami?

– Comme nous, supposa la fillette.

– Alors, il est forcément à l'espace semi-vert. C'est un jardin extraordinaire. Il est, vous le verrez, au cœur de ce village. J'y vole parfois quand un chagrin m'éprouve... Tous les enfants du monde s'y donnent rendez-vous.

– Et il se trouve?

– Facilement, dit la demi-vieille dame sans bouger.

Éozah attendit un peu, puis risqua :

– Vous pouvez nous indiquer comment y aller?

La femme porta son seul tentacule à la bouche :

– Pardonnez-moi : nous parlons beaucoup par non-dits. Prenez deux fois à droite, puis vous verrez un grand plein, c'est là!

– Comment faites-vous pour vous comprendre? s'enquit Sven.

– Oh, il suffit pour ça d'un peu d'imagination...

– Merci beaucoup, madame! lança Ézoah.

Elle attrapa Sven et l'entraîna vers la droite avant qu'il ne se lançât dans une discussion sans fin. Quelques minutes plus tard, ils arrivèrent devant un endroit... pas commun.

Sous leurs yeux s'étendait un square immense, divisé en deux parties inégales.

À droite, une étendue verte et vallonnée, où résonnaient les cris de centaines d'enfants. À gauche, beaucoup plus vaste, une plaine grise. Déserte. Rocailleuse. Trouée. Elle évoquait à la fillette des images de sol lunaire.

Les enfants se dirigèrent à droite et entrèrent dans le square verdoyant où les attendait peut-être leur nouvel ami.

45.

Le roi à moitié

– Vous n'auriez pas vu un enfant complet ? demanda la fillette à un homme sans torse assis sur un banc à moitié cassé.

– Demandez audience au gardien, s'entendit-elle répondre. J'aimerais bien lire tranquille, moi !

Et il continua de fixer le trou au centre du journal qu'il avait déplié devant lui.

– Le gardien ! répéta Sven en agrippant la main d'Ézoah. Tu crois que ça pourrait être...

– ... Elder ? Non ! Il est en transe !

– C'est ce qu'on t'a dit... Mais n'oublie pas que la vérité est structurellement antisubjective !

– Et un square, ce n'est pas un endroit sérieux pour un Gardien !

– Sauf si lui aussi s'était dégradé, comme les mondes dont il est censé s'occuper...

– Je n'ai pas vu de champions des mondes, dans le coin, objecta encore la fillette.

Sven prit l'air buté :

– Et si c'était quand même lui ?

– Arrête de citer Gougnafier de Pissembroche ! s'emporta Ézoah. D'ailleurs, quand on parle de gardien...

Une silhouette élancée, portant barbe fleurie et couvre-chef curieux – moitié couronne, moitié casquette – s'avançait dans leur direction.

– Elder ! appela Sven en agitant la main. Mes respects, Elder !

L'homme agita un tentacule en riant de bon cœur :

– Comment tu m'as appelé ? demanda-t-il.

– Elder. C'est vous, n'est-ce pas ?

Le gardien rit de plus belle.

– Excusez-moi... Hou, que vous êtes drôle ! Vous me flattez, mais non, pas du tout ! Je ne suis qu'un simple gardien de square.

Sven insista :

– Vous êtes sûr ? Vous avez quand même une couronne.

– Et une casquette, compléta l'homme. Tu sais, par ici, nous faisons les choses à moitié. Je suis un peu gardien, un peu roi en mon domaine. Je suis à moitié désolé de te décevoir.

– Avez-vous vu un enfant plein, récemment ? s'enquit Ézoah.

– Ah, non... Vous êtes les premiers que je vois. J'en suis ravi ! Enfin une bonne nouvelle...

– Votre square s'est déréglé ? devina le garçon.

– Tu me retires la moitié des mots de la bouche ! Regarde ce toboggan, là... J'ai été obligé d'en interdire l'accès en partie : il était trop troué, et les amateurs tombaient à mi-course ! D'ailleurs... ce n'est pas que vous me dérangiez, mais je dois continuer mon demi-tour des installations... À plus tard, peut-être !

Le semi-gardien s'éloigna avec un grand demi-sourire. Sven tirait la tête :

– Je me suis laissé berner comme un bleu par les apparences ! Descartes et saint Thomas d'Aquin doivent avoir honte de moi !

Une nuée d'oiseaux accueillit les nouveaux venus. C'étaient de petits volatiles à une aile, très peu farouches, qui aimaient se poser sur les épaules des promeneurs ravis. Là, ils gratouillaient d'une seule serre qui un cou, qui une omoplate, qui une joue... Ézoah regretta de ne pas pouvoir jouer avec ces oiseaux mi-gratteurs. Mais le temps pressait.

– Il va falloir te rattraper, susurra Ézoah. Qu'est-ce que tu proposes ?

– J'en sais rien ! Pourquoi il est pas là, ton copain ? Y a plein de semi-enfants autour de nous. Il se croit supérieur à eux ou quoi ?

Il se mit à crier :

– Est-ce que quelqu'un a vu un enfant plein ? A *full child ? Ein pleinum kinder ?*

Les enfants s'égaillèrent : ce drôle de garçon les inquiétait. Les oiseaux mi-gratteurs qui voletaient dans le coin se défilèrent à tire-d'aile.

Et Sven continuait de brailler :

– *Uno bambino completo ? Groupsor katshred enfantator ?*

– Arrête, le supplia Ézoah. On est ridicules !

– AZ'OUM Z'OUM LA BOUMBOUM ? STIBIDI BIDI BIDOP ?

Contre toute attente, un passant, attiré par les cris, leva un tentacule.

– Stibidi bidi bidop ? répéta le garçon. Vraiment ?

L'homme troué hocha la tête à demi.

– Il l'a vu, Ézoah ! s'exclama le petit Suédois. Il l'a vu ! Et il est passé où ?

Une lueur amusée passa par les yeux du badaud.

C'est alors que Sven s'aperçut que le nouveau venu n'avait pas de bouche.

46.

Les reboucheuses

Sven comprit parfaitement ce que disait l'homme sans bouche. Les mouvements de tentacule du muet troué lui semblaient clairs.

Selon une première hypothèse, l'enfant plein se serait battu contre une horde de mirmidons et aurait trouvé ou bien l'amour ou bien la mort dans un champ de millet.

– De quoi ? s'enquit Ézoah.

– De millet. C'est comme du sorgho ou du panic, si tu préfères.

– Ah oui...

Selon une deuxième hypothèse, le troisième enfant – une frêle bossue de trois ans et demi, audacieusement prénommée Aglaë – aurait été enlevée par un officier d'une troupe paramilitaire en mal d'affection depuis qu'il avait égaré son caribou préféré.

– J'ai l'impression qu'il brode un peu, commenta le garçon.

Au moment où Sven allait proposer une troisième hypothèse, Ézoah l'invita à faire silence : leur informateur avait simplement dessiné des formes sur le sol poussiéreux.

– Je vois..., dit la fillette à l'homme sans bouche. Il s'agit d'un garçon d'une dizaine d'années, à la peau brune. Il est parti à la capitale assister aux semi-Jeux, c'est ça ?

Son interlocuteur inclina la tête.

– Eh voilà ! s'exclama Sven. C'était ma troisième hypothèse, et tu ne m'as pas laissé la dire ! J'avais un doute à cause de l'accent...

– Merci beaucoup, dit Ézoah. Et excusez ce zouzou, il est très intelligent, mais pas toujours.

– MOI ? rugit le garçon. UN ZOUZOU ?

– Oui, un pur zouzou. Bon, maintenant, c'est plus simple : ceux que nous cherchons sont au même endroit !

– Je ne suis pas un zouzou, protesta le petit Suédois. Je suis un mec.

– On n'a plus qu'à trouver un moyen de gagner la capitale, conclut la fillette.

– Compte pas sur moi pour t'aider à comprendre ce que disent les gens, grogna Sven.

– Vous voulez aller à la capitale ? intervint un homme troué au visage mi-barbu mi-moustachu. C'est à la fois facile et compliqué. Vous pouvez prendre un semi-remorque. Avantage : il est presque direct, il n'y a qu'un changement. Inconvénient : il part à heure semi-fixe et se trompe une fois sur deux de route. Sinon, il suffit de passer par l'espace semi-gris. Vous avancez tout droit jusqu'à ce que vous trouviez une indication contraire. Avantage : vous savez où vous allez. Inconvénient : on raconte qu'il y a des trous de mémoire mouvants. Maintenant, je dis ça, je dis rien...

– C'est dangereux, les trous de mémoire ? s'enquit Ézoah.

– Très. Si vous en rencontrez un, vous oubliez où vous allez, d'où vous venez, comment vous vous appelez et comment on fait les clafoutis aux griottes...

– À quoi ça ressemble, un trou de mémoire ?

– Sans doute à un trou, supposa le semi-moustachu. Pour le reste, on l'ignore. Seuls ceux qui en ont croisé un pourraient nous le dire ! Hélas, ceux qui en sont revenus l'ont oublié, et...

– Merci pour tout, le coupa Ézoah. Viens, zouzou, on y va à pied, ça a l'air moins risqué !

– Un zouzou, moi ? T'as intérêt à courir vite !

Ézoah éclata de rire et détala. Elle perdit un temps précieux à escalader la clôture que son copain, plus grand, franchit d'un saut. Ézoah aperçut les écriteaux signalant l'espace semi-gris – du moins le supposa-t-elle : ils étaient troués.

De justesse, elle résista au retour de Sven et réussit à accélérer. Pour la première fois, elle trouva que son sac à merveilles était gênant. Par chance, l'énergie du garçon ne persista que pendant quelques centaines de mètres. Bientôt, il dut s'arrêter ; et la fillette ne fut pas mécontente de souffler, elle aussi, toujours à distance prudente du beau zouzou.

Le sang vrombissait à ses oreilles. Mais Ézoah s'aperçut que ce n'était pas seulement son sang qu'elle entendait. Quelque chose d'autre grondait. L'orage, peut-être ? Non, le ciel n'était pas plus gris que d'habitude, et aucun nuage ne masquait les six lunes.

Cela semblait venir du sol. Le grondement s'accompagnait de vibrations puissantes qui faisaient trembler la terre.

Soudain, à l'horizon apparurent deux énormes machines. De loin, on aurait dit des moissonneuses-batteuses. Sauf que des moissonneuses-batteuses n'auraient pas labouré cette terre rocailleuse. Elles n'auraient pas foncé à une vitesse aussi impressionnante. Et elles n'auraient pas été accueillies par des cris terrifiés venant de l'espace semi-vert :

– Les reboucheuses ! Elles reviennent !

47.

Le sauvetage mortel

Tout de métal parées, les reboucheuses tenaient autant des monstres que des machines. Elles ressemblaient à d'énormes bulldozers de compétition. En beaucoup plus redoutables.

Devant, elles arboraient une grosse pelle surmontant un lourd rouleau – la pelle servant sans doute à jeter la terre, le rouleau amovible à la tasser.

De chaque côté, elles étaient dotées de bras métalliques cinq fois plus longs, quatre fois plus gros et bien plus souplement articulés qu'une cuisse d'haltérophile, catégorie superlourd. Des bras qui rythmaient et accéléraient leur progression.

La stupeur passée, Ézoah prit les choses en main. Elle devait se sauver... et sauver Sven par la même occasion. Vite, elle attrapa le garçon que la vue des reboucheuses avait paralysé. L'entraîna vers l'espace semi-vert. Jeta un coup d'œil derrière elle. Frémit. Les machines gagnaient du terrain.

La fillette bifurqua vers la gauche. Courut. Regarda par-dessus son épaule. Les reboucheuses l'avaient suivie. Le doute n'était plus permis. Elles poursuivaient les enfants.

Et elles allaient les rattraper.

La fillette sentait les secousses des engins derrière elle. Elle tira sur le bras de Sven. Plus qu'une cinquantaine de mètres, et ils seraient à l'abri ! Mais ils ne l'atteindraient jamais, cet abri. Les reboucheuses étaient trop proches.

Ézoah tournait la tête de tout côté, à la recherche d'une solution. C'est alors qu'elle aperçut sur sa droite une grosse silhouette trépidante. Et un hurlement :

– MONTEZ !

Huit roues crissèrent. Un nuage de fumée s'éleva. La fillette n'hésita pas. Elle poussa Sven devant elle. L'obligea à grimper dans le véhicule. Sauta dedans à son tour. Le moteur rugit quand l'engin repartit.

C'était un semi-remorque – une sorte de carrosse tirant une immense remorque tranchée en deux dans le sens de la longueur.

– Ça va, les loulous ? lança le chauffeur depuis la cabine de son coupé.

Les enfants étaient à l'opposé, à l'entrée de la semi-remorque. Ézoah émit un grognement, puis leva un pouce. Elle aurait été incapable de proférer des sons articulés.

Pourtant, elle devait réagir. Car un coup d'œil suffit à lui prouver que les reboucheuses n'avaient pas abdiqué. Au contraire. Elles avaient pris en chasse le semi-remorque. Leurs bras pompaient l'air énergiquement, pendant que le chauffeur encourageait ses bêtes en les insultant avec tendresse.

La fillette entraîna Sven, groggy, vers la cabine du palefrenier, entourée de vitres sur les côtés, et d'une rambarde en verre devant. Il fallait faire très attention car, à cette vitesse, le moindre écart risquait d'entraîner une chute par-dessus bord ! Or, la cavalcade était rythmée par des cahots spectaculaires. Normal, sur ce sol caillouteux ! Aussi les enfants choisirent-ils de progresser en rampant.

Le vacarme était terrifiant. Au fracas métallique des reboucheuses s'ajoutaient les vociférations du cocher et les saccades du semi-remorque. Lentement, néanmoins, la fillette et le garçon s'approchaient du postillon. Surtout la fillette, d'ailleurs, car Sven était ralenti par le blablivre et le livre troué qu'il refusait d'abandonner.

– J'étais sur le point de partir pour la capitale quand j'ai vu ces loulous en train de vous courser ! expliqua l'homme en les voyant arriver. Alors j'ai dit aux voyageurs : tout l'monde descend, et j'suis parti vous filer un coup d'main. « À tout danger, miséricorde », comme on dit...

– C'est... très sympa à vous..., parvint à proférer Ézoah.

– Non, c'est normal. Pour un gars troué, tous les ennemis des reboucheuses sont des amis. Allez, hue, bouge ta croupe au lieu d'admirer les cailloux, toi !

La fillette leva la tête, décontenancée. Puis elle comprit que le cocher ne s'adressait pas à elle mais à ses chevaux... troués, comme elle ne tarda pas à le voir lorsqu'elle se redressa.

Le postillon semblait heureux. Inconscient du danger qu'il courait. On aurait dit qu'il était ravi de jouer un bon tour aux reboucheuses. Lesquelles battaient l'air sans relâche de leurs bras, et ne donnaient pas le moindre signe de fatigue.

– Les reboucheuses gagnent du terrain ! annonça Ézoah.

– Oui, c'est un grand classique, estima le postillon. Les reboucheuses fonctionnent ainsi : on croit les lâcher, puis, zzzou ! elles accélèrent. Rien de grave ! « À toute poursuite, rebondissement », comme on dit... Je ne conduis pas un seize-semi-chevaux pour rien !

– Mais là, elles sont juste à côté, insista la fillette.

Un craquement confirma ses craintes.

– AAAAAAAAAH ! hurla Sven.

Le monstre le plus proche avait attrapé la semi-remorque avec son bras droit, l'avait secoué... et en avait arraché une partie. Une ombre passa sur le visage du cocher. Cependant, elle disparut lorsque l'homme haussa les épaules et fouetta plus fort ses bêtes :

– C'est que d'la tôle, n'est-ce pas ? « À tout essieu, espoir ! », comme on dit : du moment qu'on peut continuer à roul...

– AAAAAAAAAH ! rehurla Sven.

La reboucheuse en première ligne avait porté un nouveau coup à la remorque. Cette fois, elle n'avait rien brisé. Mais elle s'accrochait au véhicule, qui allait se détacher du carrosse.

Et ce n'était pas tout.

Encouragées par ces premières attaques, les autres reboucheuses s'étaient ruées à l'assaut. Deux d'entre elles s'étaient portées à la hauteur du carrosse. Le postillon blêmit un instant, puis retrouva un visage serein et lâcha :

– Ne vous inquiétez pas, c'est du bluff. On ne va pas tarder à les larguer. Regardez !

L'homme tira sur les rênes. Les seize semi-chevaux hennirent et partirent à droite. Le semi-remorque pencha. Sembla sur le point de verser. Se redressa. Un craquement signala la perte de sa remorque.

– SVEN ! cria Ézoah.

– Je suis là, murmura le petit Suédois, blanc de peur.

Le changement de direction l'avait projeté vers la petite cabine du postillon. Ou presque : il avait lâché son blablivre et son livre troué, qui valdinguaient dans l'habitacle; et il s'agrippait comme il pouvait au siège du chauffeur, les jambes dans le vide.

La fillette lui saisit le bras pour l'aider à se remettre debout. Sven semblait trop atterré pour se redresser. Il murmura :

– Je remets mes livres entre tes mains... Si tu peux, rends le blablivre à la blablaothèque, et le livre troué à Mek... En mémoire de moi...

– T'es débile ! gronda Ézoah en lui serrant le bras. Monte, allez !

– J'en suis incapable... C'est trop tard ! J'aurais aimé inventer une forme et un lien syntaxique avec le monde pour atteindre à l'universelle communication des événements, c'est-à-dire à l'affirmation d'une synthèse disjonctive des...

La mélopée du garçon s'arrêta là.

Car les deux reboucheuses qui s'étaient portées à la hauteur du carrosse, un temps décramponnées, étaient revenues sur le semi-remorque désormais sans remorque.

Brusquement, celle de droite accéléra; emportée par son élan, elle se plaça de côté et avança en crabe sur quelques mètres. Son dérapage fut suffisamment long pour lui permettre de saisir deux semi-chevaux dans chaque pince. Elle les broya d'une poigne ahurissante. Les semi-bêtes eurent le temps de hurler de douleur avant de périr déchiquetées. Les autres semi-chevaux pilèrent. Le carrosse les écrasa.

Au même moment, la reboucheuse du côté gauche avait envoyé son bras droit défoncer les vitres latérales qui protégeaient le postillon. Dans ses pinces, elle avait aussitôt saisi le cocher troué. Avant qu'il n'eût pu lancer une dernière sentence rassurante, elle l'avait coupé en deux dans le sens de la longueur.

Dans l'attaque, Ézoah sentit qu'elle valdinguait contre les parois. Elle se roula en boule, lovée autour de son sac à merveilles. Des éclats de verre et une pluie de limaille métallique s'abattirent sur elle. Elle ferma les yeux.

Quand elle les rouvrit, elle ne vit qu'un voile rouge devant ses yeux. Elle porta la main à son visage, et comprit qu'elle saignait abondamment. Son arcade sourcilière avait explosé.

Elle s'essuya du revers de la main. Et constata que son copain avait disparu.

Non ! Il avait été projeté plusieurs mètres en arrière. Elle avisa sa main qui s'agitait. Sven était vivant !

À cet instant, un grondement assourdissant monta du sol. Ézoah, la tête en feu, le souffle court, les membres perclus de bleus et constellés d'éclats de verre, avisa avec effroi une horde de reboucheuses envahir l'horizon. À perte de vue arrivaient des rangées de bulldozers à bras, progressant au pas cadencé, à un rythme sidérant.

En tête filait une reboucheuse pas comme les autres. Plus volumineuse. Plus trapue. Plus rapide. Plus bruyante. Et couronnée d'un cockpit transparent derrière lequel une silhouette gesticulait en poussant des hurlements stridents.

– Derrière toi, Sven ! cria Ézoah.

Ou plutôt : voulut-elle crier. Car la peur l'empêchait de crier. La peur l'empêchait de pleurer.

La reboucheuse à cockpit arrivait trop vite. La main du petit Suédois avait de nouveau disparu, cachée par un gros roc. Probablement blessé, le garçon devait ramper vers sa copine ; et, sans doute sonné par le choc, il n'avait pas vu débouler le monstre. Ézoah continua de s'égosiller en silence. Aucun son ne sortait de sa bouche. De toute façon, Sven ne l'aurait pas entendue. Le fracas de la reboucheuse de tête et les vociférations de son chauffeur auraient couvert la voix de la fillette. Quant à courir vers son copain, inutile : l'engin allait trop vite.

Ézoah se contenta de serrer les paupières lorsque le monstre de métal roula *sur* l'endroit où elle avait aperçu la main de Sven pour la dernière fois.

48.

L'empereur complet

Ézoah entendit la reboucheuse tueuse qui poursuivait sa course et fonçait vers elle. Elle n'avait ni le temps, ni l'envie de bouger. Peu importait ce qui allait arriver. Elle était responsable de la mort de Sven. Si elle ne l'avait pas provoqué en le traitant de zouzou – pour l'obliger à bouger, mais ce n'était pas une excuse –, si elle n'avait pas décidé de passer par l'espace semi-gris, son copain serait toujours en vie.

Elle rouvrit les yeux pour jeter un coup d'œil au monde avant d'être écrasée à son tour. Découvrit que la reboucheuse à cockpit s'était arrêtée juste devant elle. Le grondement persistant était dû aux autres reboucheuses qui se regroupaient autour de la carcasse du carrosse, comme autant de chiens piaffant avant la curée. Puis le silence s'abattit, lourd et collant. Il sentait la cendre chaude et le cambouis.

– Alors ? souffla l'homme troué qui la contemplait, tout sourires, du haut de son cockpit.

Il portait d'épaisses lunettes qui lui mangeaient la moitié du visage et protégeaient ses yeux de la poussière. Quand il les ôta, il révéla une mine étonnée.

– Tu ne nous applaudis pas, moi et mes filles ? demanda-t-il en désignant la horde de monstres qui l'accompagnaient.

Ézoah le fixait. Après la peur, la haine la rendait muette. Elle sentit des larmes au goût de sang qui venaient mourir sur ses lèvres.

– C'était pourtant un beau spectacle ! estima l'homme. Nous sommes presque au point. Quelques petits réglages, et le tour sera joué. Tu n'es pas d'accord ?

– Vous avez tué Sven..., souffla-t-elle d'une voix fluette.

– Sven ? Où ça ? C'est qui ?

– Vous avez tué Sven, reprit Ézoah, le cocher et les seize semi-chevaux...

– Je peux faire plus fort, tu sais ? Je ne supporte pas qu'on traverse mon territoire sans me demander l'autorisation. J'ai demandé qu'on appose des panneaux à l'entrée, mais je crois qu'ils sont déjà troués, et je n'ai pas eu le temps de les reboucher...

– Vous avez tué mes amis, donc je vais devoir vous tuer, annonça-t-elle d'un ton calme mais ferme.

Le sourire de l'homme troué s'accentua :

– Hum, désolé, j'ai d'autres projets pour toi.

Il appuya sur un bouton, devant lui. Une reboucheuse bondit vers l'avant, saisit les pieds de la fillette dans une pince et la suspendit dans les airs à cinq mètres au-dessus du sol.

– C'est moi qui vais te tuer, poursuivit-il, mais ne le prends pas mal. Dis-toi que la vie est un jeu, et que tu as perdu. Tu es entrée dans un terrain d'expérimentation technique. Tu as perturbé mes remplisseuses – je sais que certains les appellent des reboucheuses, je n'aime pas trop ce terme. Or, le temps presse. Les ténèbres remontent. Tu ne le sens pas ? Elles remontent à la surface. Si je ne réagis pas, l'obscurité gagnera. Il faut boucher les trous tant qu'il est temps. Je reviens d'un grand voyage. J'ai compris ce qu'il me restait à faire. Et je ne suis pas comme un semi-roi, moi, je ne laisserai personne me détourner de ma mission – ma mission d'EMPEREUR COMPLET !

Il se tut, rouge et essoufflé. La tête à l'envers, Ézoah essayait de rester calme. Elle avait profité de ce que l'homme parlait pour chercher autour d'elle une prise où s'accrocher. Une arme. N'importe quoi. Elle se moquait sincèrement de mourir. Elle voulait juste venger Sven, le cocher qui s'était porté à leur secours et les semi-chevaux qui avaient failli les sauver.

Mais elle n'avait rien à portée de main. Pas même son sac à merveilles.

– Le problème, depuis quelque temps, reprit l'homme, c'est que je dois faire face à une invasion d'enfants pleins. J'en ai écrasé un tout à l'heure. L'autre jour, j'en ai jeté un dans un trou pour tester une nouvelle technique de rebouchage. Tiens, viens voir...

Il pianota sur son tableau de bord. Sa reboucheuse se mit en route, suivie de celle qui tenait Ézoah. Sur son passage, les monstres s'écartaient dans l'ordre et la discipline. Quelques instants plus tard, il arrêta les deux reboucheuses. La fillette s'aperçut qu'elle était suspendue au-dessus d'un trou. Le sang lui descendait à la tête. Toutefois, elle aperçut un garçon aux formes rondouillardes, à la peau mate, quoique plus claire que la sienne. Rien n'indiquait qu'il était mort. Pas de blessure visible. Et, sur son visage, un sourire serein. Seule son immobilité laissait soupçonner le pire.

D'autant qu'il était enseveli sous plusieurs mètres d'un liquide gluant et transparent.

– Mignon, hein ? lâcha le reboucheur dans un soupir. On en mangerait ! Il m'a expliqué qu'il s'appelait Sladi, qu'il n'avait pas onze ans, que sais-je ? Il a peut-être cru que cela m'apitoierait. Hélas pour lui, l'empereur complet du monde troué – c'est moi – ne peut pas avoir de pitié. Il a une mission.

À présent, les mots de l'homme parvenaient à Ézoah dans un brouillard. Ses tempes bourdonnaient. Ses oreilles ne percevaient plus que des bruits de moins en moins distincts.

– Tu... ompris ? perçut-elle. Ravi de... pas t'avoir... nu trop... ongtemps !

Soudain, le bras articulé de la reboucheuse se remit en marche.

C'est le moment qu'attendait la fillette. Elle profita du mouvement pour osciller. Grâce à son élan, elle réussit à attraper du bout des doigts un boîtier, situé en haut, à l'avant. Elle l'avait déjà repéré, en pensant aussitôt : « Si je déglingue le zbountz, alors chpof ! » Et elle avait enfin l'occasion de le vérifier.

Une secousse brutale l'obligea à relâcher sa prise. Cependant, son élan, qui l'avait tirée en arrière, la projeta derechef vers la reboucheuse.

Cette fois, elle put saisir le boîtier à pleines mains et s'y accrocher. Le bras de la bête tira sur ses pieds. Ézoah tint bon. Furieuse, l'articulation métallique se tendit d'un coup sec. La fillette céda... sans lâcher le boîtier. Si bien qu'elle se retrouva dans les airs avec l'objet. Une gerbe d'étincelles monta dans le ciel gris. La reboucheuse se cabra. Puis son bras retomba dans un chuintement triste.

La machine était hors service.

Ézoah écarta la pince sans peine. Tomba par terre. Ne perdit pas une seconde avant d'escalader la bête, dont les bras très articulés offraient de nombreuses prises. Elle entendait vaguement l'empereur complet glapir. Ce qu'il disait ne l'intéressait pas. Elle aussi avait une mission.

Dès qu'elle fut au sommet, elle plongea machinalement la main dans son sac à merveilles. Constata de nouveau qu'elle ne l'avait plus. Fouilla dans ses poches. Dénicha sa console portative. Se félicita de l'avoir gardée sur elle après qu'elle l'eut transformée en déclencheur de pluie de pétales à commande vocale.

Elle ne pouvait bizardouiller. Tant pis : elle allait bidouiller.

Aussitôt, elle se coucha sur le toit de la reboucheuse et, sans se préoccuper du grondement qui avait repris autour d'elle, s'approcha de l'endroit où s'était trouvé le boîtier avant qu'elle ne l'arrachât. Connectant les fils dénudés à la prise d'alimentation de son jouet, elle fit tourner son pouce droit sur lui-même puis fixa son objectif : l'empereur complet.

L'homme n'était pas resté inactif pendant qu'elle se préparait. Méfiant, il avait placé quatre rangées de reboucheuses entre la fillette et lui. Ses lunettes de protection, qu'il avait repositionnées sur son nez, et son torse grêle émergeant du cockpit lui donnaient l'aspect d'un insecte monstrueux au corps métallique disproportionné.

Ézoah serra les dents et sentit la haine battre en elle plus sûrement que son sang.

La haine avait des mots.

Elle parlait chimpanzé : elle promettait de steaker cette ordure.

Elle parlait aigle : elle jurait de donner tout ce qu'elle avait sous le capot pour lui détruire la cefa.

Elle parlait paysan.

Elle parlait Sven.

Elle parlait Maïenka.

Elle avait mille voix qui hurlaient à l'oreille de la fillette et lui faisaient oublier sa fatigue, les coups encaissés, le danger qu'elle courait.

Ézoah commença par tester le matériel. Un coup sur le pad, et la reboucheuse bondit en avant plus qu'elle ne roula. Un coup à droite ; la reboucheuse obéit. Pas le temps de vérifier davantage : l'empereur complet avait lancé deux reboucheuses sur la fillette. Au hasard, celle-ci appuya sur le bouton rouge. Le bras gauche de la reboucheuse bidouillée partit. Ézoah double-cliqua sur le rouge ; et le bras droit cueillit son premier ennemi en pleine course, l'envoyant percuter sa complice.

Elle visualisa son ennemi. Toujours à quatre rangs devant elle. Elle poussa son pad en avant. Le choc fut terrible contre la reboucheuse. La fillette serra les dents. Son ennemie était immobilisée. Ézoah se ressaisit. Tint sa console d'une main. Double-cliqua sur le bouton rouge. Le bras droit de sa reboucheuse fit ce qu'elle voulait qu'il fît : d'un coup de pince, il arracha le boîtier de son adversaire. Ensuite, la fillette cliqua et double-cliqua frénétiquement. Les deux bras de sa reboucheuse se mirent en action avec une coordination impeccable. Ils prirent le véhicule immobilisé et le projetèrent sur les reboucheuses qui tentaient une attaque par l'arrière.

Ézoah comprit qu'elle n'avait pas juste bidouillé sa reboucheuse. Elle l'avait assez bizardouillée pour la transformer en tank télépathe et télécommandé.

Le choc des monstres provoqua une détonation assourdissante. Le fracas des reboucheuses s'accompagna d'un déluge de rouages, vis, bouts de métal. Mais Ézoah était déjà passée à la suite. Elle voulait se rapprocher de l'empereur, toujours protégé par des rangées de reboucheuses. Elle le vit gesticuler, hurler, s'agiter sur son tableau de commande.

Et cela lui était profondément égal.

Elle cliquait et double-cliquait sans relâche pour inciter ses bras métalliques à repousser les attaques latérales. Et elle se demandait comment elle réussirait à atteindre son ennemi. Elle sentit que de nouvelles reboucheuses l'attaquaient par derrière. Elle cliqua sur le bouton jaune. Une nuée de poussière, caillasse et détritus s'éleva. Probablement ce qui servait d'ordinaire à reboucher les trous.

Son action eut deux avantages : un, repousser l'attaque ; deux, alléger le véhicule, qui devint plus maniable. Enragée, la fillette continua de se frayer un chemin dans les hordes de monstres en poursuivant sa stratégie : cogner, arracher, jeter. Elle réussit ainsi à enfoncer deux lignes de reboucheuses.

Cependant, les monstres de métal semblaient toujours aussi nombreux autour de l'empereur complet. Il en arrivait de partout. En permanence.

Et le pire était à venir.

Rien de grave, à première vue : l'empereur envoya une reboucheuse percuter le tank juste sous le bras droit. Ézoah vérifia. Son bras fonctionnait normalement. Par contre, son véhicule patinait. Elle jeta un œil par terre. Une flaque d'huile, que les rayons de lunes irisaient, était en train de se former. La reboucheuse repassa à l'attaque. Dérapa à son tour. S'effondra lourdement, capot en avant. Une nouvelle gerbe d'étincelles jaillit... et des flammes crépitèrent.

En un instant, un brasier s'éleva, léchant les flancs du tank et grimpant vers Ézoah. La fillette voulut dégager son monstre de métal. Elle n'y parvint pas : les autres engins la serraient de trop près. De plus, l'huile rendait ses mouvements aléatoires. Et le feu gagnait de la hauteur.

Alors, en désespoir de cause, elle appuya simultanément sur les boutons bleu et vert, pad vers l'avant. Et, à sa stupéfaction, elle sentit que son véhicule rugissait... puis bondissait dans les airs à la manière d'un fauve. Il atterrit sur une autre reboucheuse, qui vola en éclats sous le poids du tank télépathe. Mais l'empereur avait disparu ! Ézoah se retourna. Son ennemi était trois rangs derrière elle. Alors, elle appuya sur les boutons bleu et vert, pad en arrière.

Cette fois, elle n'était plus qu'à deux rangs du tueur. Elle comprit qu'il lui serait difficile d'être plus précise : elle ne maîtrisait pas assez la puissance de son engin. Il lui aurait fallu s'y habituer ; sa fureur la rendait trop impatiente pour cela. Elle n'arriverait pas à écraser l'empereur complet. C'est alors qu'elle eut une idée.

Elle arracha sa console. Prit les deux fils qui dépassaient. Les connecta l'un avec l'autre. Un arc jaillit. Et le tank fusa droit devant lui. La reboucheuse qui se trouvait devant lui se fendit en deux par le milieu et tomba de chaque côté de l'assaillant. Le dernier engin à séparer Ézoah de l'empereur vola dans les airs tant le choc fut violent.

La reboucheuse à cockpit était plus solide que les autres. Elle ne se brisa pas quand le tank la heurta. Cependant, elle se déforma, et le véhicule d'Ézoah s'encastra dedans. La fillette vit que l'empereur était coincé derrière son cockpit.

Elle enserra la reboucheuse impériale dans ses bras de métal, planta ses pinces de chaque côté du véhicule, et ordonna mentalement à son tank de filer plein gaz. Les reboucheuses de l'arrière-garde ne purent retarder ce couple étrange de reboucheuses. Le cockpit étant défoncé, l'empereur ne les contrôlait plus.

Le plan d'Ézoah était simple. La seule manière de châtier l'assassin de Sven, c'était de le détruire – il n'y avait pas de demi-mesure. Or, pour le détruire, il fallait le projeter dans un trou d'où il ne remonterait pas. Et pour cela, il fallait tomber avec lui. Cela n'avait aucune importance, aux yeux de la fillette.

« File à droite toute ! » ordonna-t-elle mentalement à son tank, qui obéit aussitôt.

« Allez, accélère ! » ajouta-t-elle tandis que les trépidations du métal devenaient insoutenables.

L'engin obtempéra. Et soudain, la fillette bascula dans le vide avec la reboucheuse ennemie, et vit son adversaire lui adresser un dernier regard paniqué. Elle était satisfaite : l'empereur complet ne tuerait plus jamais personne, et Sven était vengé.

L'instant d'après, elle sentit que l'obscurité l'avait effacée.

Puis plus rien.

Lune rayée ascendante

L'attaque des prunellias fous

Soudain, la chambre d'Elder explosa : Black venait de se dégager.

Il avait trois objectifs - sauver Elder, venger la Pensée, et faire passer un sale quart d'heure au cyclope qui l'avait nargué quand il était incrusté dans le mur. Trois objectifs qui avaient fini par lui permettre d'exprimer la rage accumulée depuis qu'il avait été transformé en spectateur impuissant.

Le mur séparant la salle des Envoyés de la chambre du Gardien avait volé en éclats. Le plafond, déjà fragilisé par les multiples métamorphoses de la pièce, s'était d'abord fendillé puis s'était mis à pleuvoir à gros blocs. La déflagration avait figé le cyclope en plein mouvement. La stupeur le frappa ensuite quand il vit un monstre d'un mètre de haut et de quatre mètres de large le désigner de l'index sans bouger. Le monstre était vêtu d'une armure blanche. Il avait dégainé son épée. Il lui faisait signe de venir.

Hypnotisée, la créature abandonna le Gardien à sa transe et s'avança vers son nouvel ennemi. Il vit surgir de derrière le mur vivant un Viking, une tigresse, un humain à trois bouches et un poussin pépiant de haine. Mais l'armure tendit un bras, et les autres s'arrêtèrent. Mal à l'aise, le cyclope se mit en garde, sa rapière dans sa main peu assurée. Soudain, l'armure plaça une botte, et l'épée du cyclope s'envola par le plafond ouvert.

Le cyclope recula d'un pas. Son unique paupière battait frénétiquement. Il était trois fois plus grand que son adversaire. Mais celui-ci paraissait dix fois plus calme. L'énorme petit chevalier demeurait presque immobile. On n'entendait que sa respiration déterminée derrière son heaume. L'homme le plus large des mondes jeta un œil sur la Pensée sans pétales ni corolle. Puis, d'un seul coup d'épée, il trancha les deux jambes du cyclope, qui s'effondra face contre terre en hurlant. Les puissants jets de sang noir qui jaillissaient de son corps redoublèrent lorsque l'épée de son adversaire lui coupa les deux bras. Le cyclope sentit encore qu'on le retournait, aperçut derrière la visière les yeux de son meurtrier; puis la lame lui sectionna la tête.

Alors, le chevalier se pencha vers la tige de la Pensée, l'embrassa et la noua à son panache.

Pendant un instant, personne n'osa parler. Puis Tipoussin commenta :

- Tu sais quoi, Black? Tu racontes super mal, c'est clair; mais tu te bats super bien.

Layla se précipita pour dégager le Gardien. Des morceaux de plafond étaient tombés sur lui.

C'est alors qu'un martèlement résonna. Il semblait provenir de partout à la fois. Le Donjon vibrait. Vacillait. Les Envoyés s'entreregardèrent. Ils percevaient le bruit de rocs qui tombaient en rafale, ainsi qu'un étrange froufroutement. Le ciel gris parut se teinter d'une couleur prune.

À cet instant, des couinements suraigus retentirent, et les murs de la chambre furent pulvérisés.

- On dirait des...
- ... des hérissons hur...
- ... hurleurs ! cria ZzzennN.

Mais ce n'étaient pas des hérissons. Les couineurs avaient une voix encore plus puissante ; et ils volaient. Ils apparurent dans le ciel aux six lunes.

Ils étaient douze et ils volaient en V.

C'étaient des prunellias.

- Tout va bien, les gars ! s'exclama Tipoussin. Ce sont les oiseaux préférés d'Elder. Ils viennent nous prêter aile forte !
- J'en doute...
- ... doute, mon...
- ... mon ami, lui répondit l'homme à trois bouches.

L'escadron de prunellias passa une première fois au-dessus de la chambre. Les sons ultrapuissants qu'ils émettaient ne formaient aucun mot. On aurait dit des rugissements de soldats.

Les oiseaux décrivirent un arc de cercle. Une partie d'entre eux prit à droite, une autre à gauche. Quand ils se présentèrent de nouveau devant les Envoyés, ils n'étaient plus en « V » mais en flèche.

- ZzzennN a raison, s'exclama Tipoussin. Ils vont attaquer !

Seuls six d'entre eux s'abattirent dans la chambre, visant le lit du Gardien.

Black en coupa un en rondelles.

ZzzennN en frappa un au niveau du cou. Il y eut un « clac », puis plus rien.

Tipoussin plaça son coup spécial : le coup de bec dévastateur. Déchirée de part en part, sa victime s'ouvrit et alla se vider de ses entrailles plus loin.

Layla en goba un tout rond, planta ses serres dans un deuxième et attrapa le dernier assaillant qu'elle fit imploser dans sa poigne de fer.

Athör avait prudemment préféré plonger sous le lit du Gardien.

- J'veux pas voir ça ! gémit-il depuis sa cachette.

- Les autres arrivent ! annonça Black.

- Dommage, grommela Tipoussin en se tournant vers la mer, bien visible depuis que les murs étaient redevenus poussière. On aurait presque pu profiter du panoramique !

- Entourons le lit ! feula Layla. Chacun son aile !

- Et touchez pas à mes cuisses, prévinrent huit centimètres de dur à cuire.

Les Envoyés s'organisèrent : à la tête du lit, ZzzennN et Layla, qui retira le Viking de sa cachette et le menaça de le découper en descente de lit s'il ne prenait pas sa place au pied, à la gauche de Tipoussin. La tigresse chargea Black de faire barrage de son corps et d'agiter son épée.

- T'occupe pas de ce qui se passe derrière ! lança Layla. C'est notre boulot. Toi, tu regardes devant et tu leur fais peur.

- On m'avait encore jamais traité d'épouvantail, grommela le chevalier de sa voix fluette.

Les prunellias lancèrent leur deuxième attaque à cet instant. Leurs cris étaient encore plus difficiles à supporter car de nouvelles unités les avaient rejoints. Ils étaient à présent une bonne trentaine à partir à l'assaut. Toujours de front. Et avec un objectif évident : tuer Elder.

Quelques-uns s'écrasèrent directement sur Black, qui s'était penché pour ne se redresser qu'au dernier moment.

Tipoussin en rouvrit un et en cogna deux entre ses ailes musclées. Ils ne se relevèrent jamais.

Athör retourna se cacher sous le lit dès que la première plume prune fut en vue ; mais Tipoussin avait anticipé ; et, d'un bond, il intervint. D'un coup de tête, il fit voler un prunellia en arrière. Puis il tomba du lit où il avait sauté : un ennemi lui avait porté un méchant coup de bec à l'arrière du crâne.

Layla aurait voulu se porter à son secours. Cependant, c'était une garde du corps professionnelle. Elle avait été sélectionnée pour protéger le Gardien. La sécurité de l'homme en transe primait. Et elle avait fort à faire. Elle ne comptait plus les griffures, les morsures, les lacérations. Elle aussi avait pris des coups de bec.

Visiblement, les prunellias n'avaient reçu qu'une formation sommaire au combat. Toutefois, ils en avaient retenu deux principes : un, on ne part pas au combat en ayant peur de mourir ; deux, pour mettre un adversaire hors combat, il suffit de lui crever les yeux. Mais la tigresse n'était pas une débutante. Elle avait des griffes, et elle savait s'en servir. Elle avait aussi en elle une haine si maîtrisée qu'elle devenait extra-lucide pendant ses combats. Elle sentait les coups de l'autre plus qu'elle ne les voyait. Ce qui lui permettait d'anticiper. Et de tuer.

Les cadavres s'accumulaient autour d'elle et de ZzzennN : l'homme à trois bouches maniait son bâton avec une dextérité sidérante. Il frappait si vite que, par moments, Layla avait l'impression qu'il décochait plusieurs coups à la fois.

- Alerte, alerte ! glapit Black. Il y a encore moult plus de prunellias !

Les vocalises des oiseaux vrillaient les tympans des

Envoyés. Le ciel s'était couvert de milliers de prunellias qui volaient à tire-d'aile vers la plus haute pièce du Donjon. Tous comprirent que la situation était mal engagée. Même Athör : le Viking avait glissé une tête hors de sa cachette et l'avait rentrée aussitôt.

- Ça sent le poulet rôti..., murmura Tipoussin.

- Je vois ce qui me...

- ... me reste à...

- ... à faire..., déclara ZzzennN.

- Pas de bêtise, bébé, intervinrent les huit centimètres de dur à cuire.

Mais l'homme à trois bouches avait cessé de prendre le monde en considération. Il avait rejeté la tunique qui lui ceignait les épaules et s'était assis en tailleur sur le plancher craquelé de la chambre. Il frappa du bâton contre le sol. Frappa encore. Et encore. Lentement. En rythme.

- Hé! cria Black. *Qu'est-ce qui s'passe?* Racontez ou j'me r'tourne!

- Les prunellias attaquent de partout, dit simplement Layla, déjà prête à se battre jusqu'au dernier souffle.

De la bouche droite de ZzzennN sortit un son caverneux; de sa bouche centrale émergea une syllabe étrange très grave - quelque chose comme « *OOOOOOOO*MMMM MMM »; et sa bouche gauche produisit une sorte de rythmique profonde qui évoquait les modulations d'un gros gong. D'abord timides, les vibrations montèrent bientôt jusqu'à couvrir le grondement régulier de la mer, puis les piaillements des prunellias.

- J'entends un TRUC! prévint Black. Et même PLUSIEURS TRUCS!

- Regarde devant toi! aboya Tipoussin.

- Mais y a plus d'prunellias, devant moi ! J'm'ennuie !

Layla leva les yeux. Et constata que le chevalier blanc disait la vérité. Les prunellias battaient en retraite. Leur organisation de vol n'était plus qu'un souvenir. Le triple cri de ZzzennN, d'une force sans mesure, les faisait fuir. Et l'homme aux trois bouches continuait de crier. Il marquait le tempo avec son bâton.

Puis, quand tous les oiseaux eurent disparu, son cri décrut peu à peu. Sa bouche gauche se ferma la première. Le « OM » émis par la bouche centrale s'éteignit ensuite. Enfin, sa bouche droite se tut. Et le bâton cessa de heurter le sol.

Athör glissa la tête hors du lit. Le silence avait saisi les Envoyés. Ils ouvraient de grands yeux. Prenaient conscience qu'ils étaient sur le toit des mondes. À découvert. Près du Gardien. Qu'ils l'avaient sauvé de ses oiseaux préférés. Que Jarmek et la Pensée ne verraient plus les sept lunes se lever. Mais qu'ils s'étaient tous montrés dignes de leur mission.

- Chuis désolé, souffla Athör en se relevant.

Il jeta un coup d'œil à Layla puis fixa le sol.

- Chuis vraiment désolé, par Thor, répéta-t-il.

Tipoussin sauta sur le lit et atterrit sur son épaule :

- Laisse tomber, lui dit-il. Quand on n'est pas en forme, faut pas insister. Crois-en ma vieille expérience. Et puis, tu sais... J'ai comme une idée que c'est pas terminé et que t'auras d'autres occasions de nous impressionner comme ZzzennN vient de le faire.

La tigresse observait l'homme à trois bouches avec une moue admirative. ZzzennN sourit :

- Personne n'est ici par...

- ... par hasard, même ceux...

- ... ceux qui croient être là par erreur, commenta-t-il.

Il s'approcha du Gardien.

- Vous croyez qu'il...
- ... qu'il n'a...
- ... n'a rien? demanda-t-il.
Layla se pencha vers Elder.
- Pas de blessure apparente, constata-t-elle. Bien sûr, c'est étonnant qu'il ne se soit pas réveillé. Mais je crois qu'il...
La tigresse s'interrompit. Malgré sa transe, le vieillard venait de lever un bras tremblant vers le ciel.
- Ézoah... murmura-t-il.
Tous les regards des Envoyés suivirent le bras du Gardien. L'instant d'après, une petite silhouette se découpait dans le ciel.
- PALSAMBLEU, UNE APPARITION! glapit Black en reculant d'un bond vers ses compagnons, sidérés.
Lorsqu'il retomba, la chambre vacilla.
Un énorme craquement se fit entendre. Descendit le long du Donjon. Puis parut remonter. L'édifice vibra de toutes ses pierres. Et, d'un coup, le palais s'enfonça au cœur de la montagne.
Des hurlements minéraux retentirent. Des panaches de fumée jaillirent des entrailles des rocs et recouvrirent le ciel, la mer, l'horizon; l'immensité émeraude et grise qui avait entouré le Donjon s'effaça sous des nuées de gravats et de braise. Une terrible odeur glacée s'éleva - une odeur de saumure et de corps en putréfaction.
La Forteresse d'Elder avait disparu. La montagne sur laquelle elle était juchée aussi.
À sa place, la silhouette d'un enfant chauve émergeait sous la lueur des six lunes.

À SUIVRE
DANS IMMEMORIA

Les héros

Ézoah

Prénom : Ézoah.
En un mot : inventrice.
Âge : 8 ans.
Origine : Mexique (adoptée par des Espagnols).
Caractéristiques physiques : cheveux noirs, yeux noirs, de petite taille.
Autres caractéristiques : c'est une créative, qui trifouille des bouts de trucs sans toujours savoir à quel zarbidule elle aboutira.
Pouvoirs : magibricolage, communément appelé bizardouillage.
Monde : animal.
Expression favorite : « Si ça fait gling, alors chpof ! »

Ézoah en bref

À huit ans, Ézoah n'a de leçons à recevoir d'aucun inventeur. Elle n'a pas son pareil pour se plonger dans des bricolages insensés. Cette petite Espagnole, Mexicaine d'origine, calme et réfléchie (et butée, aussi), ne répond plus à personne dès qu'elle « bizardouille ». Convertir une console de jeux en « machine à adoucir les sentiments » ne lui fait pas peur ; métamorphoser un aspirateur en « créateur de raccourcis » non plus. Elle utilise pour cela tout ce qui lui tombe sous la main : vieux distributeur de cacahuètes, paille d'éléphant, pétale de rose, épluchures de patate, couvercle de bonbonnière, et, bien sûr, espèces de trucs...
Son inspiration la pousse souvent à s'égarer. Un jour, partie pour concevoir un indispensable « traducteur de pensées de crocodiles », elle a bizardouillé un « transformateur de courgettes en tulipes bleues ». C'est moins indispensable, mais tellement plus joli !

Sven

Prénom : Sven.
En un mot : intello.
Âge : 10 ans.
Origine : Suède.
Caractéristiques physiques : cheveux blond platine, yeux vert clair.
Autres caractéristiques : très – voire trop – cultivé (il mélange parfois les nombreuses références auxquelles il fait allusion).
Pouvoirs : compréhension approximative des langues.
Monde : inverse.
Expression favorite : « C'est structurellement très antisubjectif ! »

Sven en bref

Qui a dit que les enfants n'aimaient pas lire ? Sven, un Suédois de dix ans, a-do-re ça.
D'accord, il n'a fini aucun des cent mille trente-cinq livres (environ) qu'il a commencés. Ne croyez pas que cela l'empêche de discourir pendant des heures sur la géographie du Togobo, même s'il n'en a jamais entendu parler... et pour cause !
Il pense maîtriser deux cent dix-sept langues, sans compter les dialectes ; mais rares sont ceux qui comprennent le subtil mélange d'espagnol, de japonais, de grec ancien et de zoubinou oriental qu'il emploie lorsqu'il converse en anglais.
Sensible aux beautés intérieure et surtout extérieure, il tombe amoureux d'à peu près toutes les filles qu'il rencontre. Même les filles de trolls, ça lui fait pas peur.

Les cartes des mondes

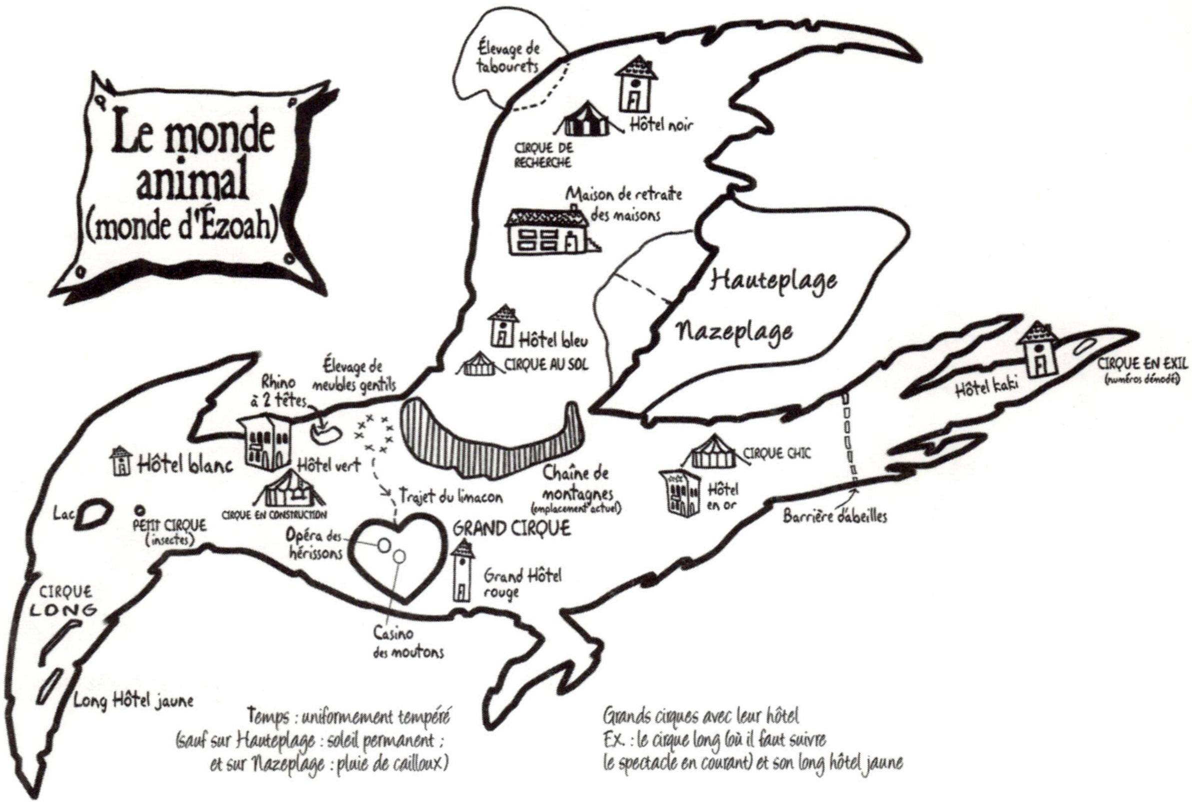
Le monde animal (monde d'Ézoah)
Élevage de tabourets
Hôtel noir
CIRQUE DE RECHERCHE
Maison de retraite des maisons
Hauteplage
Nazeplage
Hôtel bleu
CIRQUE AU SOL
Élevage de meubles gentils
Rhino à 2 têtes
Hôtel blanc
Hôtel vert
CIRQUE EN CONSTRUCTION
Trajet du limaçon
Chaîne de montagnes (emplacement actuel)
Hôtel kaki
CIRQUE EN EXIL (numéros démodés)
CIRQUE CHIC
Hôtel en or
Barrière d'abeilles
Lac
PETIT CIRQUE (insectes)
Opéra des hérissons
GRAND CIRQUE
Grand Hôtel rouge
CIRQUE LONG
Casino des moutons
Long Hôtel jaune
Temps : uniformement tempéré
(sauf sur Hauteplage : soleil permanent ;
et sur Nazeplage : pluie de cailloux)
Grands cirques avec leur hôtel
Ex. : le cirque long (où il faut suivre
le spectacle en courant) et son long hôtel jaune

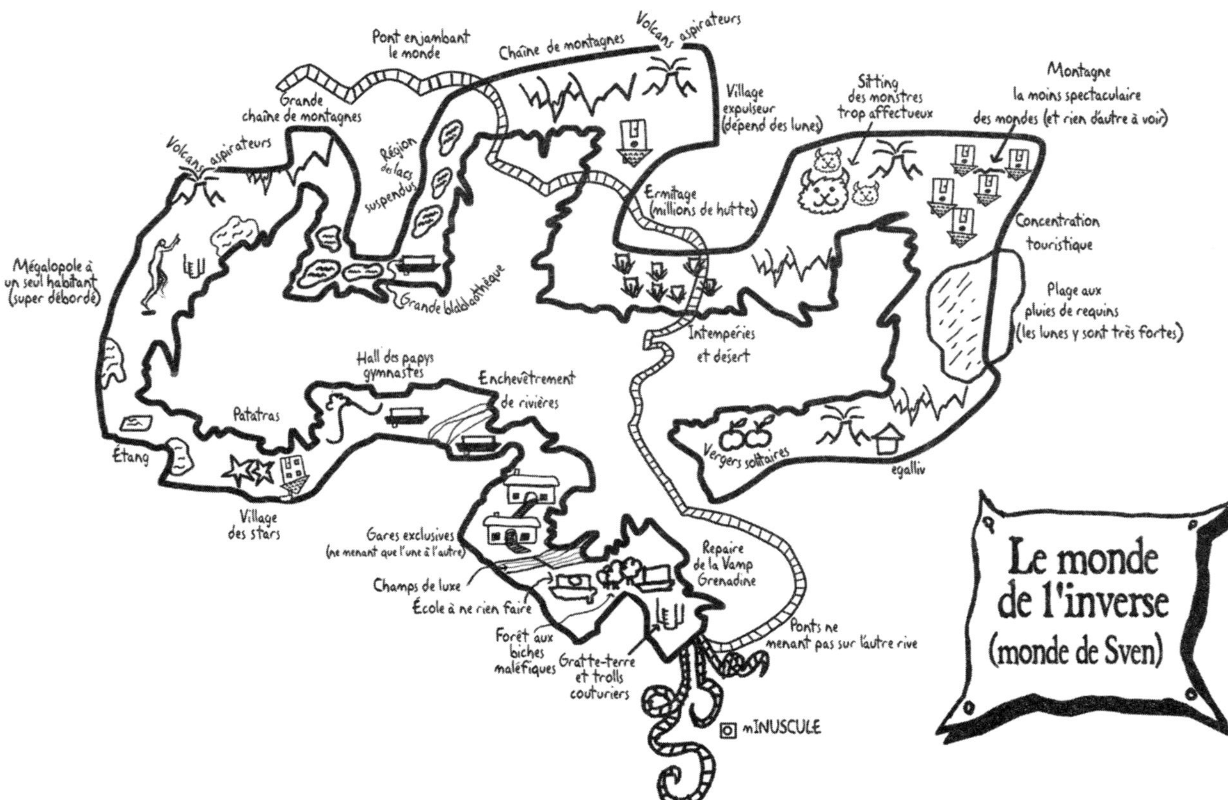
Le monde
de l'inverse
(monde de Sven)
Pont enjambant le monde
Chaîne de montagnes
Volcans aspirateurs
Grande chaîne de montagnes
Volcans aspirateurs
Région des lacs suspendus
Village expulseur (dépend des lunes)
Sitting des monstres trop affectueux
Montagne la moins spectaculaire des mondes (et rien d'autre à voir)
Ermitage (millions de huttes)
Concentration touristique
Mégalopole à un seul habitant (super débordé)
Grande blablathèque
Plage aux pluies de requins (les lunes y sont très fortes)
Intempéries et désert
Hall des papys gymnastes
Enchevêtrement de rivières
Patatras
Étang
Vergers solitaires
egalliv
Village des stars
Gares exclusives (ne menant que l'une à l'autre)
Champs de luxe
École à ne rien faire
Repaire de la Vamp Grenadine
Forêt aux biches maléfiques
Gratte-terre et trolls couturiers
Ponts ne menant pas sur l'autre rive
mINUSCULE

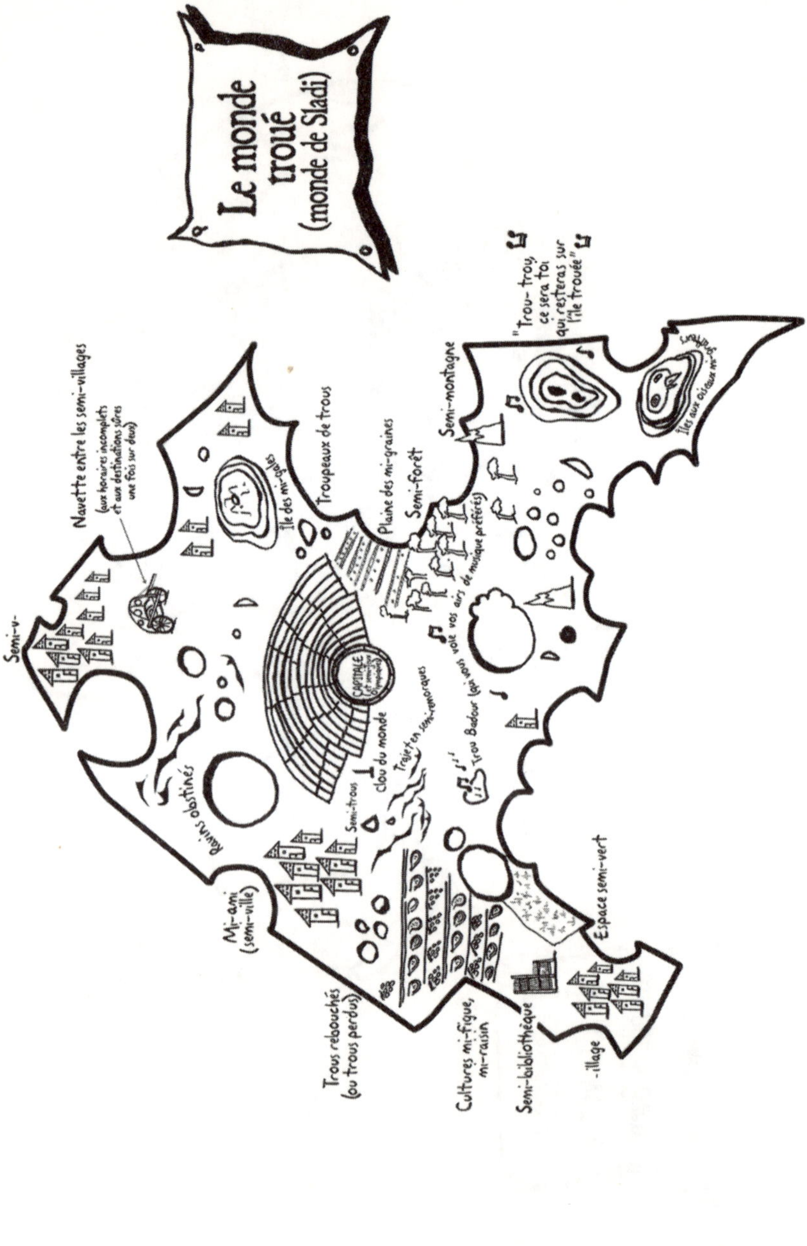
Le monde troué
(monde de Sladi)
Semi-v-
Navette entre les semi-villages
(aux horaires incomplets et aux destinations sûres une fois sur deux)
Troupeaux de trous
Plaine des mi-graines
Semi-forêt
Semi-montagne
"Trou-trou, ce sera toi qui resteras sur l'île trouée"
Ravins obstinés
CAPITALE
Clou du monde
Trajet en semi-remorques
Trou Badour (qui vous joue vos airs de musique préférés)
Semi-trous
Mi-ami (semi-ville)
Trous rebouchés (ou trous perdus)
Cultures mi-figue, mi-raisin
Semi-bibliothèque
-illage
Espace semi-vert

Les auteurs

Prénom : Bertrand.
En un mot : griffonneur.
Âge : 28 ans.
Origine : Nord d'une banlieue.
Lieu de villégiature : Paris sous la pluie, près du métro Rome.
Caractéristiques physiques : selon les jours, fait un chiffre de plus ou un chiffre de moins que son âge.
Autres caractéristiques : espère que lui pousseront un deuxième cerveau et d'autres bras ou tentacules (rétractables de préférence), afin de pouvoir faire encore plus de trucs.
Pouvoirs : raconter des histoires, y compris celles des autres.
Monde : à côté.
Expression favorite : « Demain, c'est déjà de la science-fiction ! »
Contact : bertrandferrier@free.fr

Prénom : Maxime.
En un mot : rêveur actif.
Âge : 30 ans.
Origine : Nord de la France.
Lieu de villégiature : Béthune.
Caractéristiques physiques : décoiffé, mal rasé, lunettes en bataille (« et arrêtez de dire que je ressemble à Tintin ! »).
Autres caractéristiques : filme, photographie, dessine et met en scène le groupe rock Atlantys (www.atlantys.biz), traumatise des enfants, fait parfois le ménage – parfois...
Pouvoirs : créer de nouveaux univers tous les jours.
Monde : un peu imaginaire, un peu réel.
Expression favorite : « Où est-ce que j'ai rangé ce monde, aujourd'hui ? »
Contact : villempre@yahoo.fr

Bertrand et Maxime en bref :

Ils se sont rencontrés en classe préparatoire, ce qui leur a permis d'intégrer l'École Anormale Supérieure et d'en sortir diplômés en Délire appliqué et Racontage d'histoires en tout genre. Ensemble, ils ont écrit une comédie musicale très supérieure à *Émilie Jolie*, mais un peu moins connue. Pour se consoler de leur insuccès dans le show-business, l'un écrit des livres et joue de l'orgue ; l'autre est devenu instit et éleveur de gerbilles. Tous les deux affirment qu'ils sont à peu près normaux, mais bon... vous m'avez compris.

Les remerciements

Reconnaissances de dettes pour la BO à ACDC (« Who Made Who »), Jo Akepsimas (« C'est pas vrai »), Angra (« Carolina IV »), Arielle (« Ann Igard »), Ark (« Heal the Waters »), Johan Asherton (« Power of the Dog »), Atlani (« Je tanque à ta fenêtre »), Atlantys (« Conte de fées »), Max Bacon (« Who Can Stop the Rain »), Julien Baer (« Mon ami le magnifique »), Barbara, Ricet Barrier (« La danse des crevettes »), Julos Beaucarne (« Les pagodes »), Gilbert Bécaud (« Nathalie »), Benabar (« Paresseuse »), Benny B (« Y comme yaourt »), Ludwig van Beethoven (« Sonate soi-disant au clair de lune »), Marie-Paule Belle (« Ça restera »), Michel Berger (« D'un papillon à une étoile »), Hector Berlioz et Théophile Gautier (« Le Spectre d'une rose »), Michèle Bernard (« Les temps sont durs »), Blaze (« Regrets »), Rory Block (« God's Gift to Women »), Blue Oÿster Cult (« Dancing in the Ruins »), Colin Blunstone (« Just Keep the Curtains Closed Today »), Georges Brassens (« La première fille »), Michel Bühler (« Le village »), Edith Butler (« Le tour du grand bois »), Francis Cabrel (« HS »), Élise Caron (« Eurydice »... paru), Jean-Roger Caussimon (« Et pourtant, il fait soleil »), Céline Caussimon (« Où s'en vont les choses ? »), Tracy Chapman (« Bang, bang, bang »), Robert Charlebois (« Les ailes d'un ange »), Marc-Antoine Charpentier (« T'as vidé mes godasses »), Philippe Chasseloup et les Jambons, Philippe Chatel, Julien Clerc (« Ce n'est rien »), La Crevette d'acier (« La vie »), Claude Debussy (« Pleine aux as et médisante »), Gilles Deleuze (« Logique du sens »), Dream Theater (*Metropolis Pt. II*), Romain Didier (« Si un jour c'est fini »), Diane Dufresne (« Il n'y a pas de hasard »), Simon Dupree and the Big Sound (« Light on Dark Water »), Family (« Larf and Sing »), François Feldman, Jean-Pierre Ferland (« Le petit roi »), Sue Foley (« Walk in the Sun »), Tom Fogerty (« I Don't Want to Be »), Les Fouteurs de Joie et Nicolas Ducron (« En mer »), Gabinete Galigari (« La fuerza de la costumbre »), Gérald Genty (« Dépaysant »), Gentle Giant (« It's Only Goodbye »), Jean-Jacques Goldman, Steve Hackett (« This World »), Helloween (« Keeper of the Seven Keys »), Jacques Higelin (« Hold Tight »), Iron Maiden (« Wasting Love »), IQ (*Subterranea*), Michel Jonasz (« Le Scat »), Bernard Joyet (« F'est pas fafile »), Jude (« No One is Really Beautiful »), Éric Julien (« C'était toi »), Juliette (« Il s'est passé quelque chose »), Kiss (« God Gave Rock'N'Roll to You »), Marie Kiss La Joue (« Le balcon de la voisine »), Chris Isaak (« Blue Hotel »), James LaBrie (« Lost »), Marc Lavoine (« Le parking des anges »), Allain Leprest (« Il pleut sur la mer »), Claude Léveillée (« L'étoile d'Amérique »), Pierre Louki (« L'armoire »), Yngwie Malmsteen (« I'm My Own Enemy »), Jules Massenet (« Bombyx Shot »), Maurane (« Concerto pour Arnould »), Isabelle Mayereau (« Les Mouches »), Ian McDonald (« Demimonde »), Pat Metheny (« Travels »), Frederik Mey (les « Ours »), Eddy Mitchell (« Menthe à l'eau »), Morphine (« Cure for Pain »), Wolfgang Amadeus Mozart (« Le Fute en chantier »), Les Neg'marrons (« Chacun sa route »), Jean-Jacques Nyssen (« Comme tu vois »), Véronique Pestel (« Partir »), Edith Piaf (« Non, je ne regrette rien »), Pierpoljak (« PPJ »), Polo (« Porte Dorée »), Presuntos Implicados (« Ser de agua »), Primal Fear (« The Healer »), Raoul Petite (« Bubububuldozer »), Otis Redding (« Fa-fa-fa-fa »), Véronique Rivière (« Toutes les couleurs »), Gioacchimo Rossini (« Le Barde et ses filles »), Calvin Russell (« Soldier »), Mike Rutherford & the Mechanics (« Over my Shoulder »), Joaquin Sabina (« Calle Melancolía »), Véronique Sanson, Joe Satriani (« Flying on a Blue Dream »), Jo Schmelzer (« Ne vous mariez pas »), The Shoulders (« The Show Never Ends »), Ben Sidran (« Turn to the Music »), Sillmarils (« Va y avoir du sport »), Nina Simone (« Soukouss »), Sinsemilia (« Chiraquie »), Jean Sommer (« Genevilliers au bout du monde »), Alain Souchon et Laurent Voulzy (« Cœur grenadine »), Anne Sylvestre, Henri Tachan (« Les Jeux Olympiques »), Téléphone (« Un autre monde »), Jackie Terrasson (« Mo Better Blues »), Therapy ? (« Without the Sufferings »), Tanita Tikaram (« The World Outside your Window »), Randy Travis (« The Hole »), Charles Trenet, Toad the Wet Sprockets (« Walk on the Ocean »), Steve Vai (« Ya-yo-gak »), Anne Vanderlove (« La mémoire du vent »), Joan-Pau Verdier (« Comme si c'était bien »), Gilles Vigneault (« Au bout du cœur »), Viper (« Moonlight »), Volo (« Bien zarbos »), John Wetton (« God Walks with Ussss »), Whitesnake (« Kittens Got Claws »), Les Wriggles (« La Montgolfière »), Yes & Trevor Rabin (« Owner of a nananaw »), Zazie (« Zen »), The Zombies (« As far as I can see »).

Les bises, mercis et saluts, côté Maxime : à mon extraordinaire Emma, à Vicky/Adélaïde ; à Romain, mon génie de frère et à l'adorable Mélanie ; à toute la team Atlantys et ses extensions : ils sont l'avenir du rock, les enfants ; à Michèle, Marc, Malou, Marcel, Mamy et Presteau ; à Charline et tous ses anges gardiens ; à Sam, Mar, Tom, Emma2, Yo, Marie, Sergio, Nico, Pascal, Karine, Jo, Dalie, Blaise, Seb, Gilles, Laurie, Mimie, Steph, Juliette, Neal B, FRDP, Clem, Jake, Darick, the Nightscrawlers... et Bertrand, ici présent.

Les bises, mercis et saluts, côté Bertrand : à la bonne santé ; à l'Armée de l'ombre : Constance l'éditrice bleu limonade, Béatrice la préparatrice, Sophie et Fabienne les attachées, Sylvain le correcteur, les représ et leurs cobayes : Marion et Alexandra ; aux invitateurs d'Airaines, de Saint-Malo, de Marseille, de Nantes et de Domont ; aux lectrices prénonymes, notamment : Alma, Anahée, Aya, Brune, Juliette, Moïra, Nissa, Pauline et sa doublette (et non Paulette et sa doubline, ça ne voudrait rien dire), et Tamara ; à mes authentiques marraines chartistes, Marie-Aude et Anne-Marie, et à ma vraie marraine tout court, Maribel ; à Christophe, mon remonteur de moral de la Fnac Saint-Lazare, rayon éternelle jeunesse ; à Aude, « ma » libraire ; à Benoît le Belge, qui a aimé les précédents ; à Muriel-Colombine, ma médiathécaire préférée ; à Malina Framboise, ézoahienne distinguée depuis 2001 ; à Fabienne, consultante jeet-kune-diste ; à Ana, consultante darwinienne ; à la familia pour les stages de ping-pong ; à Annie, qui fera toujours sens ; aux frigidaires, aux lettres magnétiques, au téléphone sur Internet et au TGV, sans qui nous n'en serions pas là ; à Caroline, progrésisteuse vitale ; à Vladimir, le lion pianiste ; au vrai Bertrand, à Florence, à Aliénor et à ma sœur Paquita ; à Yannick et Catherine pour l'amitié collégiale, version barbecue Gonzalez-Hammond B3 ; à Marie et Flore, donc aux anniversaires ; au vrai Sven, donc aux scottish à fond les hyperbasses ; à tous ceux qui ont un jour mis la main à la poche pour partager mes rêves ; à l'inventeur du thé bergamote-citron ; à quelqu'une, quelque part ; et à Maxime, qui fucking does know why.

Table

Le texte

On raconte que trois Appelés venus de loin périrent dans un monde en décomposition.

On raconte qu'un poussin, un Viking, une tigresse, un chevalier et un sage à trois bouches furent ensevelis dans les décombres d'un prestigieux Donjon.

On raconte que quatre enfants destinés à se rencontrer ne trouvèrent jamais le bon chemin, car il avait été englouti.

Mais cela n'est pas notre histoire.
La preuve dans

LE CYCLE D'ÉZOAH
tome 2

IMMEMORIA

parution juin 2006

Mise en page : euronumérique

Conception graphique de la couverture : Nuit de Chine

"ézoah"
Achevé d'imprimer en novembre 2005
pour le compte des éditions Intervista.
Illustration de couverture : Patrice Garcia

ISBN : 2.910753.33.6
Dépôt légal : novembre 2005
N° d'édition : 0001
N° d'impression : 69093
Imprimé en France